LES EXCLUS

Du même auteur :

La Pianiste, Éditions Jacqueline Chambon.

Couverture : Hugues Drouot

Titre original : *Die Ausgesperrten*

3, place d'Assas
Nîmes, 1989

ISBN : 2-87711-016-8

ELFRIEDE JELINEK

LES EXCLUS

TRADUIT DE L'ALLEMAND PAR
Y. HOFFMANN ET M. LITAIZE

ÉDITIONS JACQUELINE CHAMBON

Au cours d'une nuit, vers la fin des années cinquante, une agression est commise dans le parc municipal de Vienne. Pour ce faire les personnes suivantes s'agrippent à un promeneur : Rainer Maria Witkowski et sa sœur jumelle Anna Witkowski, Sophie Pachhofen, jadis von Pachhofen, et Hans Sepp. Rainer Maria Witkowski s'appelle ainsi d'après Rainer Maria Rilke. Tous ont dans les dix-huit ans, Hans Sepp est un peu plus âgé, mais manque lui aussi totalement de maturité. Des deux filles Anna se montre la plus enragée, révélateur, elle s'occupe surtout de la façade de l'agressé. Il faut un courage tout particulier pour lacérer le visage d'un homme qui vous regarde en face même s'il ne peut pas voir grand-chose à cause de l'obscurité, ou plus précisément pour viser ses prunelles. Car les yeux sont le miroir de l'âme et ce miroir devrait autant que possible rester indemne. Sinon, tout porte à croire que l'âme s'en est allée.
Cet être-là justement Anna devrait le laisser en paix, parce qu'il a meilleur caractère qu'elle. Parce qu'il est une victime. Anna est une coupable. La victime est toujours meilleure parce qu'elle est innocente. Toutefois à l'heure actuelle les coupables innocents restent nombreux. Depuis des rebords de fenêtres fleuris, ils regardent le public, aimables, riches de souvenirs de guerre, font des signes de la main, ou revêtent des fonctions importantes. Derrière des géraniums. Il serait temps que tout soit pardonné, oublié, afin de pouvoir recommencer à zéro.

Plus tard — le temps mettant tout en lumière — on apprendra que la victime était le fondé de pouvoir d'une P.M.E. La victime avait été choyée dans un foyer comme il faut jusque dans les moindres détails, ce qu'Anna méprise tout particulièrement. La propreté, à ses yeux, contrariant le naturel, qui chez elle est très sale, au-dehors comme au-dedans. Les jeunes gens s'emparent du portefeuille de cet homme. Qui néanmoins ne coupera pas à une bonne raclée.

Anna frappe à bras raccourcis et pense : c'est bon de trouver l'occasion d'extérioriser ma haine terrible sans avoir à la diriger contre moi où elle serait déplacée. Bon aussi de m'enrichir. Espérons qu'il est bien garni (en fait, c'était plutôt maigre). Hans aussi cogne de ses poings habitués aux travaux manuels. L'homme qu'il est s'en tient aux variantes viriles de la violence : coups de poing et coups de tête vicieux (coups de bélier), quant aux coups de pied dans les tibias décriés dans le monde entier, il les laisse à Sophie qui en use et abuse : deux pistons d'une machine compliquée s'élançant tour à tour. On aurait dit que tu ne voulais surtout pas te salir les mains et que tu en laissais le soin à tes pieds, lui dit Rainer plus tard, et il la prend tendrement dans ses bras. Mais valse au diable après un coup de pied dans la rotule en étouffant un juron. Elle ne veut pas de ça.

Rainer qui se considère comme l'unique ami de Sophie (c'est bien pourquoi il l'a prise dans ses bras) fouille les vêtements de la victime à la recherche du portefeuille, ne le trouve pas tout de suite (mais finit par l'avoir). Puis il enfonce son genou dans le ventre de l'homme qui ne se défend presque plus, sur quoi un gargouillement, et un peu de bave sort de la bouche. On n'a pas vu de sang, il faisait trop sombre.

Ça, c'est de la brutalité envers un être sans défense, et par conséquent un acte inutile, dit Sophie en tirant

par les cheveux l'homme qui gît à terre sens dessus-dessous et y laisse quelques plumes.
L'inutile, c'est précisément ce qu'il y a de mieux, dit Rainer qui ne veut pas abandonner le combat. On en a décidé ainsi. Notre principe c'est précisément l'inutile. Moi, je trouve l'utile encore mieux, dit Hans qui aime étrangement l'argent et guigne le porte-monnaie. L'argent n'a pas d'importance — fait Rainer en crachant sur le portefeuille — d'après toi, c'est des billets de cent ou de mille ?
L'argent n'est pas notre principe, pétille Sophie dont les parents en ont beaucoup et qui fait partie de ces enfants de riches livrés à eux-mêmes.
Hans, ruisselant de sueur, s'escrime toujours sur la victime, comme une machine privée d'esprit qui tue de surcroît l'esprit chez les autres. C'est exactement l'image que le frère et la sœur ont de lui : une machine. Cependant Anna trouve depuis un moment que c'est une belle machine, et Sophie sera bientôt du même avis. Serait-ce, en germe, une pomme de discorde. Les poings de Hans s'abattent comme des marteaux et ne se relèvent que pour reprendre de l'élan. Aïe, gémit faiblement la victime, mais elle n'en a presque plus la force. Puis : Police ! Personne toutefois n'écoute. Ce qui incite Anna à lui flanquer un coup dans les couilles car elle est contre la police par principe comme tout anarchiste qui se respecte. L'homme se tait, effrayé, se tord, vacille légèrement, puis ne bouge plus du tout. L'argent, ils l'ont depuis belle lurette.
Anna cueille sur le fondé de pouvoir un Hans déchaîné, transformé en fléau, et l'entraîne dans sa fuite. Car déjà on entend des passants. Que font-ils ici à une heure pareille ? Un de ces jours il leur arrivera exactement la même chose.
Des sifflements sortent de la bouche des lycéens et de l'ouvrier lorsqu'ils enfilent au trot la Johannesgasse

et passent sans tambour ni trompette devant le conservatoire de la ville de Vienne tout bruissant, lui, d'instruments à cordes et à vent (et où Anna apprend le piano). A cette heure, c'est le règne des répétitions d'orchestre, elles ont toujours lieu à une heure tardive afin que même les gens qui travaillent puissent y participer. Il vaut mieux prendre par la Kärntner strasse, halète Sophie, la circulation est dingue, on pourra se cacher dans la foule des noctambules (qui s'y trouve). Il n'est pas de foule où nous puissions nous cacher, car où que nous soyons, nous émergeons de la masse (Anna). Nous ne devons pas nous cacher mais agir ouvertement, car ainsi nous affirmons publiquement les principes de violence aveugle qui sont les nôtres (Rainer). Crétin (Hans). Anna ne dit plus rien mais lèche pensivement sur sa main droite — la main massue — le sel déposé par la sueur de la victime et le sang des égratignures de la victime, ce que Rainer considère d'un regard élogieux, ce qui dégoûte légèrement Sophie et ce qui pousse Hans à lui taper sur les doigts. Cochonne.

Anna a tant de rage en elle — un effet sans doute du conflit de générations — qu'à s'écouter elle casserait en plus les vitrines éclairées de cette avenue commerçante, la fierté de Vienne. Ce qui se trouve derrière les vitres, elle donnerait cher pour l'avoir, mais son argent de poche n'y suffit pas. D'où la nécessité d'arrondir ainsi ses fins de mois. Elle se tord d'envie chaque fois qu'elle voit sur une camarade de classe un nouveau tailleur et un chemisier blanc ou de nouveaux talons aiguilles. Mais elle dit : ça me lève le cœur de voir des filles attifées comme ça. Des pimbêches, avec leurs fringues ridicules ! Tout pour la montre et rien dans le crâne. Elle, par contre, porte des jeans crasseux et des pull-overs d'homme beaucoup trop grands, afin que l'extérieur reflète ses dispositions intérieures. Le psychiatre qu'elle doit consulter pour des crises d'aphasie (qui apparaissent et disparaissent sans laisser de traces) lui demande toujours : Dis-moi, petite, pourquoi ne pas t'habiller et te coiffer un peu joliment, tu serais plutôt mignonne et tu ferais bien d'aller au cours de danse. Regarde un peu ton allure, de quoi faire horreur à tous les garçons.

Anna pour sa part a tout en horreur.

Qu'importe. Sur ces gens de bonne humeur qui cherchent ici un divertissement nocturne, généralement sans le trouver, car cette ville ne s'y prête guère, ces quatre jeunes dévoyés tranchent fortement. D'ordinaire, la fraîcheur est le propre de la jeunesse, mais pas de celle-ci. Et que faire s'ils la refusent consciemment. Ils ne cherchent plus de divertissement, ils l'ont déjà eu. Afin de passer inaperçue, leur course se transforme en une flânerie ostensiblement innocente. Rainer donne le bras à Sophie qui tente d'arranger sa coiffure dans les vitrines sombres sur sa droite et sur sa gauche. De tous, c'est encore elle qui semble la moins affectée, et c'est le cas, d'ailleurs elle a toujours l'air de porter des gants blancs. Ce qui excite un homme, mais ne le satisfait jamais. D'où l'idée de ces agressions : parce que Sophie ne veut pas vous satisfaire. Mais il y a aussi bien d'autres raisons. Rainer serait plutôt le cerveau de la bande, Hans plutôt les mains, Sophie une espèce de voyeuse, quant à Anna, elle est en colère contre la terre entière, ce qui ne lui vaut rien, car cela obscurcit son regard et l'empêche d'accéder à quoi que ce soit. Toutefois et indépendamment de la question, Anna n'a guère accès aux belles choses de la vie courante, parce qu'il faut les acheter avec de l'argent. Anna ne sait pas que la valeur intérieure ne s'achète pas, hélas cette valeur étant justement à l'intérieur, nul ne la voit. Anna veut aussi l'apparence, mais ne l'avoue pas. Il ne faut pas cogner sur les gens par haine, il faut cogner sans raison aucune, c'est une fin en soi,

avertit Rainer, le frérot. Le principal pour moi c'est de cogner, avec ou sans haine (Anna). Tu n'as absolument rien pigé, lui dit Rainer d'un air supérieur.
Merde (Hans), par cette expression vulgaire il veut dire qu'il a déchiré sa chemise. Ça va encore barder avec ma vieille.
On va partager tout à l'heure sous un porche sombre, dit Anna, comme ça dès demain tu t'en achèteras une autre.
Rainer hait ses parents, mais il les craint aussi. Ils l'ont engendré et le nourrissent pour l'instant, tandis que lui se nourrit de poésie. La crainte va de pair avec la haine (Anna, qui en matière de haine pourrait soutenir une thèse de doctorat), si on ne craignait rien, on pourrait se passer de la haine et une morne indifférence s'installerait. Autant mourir tout de suite. Le petit bourgeois ignore tout de cette haine. Privés de sentiments violents, nous serions des objets, ou morts, tout simplement, et on l'est bien assez tôt. J'aime l'art sous presque toutes ses formes.
Je ne hais rien, dit Sophie, parce que je ne vois rien de haïssable dans ma vie. Pourtant il y a en toi un sentiment, ton amour pour moi, dit Rainer. Quand tous deux nous enfonçons les doigts dans l'œil d'une victime, ce geste nous lie plus solidement que le mariage ne le ferait. D'ailleurs nous sommes contre le mariage.
A présent il faut que je m'en aille, dit Sophie qui est toujours obligée d'aller Dieu sait où.

Tu ne peux pas me laisser seul en ce moment, j'ai besoin de quelqu'un à qui tout expliquer, dit Rainer. Il te reste deux autres personnes auxquelles tu peux tout expliquer, dit Sophie nullement émue par cette sortie. Il faut que je rentre. Et ta part ? Tu me la donneras demain au lycée. Hans tend déjà quelques griffes vers l'argent, un filet de bave au coin de la bouche indique discrètement sa

convoitise. Ouiii, tout de suite, dit Rainer.
Quand tu cognes sur quelqu'un, ça te va bien, Anna fait du plat au jeune ouvrier et caresse ses biceps comme jamais sa propre mère ne le ferait, ce qui du reste ne lui viendrait pas à l'esprit. Il y a dans ce geste une ambiguïté, du coup il en dit infiniment plus qu'il n'en a l'air.

J'en pince pour toi (Anna à Hans). Allez, salut (Hans à Rainer et Anna). A demain.
Tandis que la tension décroît, les jumeaux rentrent chez eux dans le huitième arrondissement où habitent beaucoup de petits bourgeois, surtout des employés et des retraités. Eux aussi font partie de ces petits bourgeois, tout comme les logettes font partie de la pomme, et dans leur logement là-bas ils se sentent chez eux. Et ils le sont, chez eux, et ils grimpent dare-dare les escaliers du sombre immeuble, sans rien frôler surtout, la misère pourrait déteindre. Les voici au sommet, au quatrième. Terminus. En même temps que leur foyer peu accueillant surgit la fatigue, elle ouvre à contrecœur la porte sur une tension qui a pour aujourd'hui d'autres projets où les jumeaux n'ont nul emploi. Frère et sœur réintègrent leur quotidien et verrouillent la porte derrière eux.

Et voilà l'appartement, et voilà aussi les parents. C'est le calme plat qui règne avant et après les agressions. Insensiblement les enfants ont glissé du rôle de l'enfant à celui de l'adulte qui a des devoirs. Ces devoirs, ni l'un ni l'autre ne les remplissent.
Autour du vieil appartement minable s'érige la vieille cité impériale sous la forme d'innombrables logements insalubres. Des êtres laids, insignifiants et souvent âgés rasent les murs et font des allées et venues avec leurs brocs et leurs tinettes jusqu'aux cabinets et points d'eau du couloir. Va-et-vient incessant dont il ne ressort rien de productif.
Parfois un génie s'épanouit là, en plein milieu, avec souvent la crasse pour sol nourricier, et la folie pour limite ; de la crasse il veut sortir à tout prix ; à la folie il n'échappe pas toujours. Les Witkowski ne se doutent pas que chez eux aussi, dans leur air vicié, un génie a grandi : Rainer. Déjà il s'est dépêtré jusqu'aux hanches du bourbier domestique et s'apprête à en extraire une jambe pour tenter d'y prendre appui, mais sans cesse il retombe comme un rhinocéros embourbé. Image qu'il a vue une fois dans le « Désert vivant ». La tête où se niche l'horrible ver porteur de ses dons littéraires est en tout cas déjà haut dans les airs, et son regard survole la mer de vieux caleçons douteux, de meubles abîmés, de journaux froissés, de livres déchirés, de paquets de lessives empilés, de poêlons avec résidus moisis et de poêlons avec résidus non moisis, de tasses à thé recouvertes d'une croûte indéfinissable, de miettes de pain, de bouts de crayon, de poussières de gomme, de mots croisés résolus et de chaussettes sales, pour pénétrer spontanément dans le royaume de l'art, le seul qui s'ouvre à vous, si vous avez de la chance.
Aujourd'hui cependant Rainer et Anna sont au lycée où ils doivent hélas se rendre tous les jours jusqu'au bac.

M. Witkowski était revenu de la guerre unijambiste certes, mais toujours debout ; pendant la guerre il était plus qu'aujourd'hui : à savoir un bipède, entier, et membre de la SS. Dans son hobby qui ne connaît pas de limite — la photographie d'art — il déploie aujourd'hui le même acharnement qu'à l'époque où il avait choisi son métier. Ses adversaires d'alors s'étaient échappés par les cheminées et les crématoires d'Auschwitz et de Treblinka, ou recouvraient la terre slave. Les mesquines limites actuellement assignées à l'Allemagne, le père de Rainer les franchit chaque jour quand il fait ses photos artistiques. Seul le petit bourgeois connaît de telles limites dans sa vie privée ; dans la photographie, les limites, ce sont les vêtements, et Witkowski père brise les barrières étroites des vêtements et de la morale. La mère avait tout de suite compris de qui Rainer tenait son désir d'être artiste : du père. Le père possède un œil d'artiste amateur. Déshabille-toi, Margarete, nous allons faire une ou deux photos de nu. Encore me déshabiller, et ça te prend toujours quand je suis en plein ménage. Qui entretient la famille, c'est moi, non ? disait M. Witkowski, invalide à la retraite le jour et portier la nuit. Mon violon d'Ingres, la photo porno, c'est tout ce qui me reste avec cette infirmité. Pour les êtres mûrs, il n'existe pas de pornographie, elle n'existe que pour ceux qui ont encore besoin d'être guidés. Si mes enfants ne me suivent pas au pays de mon hobby, toi au moins tu m'y suivras, Gretel. Et maintenant que ça saute, mon appareil est impatient d'exercer ses fonctions.
Tu ne peux pas me photographier habillée, comme tout le monde ? Non, habillée, n'importe quel photographe du dimanche peut le faire. En outre, j'en profite deux fois, d'abord en prenant les photos, et ensuite en les regardant pour les soumettre à mon jugement critique. Entre les deux il y a le développe-

ment et l'agrandissement. Ça aussi c'est amusant. En art le résultat se conquiert toujours de haute lutte. L'image capte aussi l'effort que tu fais sur toi-même, Grete. Le talent d'un artiste se voit entre autres dans ses yeux, il brille tout au fond. Allons-y : Ménagère que des étrangers observent dans sa cuisine pendant sa toilette ; elle cherche à se couvrir mais n'a sous la main qu'un matériel insuffisant, par exemple une poignée à casseroles. Qui Dieu merci ne dissimule même pas l'essentiel. Et c'est justement cet essentiel que je veux. Comme en outre la ménagère est maladroite, elle cache le mauvais endroit au lieu du bon. Vas-y, Grete, vas-y !

Ça y est, voilà que le plus important est dans l'ombre, le con, pauvre conne ! Pourtant je fais exactement comme la dernière fois ! Justement, c'est ça l'erreur, il faut s'y prendre chaque fois différemment pour produire un effet artistique original ! Tu n'as qu'à t'en remettre à moi, qui est l'artiste ici, c'est toi, ou c'est moi ? Toi, Otto. Bon, tu vois bien !

La mère qui a connu autrefois des jours meilleurs (des jours de femme d'officier SS) et non des jours de femme d'artiste comme à présent, la mère donc tire sur sa chair par-ci, presse par-là, mais au lieu de s'améliorer, ça s'aggrave.

Il faut que tu prennes un air angoissé. Briser des résistances c'est particulièrement jouissif, moi aussi, j'en ai brisé des résistances pendant la guerre et liquidé en personne des tas de gens. Si aujourd'hui je me traîne avec une seule jambe, à l'époque les femmes volaient vers moi — le prestige de l'uniforme. La tenue fringante. Je me souviens encore comme nous pataugions avec nos bottes, du sang jusqu'aux chevilles dans ces villages polonais. Avance un peu le bassin, espèce de pouffiasse, et ta chatte, où elle est passée maintenant ? Ah la voilà.

La mère fredonne un de ces chants nostalgiques de

cosaques, où il est question d'un banc de bouleau. Elle pense à un champ de blé et à une promenade à la campagne, toutes choses que l'on ne peut que difficilement exiger d'un unijambiste, et encore à contrecœur, ne serait-ce que pour éviter qu'il ne gâche d'emblée l'atmosphère. Le père pense au champ d'honneur où il n'est pas resté. C'est pourquoi, à présent, il monte la garde sur le champ de l'honneur familial, veillant à ce que sa femme, la salope, n'aille pas courir avec des non-éclopés. Pas facile de la surveiller, qu'est-ce qu'elle peut bien fabriquer chez l'épicier, quand elle y va ?

Mme Witkowski dit qu'on a parfois besoin de s'aérer, ça vous donne un coup de fouet. M. Witkowski dit que pour les coups de fouet, elle peut compter sur lui et de lui balancer quelque chose de dur en plein dans l'épaule qui la fait vaciller. Un bleu de plus ! Et à présent, la pute, en place. Je ne te demande pourtant pas le bout du monde. Vas-y ou je te fiche par terre avec ma béquille. Dans le temps je me serais en plus jeté sur toi, maintenant j'en suis incapable, un unijambiste ne peut pas se jeter comme ça n'importe où (comment se relèverait-il ?). On dirait un poisson qui n'a pas de jambes du tout mais qui nage et plonge avec grâce. Voilà pourquoi je photographie à la perfection. Allez hop, on écarte !

Mon œil de hobbyman constate qu'une fois de plus tu n'as pas lavé ta toison ainsi que je te l'avais ordonné. Ça doit ressembler à de la soie et pas à un buisson ardent ébouriffé par le vent. Tu te dresses constamment entre moi et la réalisation de mon moi que je cherche dans le nu. Quand tu opposes une telle résistance à mes incursions dans le royaume de la photographie, j'ai envie de te défoncer le crâne.

Mais je n'oppose aucune résistance à tes incursions dans le royaume de la photographie, Otto.

Anna méprise premièrement les gens qui ont une maison, une auto et une famille, et deuxièmement toutes les autres personnes. Elle est toujours à deux doigts d'exploser de rage. Un étang totalement rouge. L'étang est rempli de mutisme qui sans cesse la noie sous des paroles. Elle n'a absolument rien de ces filles permanentées ou sur la tête desquelles danse une queue de cheval, qui écoutent un tube dans un magasin de disques en agitant nerveusement les pieds, emportées par le rythme trépidant. Toutes sauf elle sont sur une patinoire glissante sans limites, et Anna les chasse devant elle avec des bourrades ou des coups de pied, c'est selon. Jusqu'à ce bord sans limites que l'on ne voit pas mais qui espérons-le existe, afin que d'un coup de balai on puisse les précipiter toutes ensemble dans l'eau mortellement glacée. Avec son frère elle parle littérature ou philosophie, son langage à elle, c'est le langage des sons émis par le piano.
Un jour lors d'une sortie scolaire, les filles de sa classe ont pris une photo où elles envoient toutes un baiser à un portrait de Peter Kraus paru en double page dans Bravo. Huit visages rieurs qui la bouche pointue font tous bisou-bisou en souriant à l'appareil. Seule Anna avait refusé de faire la bouche pointue, et on s'était payé sa tête. La vraie mise en boîte avait commencé juste après, lorsqu'une des filles lui avait dit : Va vite voir, dans le juke-box y'z'ont des tubes de Bach, c'est pas un truc pour toi, ça ? Et cette gourde d'Anni, abrutie par le soleil, aveuglée par ses études

de musique et rendue asociale par une mère cinglée, d'y foncer, afin d'avoir elle aussi sa musique que personne ne comprend, sauf elle, et qu'elle peut expliquer. Mais qu'est-ce qui sort de juke-box ? Un tube d'Elvis, Tuttifrutti, qu'on ne peut que refuser du seul point de vue culturel. Les filles se roulent sur le sol de l'auberge, quelle gourde leur copine, cette Anna qui croit que d'un juke-box peuvent sortir des accents bachiens et non ce qu'aime la jeunesse !

Elle est bien tordue l'élève Anna, pour consacrer au piano tous ses loisirs. Anna fait plutôt penser à un balai circulaire, comme sur les balayeuses-ramasseuses, Rainer plutôt à un escalier d'êtres vivants sur le palier supérieur duquel le jeune auteur se dresse dans la lumière d'une source lumineuse afin de lire un poème de son cru, qui, censé être mythique, inclut l'humanité entière.

A part la littérature que toute personne sachant parler domine et non pas l'une davantage et l'autre moins, même si certains en ont fait leur chasse gardée, incapables qu'ils sont de s'élever au-dessus de leur entourage d'une meilleure façon, Rainer n'a hélas encore rien pu s'assujettir. Néanmoins la littérature réalise à merveille ce que Rainer veut.

Si parfois contre toute attente les jumeaux se trouvent invités à quelque boom chic, ils disent aussitôt non, nous ne nous mêlons pas à ces gens, ces distractions sont stupides et sans intérêt. Mais il le disent uniquement parce qu'ils ne savent pas danser et ne supportent pas de ne pas faire tout mieux que les autres. Renoncer semble souvent difficile à la jeunesse, moins à la vieillesse qui a eu tout le temps de s'y entraîner.

Rainer dit qu'on peut aussi s'approprier une personne. Il faut d'abord en savoir plus qu'elle, de façon à ce qu'elle vous reconnaisse comme une autorité en la matière. Hans, par exemple, ce jeune ouvrier rencontré dans une boîte de jazz. Rainer lui expliquera tout jusqu'à ce que l'autre ne soit plus qu'un instrument sans volonté ; c'est plus difficile que de torcher un texte littéraire, les gens sont capables de résistances surprenantes. C'est fatiguant mais stimulant.

L'art est flexible et terriblement patient. Les êtres humains sont parfois butés, mais sensibles aux explications. Certes ils croient tout savoir, mais Rainer sait tout encore mieux.

Ses condisciples sont un troupeau de moutons gris, ignares et immatures. Ils racontent ce qu'ils ont fait pendant le week-end avec une fille dans la cave de leurs parents aménagée en boîte, dans leur propre chambre au cœur du douillet appartement de Hietzing, dans la forêt en cueillant des champignons ou dans une cabine de la piscine. Les filles racontent ce qu'elles se sont laissé faire, ou ce qu'elles ont refusé de faire et comment alors on les a suppliées. Mais elles n'ont pas cédé, car elles tiennent à rester vierges. Ainsi un mot en entraîne-t-il un autre. Tu n'as encore jamais eu de fille, Rainer ? Au moins cessent-ils de lui donner du « Herr Professor », lorsqu'ils abordent ce sujet intime. Et Rainer d'expliquer tout de go que la jouissance est une sorte d'ek-stase. Vous savez, dans cette ek-stase la conscience n'est plus que conscience du corps et donc conscience réflexive de la corporéité. De même que pour la douleur physique, il y a dans le plaisir comme un réflexe qui veille à ce que l'on prête une extrême attention au plaisir (Quooii ? J'comprends pas un mot).

Anna raconte que le plaisir est la mort du désir parce qu'il en est non seulement l'accomplissement mais aussi et en même temps, son but, sa fin. On cherche le plaisir, mais il reste tout à fait absurde.

La classe se détourne du spectacle, elle dit que Herr et Frau Professor ne savent pas de quoi ils parlent.

Ils n'ont encore jamais eu dans la main un con ni une queue.

Sophie Pachhofen gazelle à travers les salles empuanties par la craie et cherche dans son porte-monnaie des sous pour le redoutable petit pain de la récréation et un coca. Envieuse, Anna dissimule l'épais sandwich au saindoux que sa mère lui a tartiné en y mettant tout son cœur, car Anna est sa préférée (c'est une femme comme elle), Rainer est davantage le fils de son père. L'amour pour Sophie frappe Rainer comme un coup de manchette sur la nuque et il dit à cette fille qu'il vénère secrètement : La conscience en s'incarnant perd de vue l'incarnation de l'autre et sa propre incarnation l'absorbe jusqu'à devenir son but ultime. Voilà, Sophie, maintenant tu sais. Il faut agir en conséquence.
Rainer enfonce un ongle dans la paume de sa main. Il a terriblement envie de Sophie qui de son côté veut la même chose aussi fort. Simplement elle ne se l'avoue pas.

Rainer instruit Sophie : il est le prédateur et elle la proie de ce prédateur. Sophie dit je ne comprends pas de quoi il retourne. Ça te dirait de venir jouer au tennis avec moi un jour ? Rainer dit qu'il ne joue jamais que sur son propre terrain. Le regard de Sophie glisse sur lui sans s'arrêter. Rainer dit qu'elle doit méditer sur le fait que le plaisir de caresser se transforme en plaisir d'être caressé. On veut sentir son corps s'épanouir jusqu'à la nausée. Est-ce que Sophie a déjà ressenti cela ? Sinon, il lui montrera comment ça fonctionne.

Sophie sort.

Tout me donne la nausée, particulièrement aujourd'hui, dit Anna.
Quand Sophie reviendra de l'épicerie avec son sandwich au salami, Rainer ordonnera qu'elle le lui remette. Ce sera une épreuve de volonté. La voici qui

revient, et Rainer à titre d'expérience, une expression brutale sur la figure, lui pose quelques doigts sur la carotide. Aïe, t'es pas malade non, le cou est plein de nerfs qu'on peut bousiller sans faire exprès. Sans faire exprès, tu parles, dit Rainer. J'ai vu faire ça dans un film français.

Tu ne vas pas tuer les gens juste parce que tu l'as vu faire dans un film.
Qui sait ce dont je suis capable, dit Rainer. Je sais seulement que je suis capable de choses incroyablement cruelles, et que je me contrôle pour ne pas les faire.
A l'arrière-plan Anna attend qu'une moitié du petit pain se libère. Je t'en ai apporté un aussi, offre Sophie. Au poisson et aux oignons, comme tu aimes. Chouette !
Après avoir englouti son demi-sandwich, Anna file aux cabinets et se met un doigt dans la gorge. Et les voilà qui ressortent, mais en ordre inverse, harengs et oignons, berck. Anna considère avec intérêt ce qu'elle vient de dégurgiter et tire la chasse d'eau. Elle a le sentiment de n'être rien d'autre qu'un bloc de crasse, pas étonnant, comme un aimant elle trimbale partout avec elle la crasse de son foyer.

Un jour, elle était encore enfant, elle a observé maman dans la baignoire. Contrairement à son habitude, la mère avait gardé un vieux slip blanc qui s'enflait dans l'eau comme une voile. Il y avait des taches rouges dessus. Répugnant. Un tel corps n'est qu'un appendice légèrement périssable et non l'essentiel de l'être humain. Même si l'on peut acheter plein de choses à mettre dedans ou à accrocher dessus. Quand Anna voit quelque chose de blanc, elle a aussitôt envie d'y faire une tache.

Anna est sans cesse obsédée par des choses désagréables qui accèdent à son cerveau par une voie à sens unique. La barrière mobile se lève toujours dans la même direction. Ça entre mais

ça ne ressort jamais, toutes ces choses désagréables se bousculent dedans, et la sortie de secours est barricadée. Par exemple le souvenir humiliant du jour où des années auparavant certaines mères s'étaient plaintes d'elle auprès du professeur principal. Car la sexualité d'Anna sortait de sa bouche sous forme de blagues cochonnes (tout comme chez Rainer dont la sexualité ne sort jamais que par la bouche). Elle aurait ainsi perverti les âmes enfantines de plusieurs camarades. A cette époque commencèrent chez Anna les premières difficultés d'élocution, la langue disait de plus en plus souvent non, aujourd'hui je ne travaille pas.
En ce moment Anna est à nouveau en train de faire des taches, rien ne la ravirait plus que de voir la surface de Sophie pareillement maculée. Mais celle-ci est fabriquée dans un matériau de 1er choix traité antitache. Qui repousse la saleté.

Encore un petit exemple. Anna a quatorze ans. Assise par terre jambes écartées elle essaie, au moyen d'un vieux miroir à raser et d'une lame de rasoir, de se déflorer elle-même, afin de se débarrasser d'une membrane qui aurait poussé en bas. Mais faute de connaissances en anatomie, elle taille par erreur dans le périnée, d'où un flot de sang.
Lorsqu'Anna sort des cabinets et se retrouve à l'air libre, une tornade blanche — Sophie naturellement — la balaie au passage et l'ensevelit. Sophie — l'avalanche. Tu passes cet après-midi ? O.K.
Anna pompe avec vigueur et persévérance, mais rien ne vient, ni sang (comme autrefois), ni encre, ni sirop de framboise, ni vomissures.

Sophie la tamponne délicatement au passage et la voici dehors. Où il fait clair. Si clair que le contour de Sophie ne se détache plus et disparaît sans laisser de trace.

Le père de Hans Sepp, issu du mouvement ouvrier, avait été assassiné sur la rampe de la mort à

Mauthausen. Comme si elle n'avait jamais rien vu de tel, la lumière du soleil couchant se réfléchit, éblouissante, plus violente encore qu'à l'instant de sa naissance, dans les vitres de la Kochgasse. On ne peut que fermer les yeux devant la puissance de la nature. Aveuglé. Les habitants sont entraînés à fermer les yeux sur certaines choses.
En face se trouve une petite boutique d'accessoires de tricot et de couture. Sur des napperons au crochet, des fils et des laines multicolores, à l'intérieur les aiguilles pointues. Hans, très nature, sensible aux choses du quotidien, pénètre dans l'immeuble communal où il habite avec sa mère. Son regard fixe passe à travers la vieille dame et sa fille (toutes deux en blouses noires), chez qui se fournissent des dames qui travaillent à domicile. La mère de Hans aussi est ouvrière à domicile. Dans son logis mal tenu elle écrit, contre rémunération, des adresses sur des enveloppes.
Les pommes de terre, oranges et bananes du magasin de fruits et légumes aussi ont un aspect naturel. A tous les coups Anna et Rainer compareraient ça à des choses qu'ils auraient déjà rencontrées dans une poésie artificielle et fabriquée, pense Hans avec suffisance. Je suis tout de même plus proche de la nature, je prends le pouls du temps. Je laisse les choses venir et repartir, elles entrent en moi et ressortent. Dans la Laudongasse, à la station près de la boulangerie, grincements presque ininterrompus du cinq. L'art et la littérature ne m'ont pas encore corrompu, pense Hans.
Sa mère aussi regarde la lumière réfléchie du soleil couchant. La tête et le cœur occupés par la social-démocratie qui l'a pourtant si souvent déçue. Il ne faudrait pas que ça se renouvelle trop, sinon elle ira tenter sa chance chez les communistes. D'où tiens-tu ce pull-over, Hans ? Cette laine (du cachemire) est de plusieurs classes bien au-dessus de notre budget.

La mère en fait brûler un brin et l'odeur lui confirme : pure laine. Hans qui rentre de l'Elin-Union * où il fait un apprentissage de monteur en haute tension explique aussitôt que c'est un cadeau de son amie Sophie qui a des parents riches. Mais il reste l'homme et elle la femme. Et ça ne changera pas, il y veille. Si tu continues, tu deviendras traître à la cause des travailleurs sans même t'en apercevoir, dit la mère. Hans passe dans la cuisine, la seule pièce chauffée, et se verse un verre de lait, afin de pouvoir continuer à faire beaucoup de sport. Il dort dans le réduit minuscule, sa mère dans le séjour glacial. Merde pour la classe ouvrière et vive le rock'n roll. C'est pourtant la classe à laquelle tu appartiens. Plus pour longtemps j'espère, j'ai bien l'intention de devenir prof de gym ou mieux encore, qui sait.

A cet instant, du cinq qui vient juste d'arriver, un nouvel essaim de travailleurs se déverse dans les rues latérales, des cages d'escalier mal aérées s'animent d'un coup, des mères bondissent sur la porte d'entrée pour accueillir leur soutien de famille, leur arrachent des mains leur porte-documents miteux, ustensiles de cuisines bosselés, et bouteilles thermos ; les femmes de la haute leur arrachent porte-documents plus journaux, restes de knacks, papiers gras, etc. Et hop, on passe les chaussettes trouées réservées à l'usage domestique et que voici peu l'on portait encore pour aller au travail. C'est que l'on sait ce qu'épargner veut dire, qu'on y soit ou non contraint. A quoi bon acheter du neuf quand le vieux fait encore l'affaire. Des premiers enfants talochés s'élèvent, torturées, des voix stridentes. Non, Karli n'a plus le droit de descendre aujourd'hui, non, non et non. Sur les pelouses de Beserlpark, au coin de la

(*) Regroupement de centrales électriques.

rue, des chiens galopent à petites foulées, déposant çà et là quelques crottes. Des invalides de guerre qui à cette époque animaient encore la rue, les contemplent intéressés, en songeant au temps où dans un pays étranger et hostile ils étaient encore quelqu'un, ce qu'ils ne sont plus.
Ils font claquer les laisses, ce qui ne trouble en rien les petits chiens. Personne n'obéit plus aux ex-soldats qui eux non plus n'ont personne à qui obéir au doigt et à l'œil. L'autorité s'est hélas perdue.

Hans avale plusieurs tartines de margarine et observe sa banane dans le vieux miroir à raser censé avoir appartenu au père abattu. Ne recommence pas avec tes histoires de camps de concentration, elles me sortent par les oreilles.

Là-bas la propriétaire de la mercerie baisse à moitié le rideau roulant, derrière, déjà courbée, une cliente continue à discuter d'un nouveau modèle : l'ère des tableaux au petit point accrochés au mur n'en était qu'à ses débuts mais n'allait pas tarder à faire un malheur. A peine les gens ont-il le strict nécessaire qu'ils se mettent à penser au superflu. Quant au simple nécessaire, ils feraient mieux de ne pas y songer du tout. Le soleil dans l'existence vient du superflu, surtout lorsqu'on manque de flouze. Sinon le quotidien est gris.
Ça fait quatre semaines que tu ne vas plus à la réunion de groupe et on aurait justement besoin de toi pour coller des affiches (la mère à Hans). Tu me fais chier (Hans à sa mère). A la suite de quoi elle y va de sa langue de bois.
Jusqu'au cœur des années cinquante, la situation des travailleurs était pire encore qu'au temps de la grande crise économique de 1937. Cette époque compte parmi les plus terribles années de l'après-guerre. On avait augmenté la productivité, ce qui revenait à aggraver l'exploitation des travailleurs, tandis que les vivres se

raréfiaient fortement. Mais à l'heure où se déroule l'action, les choses vont déjà beaucoup mieux pour tout le monde et un miracle économique (expression allemande qui s'incarna à la fois dans de nombreux films bourrés de tables rognon et meubles-bars, et dans de nombreuses femmes blondes et grasses aux gros lolos soutenus par une armature métallique) peut librement faire son entrée. On le salue avec des cris de bienvenue. Toutefois il reste encore des gens chez qui rien ne fait son entrée, et surtout pas un miracle. Ils ont beau ouvrir leur porte, rien ne pénètre, sauf le froid de l'extérieur. Mme Sepp fait partie de ces êtres déshérités.

Tandis qu'elle exaspère son fils en lui parlant d'une voix hésitante et pour la énième fois de 1950, année décisive qui avait sonné le glas de ses avant-derniers espoirs (point fort aujourd'hui : des gardes d'Olah ivres, munis de matraques, triques et gourdins, pénètrent comme des rouleaux compresseurs dans les usines, pour obliger les grévistes à reprendre le travail. Olah est le conseiller national du SPÖ *, le chef de la troupe des briseurs de grève, etc., etc., et blablabla, blablabla), elle n'oublie qu'une chose : depuis quelque temps et d'une façon inversement proportionnelle germent en son fils de fallacieux espoirs qu'il tient pour réalistes. Hans est jeune, sain et se fie à ses poings, exactement comme les permanents sociaux-démocrates Probst, Koci et Wrba s'étaient fiés aux leurs pour écraser les grèves. Hans a appris qu'il n'est nullement nécessaire d'être permanent de ce cher parti ouvrier pour matraquer les gens, ça peut se faire directement et surtout pour son propre compte. Ainsi un jour ou l'autre une fortune commence-t-elle à se constituer pour s'arrondir ensuite.

(*) Parti socialiste autrichien.

Les premiers lampadaires s'allument, le courant afflue. Ce courant, c'est Hans qui l'a fait seul. Et pas le bon Dieu. Pourtant ton travail t'a toujours plu, rappelle sa mère. Y a mieux, et j'ai ma petite idée, s'échauffe Hans.
Dire que ton père est mort pour ça. Il aurait pu s'en dispenser, je m'en fiche complètement (Hans).
Imagine qu'on soit un de plus ici, maman, on ne pourrait plus se retourner. Voyons Hans, certais disposent de plus de pièces qu'ils ne peuvent en occuper. A Helenental y a des amoureux sur les bancs publics, et à Vienne-Hitzing y a les beaux quartiers. C'est là qu'habite Sophie, et moi aussi je m'installerai dans une de ces maisons — d'une manière ou d'une autre, jure Hans. Il plie délicatement le coûteux pull-over en cachemire et passe la veste d'intérieur ravaudée qui date de son enfance. Il met de côté pour plus tard (ce qu'il faut apprendre à temps, car lorsqu'on est jeune il y a toujours un plus tard, mais lorsqu'on est vieux, terminé), et plus tard il épargnera pour encore plus tard, afin d'avoir une poire pour la soif qui, espérons-le, l'épargnera toujours.
A présent, comme au commandement, c'est le coup de feu dans toutes les cuisines, mauvaises ou agréables des odeurs traversent la cage d'escalier et se déposent dans le crépi écaillé où de vieilles connaissances : choux blancs et choux verts, pommes de terre et haricots, les attendent pour tailler une bavette. La deuxième fournée d'enfants talochés hurle à travers les portes. Le papa fatigué n'a pas les nerfs solides. Chut, doucement, sinon l'isolation nerveuse va complètement craquer.
Hans a la vision d'une porcelaine étincelante, de couverts en argent, d'une retenue générale dans les paroles et dans les actes. Dans le ton et dans l'attitude où jamais on ne pèche, préfèrant pêcher dans les poches d'autrui. Hans a un idéal parce qu'il est adolescent.

Adolescence et idéal font la paire. Conséquence : des projets dans lesquels l'amour joue un rôle toujours désintéressé, ce qui permet d'en tirer le maximum.

Hans raconte que Rainer a dit que dans la nature le fort écrase le faible. Lequel des deux je voudrais être, ça tombe sous le sens. Qui est ce Rainer (question angoissée de la mère). Tu me casses les pieds avec tes questions stupides, fait le fils qui se rebiffe et se taille sans même avoir mangé correctement — autre besoin de la jeunesse. Aujourd'hui comme bien souvent un goulasch de pommes de terre aurait dû figurer au programme.

La mère se tient dans la chambre obscure, elle a mal au dos à force d'écrire, autour d'elle sombrent les meubles abîmés en bois foncé, signe qu'elle n'est arrivée à rien, ce qui est sa propre faute. Tous les coupables sont des criminels, et tous les criminels sont coupables. Sombre sur elle également ce cache-théière humain d'êtres battus, pendus, gazés, fusillés et refaits de leurs dents en or. Bonsoir, Hansi, dors bien (c'est ainsi que s'appelait son mari, et c'est ainsi que le fils s'appelle aussi). Son Hans qui est déjà grand et n'est plus un Hansi, quitte alors la maison. Dommage que son papa ne l'ait pas vu grandir. Mais les étrangers comptaient plus pour lui que sa propre famille. A présent la maman doit veiller seule. Pour un garçon, c'est difficile sans père, à ce qu'on lit souvent, pour une fille c'est moins important. Ceux qui le disent étant plus intelligents que la mère de Hans, c'est forcément vrai. Et le soleil n'en rit pas, parce qu'il a définitivement battu en retraite. De la Kochgasse il ne reste plus que les cercles clairs, pelures découpées par les lampes dans l'obscurité des maisons. Ce qui ne signifie pas que ce que l'on ne voit pas n'existe pas. Tant que ce n'est pas passé et par conséquent pardonné et oublié, c'est là. C'est encore là, et nombre de destins à vrai dire sans grand intérêt se jouent en ces lieux. Pour y couper, Hans se rend justement dans un destin plus intéressant et il s'y dissout complètement.

L'automne a de tout temps eu la conscience chargée, mais plus encore lorsque c'est un être jeune qui le vit. L'homme âgé pense constamment à la mort, le jeune n'y pense qu'à l'automne quand dans feuilles et bêtes s'opère un dépérissement général. Rainer dit que pendant les nuits d'automne il déploie les ailes de sa propre magie. Ensuite des chats enchaînés et sanglants lèchent le cri des granges de leur fourrure blessée ! C'est un poème. Involontairement Rainer pense aux femmes quand il pense à la flétrissure de l'automne, sa mère par exemple se flétrit à vitesse grand V. Une femme veut toujours avoir quelque chose en elle, à moins qu'elle ne porte un enfant, qui sortira d'elle. Telle est l'image de la femme pour Rainer. L'air est gros de lumière, dit Rainer dans son poème sur l'automne. Qui n'est pas tout à fait fini, mais presque. Comme sa mère. Le père a encore du chic, la mère a tout d'une vieille bique. Ce que sa mère lui préfère, c'est sa sœur. Elle dit que celle-ci en a plus besoin, car elle est moralement plus menacée que lui. Son père en revanche le préfère, parce qu'il est le fils aîné et qu'il transmettra le nom. A l'aide de sens que la poésie ne mobilise pas pour l'instant, il guette le téléphone qui doit lui apporter Sophie à domicile et sans effort. Si on lui demande, tu attends quelque chose, il dit non, qu'est-ce que tu veux que j'attende, mais en réalité il attend la voix chère. Elle ne vient que rarement. Surtout ne pas faire le premier pas, on a conscience de sa valeur. Pourquoi les ondes éthérées ne lui transmettent-elles pas cette voix au lieu de ce stupide concert radiophonique où des gens stupides en congratulent d'encore plus stupides à l'occasion d'anniversaires ou de fêtes insipides. Mieux vaudrait que ces gens ne soient pas nés, qu'ils

vivent ou non ne fait aucune différence.
Sophie pense si rarement à l'amour et si souvent au sport. Une fille sportive a d'autres choses en tête.
En Rainer il y a trop de laideur. Si déjà l'enfant en est accablé, l'adolescent a bien du mal à s'en défaire. Trop souvent l'enfant a vu sa mère, comme le squelette d'un vieux cheval, se casser en deux et former un V sous les coups du père. Qui la plupart du temps utilise à cet effet de vieilles charentaises, bonnes à jeter après usage. Les rossées commencèrent, paraît-il, le jour même où la guerre fut perdue, car si auparavant le père rossait des étrangers de corps et de formes divers, à présent il ne dispose plus que des corps de sa femme et de ses enfants. Il a aussi traqué des gens jusque dans les marais où ils moururent vite, c'est attesté. Il a eu la poisse dans la mesure où d'autres qui en ont fait autant ont aujourd'hui refait surface, et lui pas. Question de destin et d'individu. Car même dans cet ancien corps d'élite il y avait des ratés comme lui qui resteront toujours des petits merdeux. L'élite disparue, il ne resta plus qu'un misérable corpuscule humain. Cependant il fait honnêtement son travail et n'a pas à en rougir, dit-il. Il s'est déjà essayé à bien des métiers, jusqu'ici sans jamais réussir. Il est allé en France, parce qu'il comptait organiser une campagne publicitaire pour un produit français au moyen de ballons, mais le travail fut confié à quelqu'un d'autre jugé plus futé. Encore une chance d'envolée. Et le père se ratatine lentement sous l'effet naturel de l'âge.
La mère lui dit que le plus important est de donner aux enfants une formation, c'est un devoir. Que le lycée permet de remplir. Le père, lui, dit qu'ils devraient plutôt gagner leur vie, ce qui horrifie passablement les jumeaux si cultivés. On ne peut pas exiger ça d'eux, pensent-ils.
Des quatre coins encombrés de la pièce, la misère

imminente qui en fait est là depuis longtemps, pointe gentiment sa binette luisante et fait un clin d'œil. Les jeans des jumeaux aux ourlets souvent allongés et bordés d'un ruban extra-fort tracent leurs sillons à travers les minous, la mère doit faire le ménage chez des inconnus, son propre ménage en pâtit. Chez ces inconnus-là, il y a aussi des hommes inconnus. C'est pourquoi le père gueule comme un bœuf qu'on rôtirait vivant. Pour la mère il n'existe ni bons petits extras, ni réconfort, elle est constamment piétinée, bousculée. En outre, s'il est une chose qu'elle ne répand pas, c'est de la douceur, or un foyer où règne une maîtresse de maison est censé en dégager. C'est pourtant à elle de le faire, car l'ex-officier est là pour autre chose que répandre la douceur. Il détruit le bien-être où qu'il soit. Dans le cercle — réduit —de leurs relations, le père passe pour un être tordu qui énonce des choses bizarres et n'accepte jamais rien car il ne mange pas de ce pain-là, comme il dit.
Souvent le père pense aux sombres squelettes des gens qu'il tuait jusqu'à ce que la neige de Pologne de vierge et blanche qu'elle était, devienne souillée et sanglante. Mais la neige retombe régulièrement et entretemps elle ne porte plus trace des disparus.
La mère, de son côté, tente d'inculquer à ses enfants de l'humanité, c'est la tâche des mères. Mais il lui faut bientôt renoncer, parce que les enfants veulent être inhumains et font tout pour en avoir l'air. Ce que l'on fait est vain, dégoûtant.
Tout vous dégoûte, mais on n'enlève rien, au contraire, dégoûtants les papiers froissés, les vieux mégots sur le sol, les croûtes de fromage, les peaux de saucisson, les taches de café et par-dessus tout les trognons de pommes et les pépins d'orange. Là, c'est l'horreur. On ne les enlève pas, car c'est un beau sentiment lorsque l'estomac se lève. L'appartement est plein de niches et de coins bourrés à craquer où s'entassent les

ordures. Le petit bourgeois a toujours quelque chose à cacher, d'où l'utilité de ces recoins. Chez les Witkowski on peut passer en revue tout ce que le petit bourgeois cache, car ils ne jettent rien. Le bourgeois, lui, campe devant ces recoins, prêt à chaque instant à s'y retirer comme l'éclair pour faire ses cochonneries à l'abri des regards.

Les jumeaux sont souverains dans le malheur, parce qu'ils se sont libérés de tout et font ce qu'ils veulent. Rainer dit que les êtres humains sont déjà en quelque sorte prédéterminés, tous sauf moi, car je leur suis supérieur, en raison de ma volonté. L'individu par contre est libre à condition de le vouloir. Rainer accepte avec un brin de condescendance cette liberté qui lui remet aussitôt ses lettres de créance. Il y a de l'héroïsme en lui, ce solitaire. Solitaire parce que nul ne le voit, ce qui diminue de moitié la valeur de son bel héroïsme. Mais du moins peut-il se regarder en face lorsqu'il est seul devant son miroir.

Parfois la journée est tout à fait normale, et le père pique au hasard l'un des enfants et le rosse en gueulant. Parce que l'enfant ne veut pas faire ce qu'il veut. L'enfant rame impuissant en l'air, cependant que le contenu de l'enfant s'élève au-dessus du corps et grimpe un cran plus haut d'où il domine l'effroyable événement. Ils en ont pris l'habitude dans leur enfance, Rainer et Anna, et à présent ils croient toujours être en haut et pouvoir considérer les autres de haut. Physiquement ils ne se développent que lentement, péniblement. Mais le sens de la hauteur est resté. Dans leurs têtes s'est noué quelque chose qui donnera plus tard une explosion de lumière orange.

L'heure est déjà venue où les jumeaux — rien que sur le plan du savoir — ont laissé leur père derrière eux. Néanmoins le père croit en savoir plus que ses enfants, c'est l'âge qui veut ça. Question d'expérience. Ces temps-ci, la liberté vient du savoir, et non du travail. Pas question pour nous de travailler, et surtout pas avec les mains. Non. Souvent ces jeunes gens qui ne veulent que danser et écouter du jazz sont trop immatures pour user à bon escient d'une liberté quelconque, aussi on la leur reprend.

La mère sort d'une assez bonne famille qui est maintenant loin derrière elle. Elle était professeur. Par la suite les deux moitiés du couple se sont inopinément retrouvées par terre. Anna et Rainer détestent leurs parents, parce que la jeunesse juge souvent à la légère et ne fait pas de compromis. Souvent ils s'en prennent à leur père haï, ils imitent avec dégoût chacun de ses gestes, lui arrachent ses béquilles, lui font un croche-pied (à lui qui n'en a plus qu'un), crachent dans son assiette et ne lui apportent pas ce qu'il voudrait. Des brimades, gronde l'homme vieillissant. Mais il ne peut jamais prouver qu'ils le font exprès. Malgré tout il les laisse au lycée, juste pour pouvoir dire qu'ils vont au lycée. Ainsi certaines valeurs s'effondrent-elles comme on le voit clairement : les valeurs de l'autorité et de la puissance paternelle.

Mais il est vrai que l'on a encore une femme et mère sur qui se venger. On lui dit que son corps ressemble de plus en plus à un morceau de fromage pourri, ou bien l'on fait disparaître l'argent du ménage habituellement caché au fond d'un bol en porcelaine, et on l'accuse de l'avoir gaspillé pour son propre plaisir. Aujourd'hui, par exemple, se produit une situation de ce type : la maman cherche un réconfort auprès des enfants, ne vient-il pas de mettre en pièces exprès un tablier tout neuf coupé dans un joli imprimé à fleurs, reliquat des derniers soldes, et qu'elle avait cousicoté de ses propres mains sur sa machine à coudre achetée à tempérament. Sans aucun don pour la couture, mais avec tant de soin. Et de plaisir à créer.

Ce que l'on fait soi-même est souvent mieux fini, la qualité en est meilleure, parce qu'on sait où, comment, avec quoi ; on ne peut en dire autant de ce qu'on achète tout fait. Mais on devine : c'est du vite fait, mal fait — les boutons s'en vont les premiers — et beaucoup trop cher. On peut l'avoir à moins. Rien qu'en remuant les doigts, la maman a économisé un tas d'argent, et voilà que le papa déchiquette le tout en pleine connaissance de cause. Parce qu'il s'opposait absolument à ce qu'une machine à coudre entre chez lui. Si la maman se fait de nouvelles frusques, d'autres hommes totalement inconnus pourraient avoir l'idée de reluquer de près sa silhouette empâtée mais néanmoins féminine. Et quels tissus va-t-elle choisir ? Exact, quelque chose d'affriolant, des tissus gais, ou du moins ce qu'elle entend par là (petits champignons, abeilles, coccinelles, fleurs, etc.). Et quelles coupes va-t-elle choisir ? Exact : celles qui justement soulignent ses seins, ses hanches et son cul, pour autant qu'ils existent. Bref, juste ce qui ne doit pas être souligné. Ces choses sont pour papa et pour personne d'autre. Tu espères bien en décrocher un, hein ? Je suis peut-être un infirme, mais j'en ai plus que bien d'autres avec leurs deux jambes ! Si tu veux, je te le prouve tout de suite. A ta disposition. Sur la carpette ou directement sur le lit qui a vu passer tant de souffrance et de sang menstruel qu'il en pue. On ne peut pas laver tout le temps, on a parfois envie de lire un bon livre et de se détendre. Ça c'est bien toi : acheter une machine à coudre au lieu d'une machine à laver. On pourrait être si propres à présent, et on est comment ? — Crasseux. Seulement toi tu portes un nouveau petit tablier rouge. Cric font les ciseaux. Tant de travail anéanti d'un coup ! C'est moche.

Estime-toi heureuse que je ne t'inflige pas quelques blessures corporelles comme mon métier me l'a appris, il faut d'abord se dominer, ensuite ça va tout seul.

Au fait, j'ai une idée pour une nouvelle série de photos, je pourrais te faire des entailles, des éraflures, des petits trous dans la peau. Mais la boîte d'aquarelles des enfants fera aussi bien l'affaire.

J'ai fait un gâteau, une tarte aux abricots exprès pour vous, dit maman qui veut s'insinuer dans les bonnes grâces des enfants et vient chercher auprès d'eux une compréhension qu'elle ne trouvera pas. Elle table sur la culture, préalable à cette compréhension, et sur le cœur d'or des enfants qui sont depuis longtemps écœurés. On investit en Rainer et Anna et il n'en résulte que deux êtres sans chaleur ni tendresse. Voilà la tarte, voilà les assiettes en verre. Je pose ça là, allons au beau milieu de tous ces livres il n'y a plus de place pour ma jolie tarte qui sort juste du four, rangez-moi un peu tout ça !

Non. Pas question de toucher aux livres, ils sont plus importants que tous les gâteaux du monde. Nous sommes justement en train de lire que la valeur de notre existence est égale à zéro. Allez dégage, maman, les jumeaux flanquent leur mère à la porte. Nulle part on ne souhaite sa présence, la pauvre. Ce qui a des répercussions catastrophiques sur son état général. Après avoir copieusement crié après leur mère, les jumeaux s'attaquent sans transition au gâteau qu'ils dévorent en entier. Ça ce n'est pas en-dessous d'eux. Il ne reste rien pour la mère, pourtant elle en aurait bien mangé une petite part.

Rainer pense que c'est dégradant pour une femme de devoir se soumettre à un rapport physique. Il n'y a qu'à regarder la mère qui appelle souvent au secours dans la chambre. Mais il est possible qu'on fasse avec elle des choses anormales, et qu'elle crie pour cette raison. Chez Rainer aussi, parents et alliés ont souvent constaté un regard peu normal, peut-être parce qu'il a trop souvent vu ce genre de choses dans la chambre à coucher. Mais il n'a jamais vraiment regardé. Sa tête disparaissait aussitôt sous les couvertures. Là on ne voit rien et on ne sent que sa propre odeur. Parfois Rainer ne mange que de la soupe et refuse toute nourriture solide, bien que les hommes aiment d'ordinaire une nourriture qui tienne au corps. Anna parfois ne mange absolument rien, cela peut durer des jours. Quand les jumeaux se lèvent de table après ce non-repas, ils s'allongent ensemble sur un de leurs lits qu'une cloison installée exprès sépare l'un de l'autre, car lui est un garçon et elle une fille, et ils s'isolent du monde extérieur. Rainer écrit des poèmes afin que le système d'isolation fonctionne encore mieux. Souvent dans les arbres cet exalté voit des visages qui l'inspirent. Il n'a pas d'amis, juste des camarades qui souvent ne se comportent pas en camarades avec lui, et, par principe, méprise la camaraderie. Lorsque Rainer compose des poèmes, aucun rapport avec l'élan gracieux du poisson qui saute et jaillit, fulgurance argentée, comme souvent chez le poète Musil. On dirait plutôt qu'il fouit, qu'il plante ses crocs.
A chaque seconde Rainer et Anna ont conscience

d'avoir échappé à des lieux comme Ybbsitz, Laa an der Thaya, Laa an der Pielach ou divers St Michel, du fait que leurs parents se sont installés en ville. Ils sont contents de ne pas être forcés de vivre dans quelque horrible désert intellectuel qu'ils connaissent d'après la ferme de leur grand-mère. Tout sauf là. Où des chouettes rouges, des corneilles et autres vermines s'agrippent en criant à des arbres déjà marqués par l'hiver. Où divers nuages sifflent à travers un ciel triste, où le chevreuil bêle et où les élèves puants du primaire et les élèves débiles du collège compriment leur chair dans les cars scolaires. Parmi eux pullule le bacille de la pauvreté. Magma d'enfants émergeant de lainages, héritage de leurs aînés, qui fument d'humidité.

Aucun destin ne les attend, dit Rainer, ils sont condamnés à mort dès avant leur naissance, avec une seule et même image dans toutes les têtes. L'image qu'il y a dans une tête est identique à celle qu'il y a dans la tête voisine. Et cela dans un pays libre, mais où à vrai dire on ne découvre pas trace de liberté. De fades paysages s'étendent au loin sous la pluie, on ne voit pas de limites, pourtant elles sont là, dans les têtes des habitants. De l'étroitesse d'esprit, les jumeaux en ont aussi découvert dans la grande ville, et de jubiler car ils ont pour leur part dépassé ce genre de limites depuis déjà pas mal de temps. Avec leurs dents pointues ils se sont rués sur le cordon ombilical aux reflets bleuâtres les reliant aux lieux qui leur furent assignés par avance et l'ont cisaillé. Un ruisseau de sang dégoutte de leurs mentons. Deux langues pâles, la langue de Rainer et la langue d'Anna lèchent. Bientôt de la limite naturelle qu'est la naissance ne subsistera plus un pouce de peau. De lointains infinis s'entrouvrent, sous un soleil froid, jaune d'œuf non crevé dans le lait. S'il y a ici des casseurs, ce sont Rainer et Anna.

Fini le gel crissant des rues villageoises, finis les escarpins du dimanche à semelles fines qui ne conviennent ni au temps ni à leur propriétaire. Rien n'entre, désinvolte, au cinéma Western pour en ressortir avec des allures de cow-boy, pas étonnant car la salle n'est fréquentée que par d'autres crétins, des morveux aux têtes brillantinées. Finie la peur de rentrer trop tard et d'être battu avec des objets durs. Sans compter qu'il faut encore traîner jusqu'à la porcherie les lourds baquets contenant la pâtée chaude des cochons. Et si l'on oublie de les enlever, les belles tatanes du dimanche se parfumeront au point qu'elles devront tirer un trait sur les sorties et seront condamnées à la porcherie. Les jumeaux ne sont pas des seconds rôles, mais les principaux interprètes. Ils sont le point central, qui n'est pas un point mais une épaisse couche d'êtres humains.

Les jumeaux ne respirent aucune joie de vivre comme l'adolescent qui écoute son transistor, ils ne respirent que colère et dégoût. Voilà qu'on donne de l'amour aux enfants, et c'est exactement comme si on ne les aimait pas. Ils croient qu'il y a en chaque être une partie qui n'est pas déterminée. Quelque chose d'imprévisible qui sort du champ social, de libre par conséquent. Seuls des minus aiment à avaler des gâteaux et écouter Elvis, Peter et Conny.

Rainer avale un bouillon de poule clair où flottent une fois de plus des choses indéfinissables qui troublent une fois de plus le potage.

Déchiqueter à belles dents ces nouvelles jupes style Conny, ces jupes dans le vent — ce serait une idée, éventuellement. Ces derniers temps la masse grise des filles aime à s'en vêtir, parce que le tissu est bon marché, les stocks importants, et que la jupe répand une atmosphère de gaieté lorsqu'elle est rouge, et de drame lorsqu'elle est bleue.

Démonter et miner les tours

crêpées (de véritables nids de corneille) sur la tête de filles incroyablement laides, en retirant les épingles à cheveux. Fouler entre les dents des pulls velours jusqu'à ce qu'il n'y ait plus trace de velours et qu'ils aient l'aspect lisse et flasque de pulls ordinaires. Rainer se mord la lèvre à se faire saigner lorsqu'il les voit qui passent devant lui en disant prends-moi, non prends-moi plutôt moi, elles ont des traits noirs sur la paupière supérieure et du rouge à lèvre blanc ou de la pommade rosa, et forment un troupeau gris qui avance partiellement fleuri. Sous le jupon amidonné par la maman une odeur de bas-ventre. Il leur faut un jupon, mais se laver, ça non.
Rainer ne veut pas encore s'engager trop loin, il veut seulement juger de loin. Il a encore le temps, il le sait.

La mère fait une brève apparition, sursaute non sans raison à la vue de sa couvée, mais dit que sa progéniture ferait mieux d'avoir Le Beau présent en pensée, en paroles, en actes, et de le pratiquer. C'est pourquoi ils vont au lycée. C'est là qu'on apprend ça. Ils doivent construire des ponts et non détruire, l'un des ponts mène à votre prochain, l'autre de votre prochain jusqu'à vous. Des ponts, les jumeaux ne veulent pas en construire.
Anna : En effet, nous sommes une liberté qui choisit, mais nous ne choisissons pas d'être libres. Nous sommes condamnés à la liberté. Et quand je te regarde, maman, c'est vrai. Jetés dans la liberté, délaissés ce qui est ton cas. Et ce délaissement n'a précisément pas d'autre origine que l'existence de la liberté. Il suffit de te regarder.
La maman ne comprend pas, mais ce qu'elle sait, c'est que le monde s'en trouverait mieux s'il écoutait plus ses philosophes et ses artistes et obéissait moins à l'esprit mesquin et égoïste du commun qui n'a aucune vue d'ensemble. Qu'ils croient plutôt Beethoven et Socrate.

Les jumeaux expliquent à la mère que même la non-existence de cette mère-ci serait pensable et possible. C'est moi qui vous ai mis au monde en personne, l'un après l'autre. Donc vous existez et moi aussi. Qu'est-ce que c'est que ces sottises. Ce monde est si beau, si vaste, si divers et si jeune, surtout quand on est jeune soi-même. Du coup ils ont même le droit de découper dans le journal le dernier poster d'Elvis, elle le leur permet enfin, alors que c'était encore interdit l'instant d'avant.
Les enfants chassent leur mère comme une mouche. Avec, dans le regard, à nouveau l'expression peu normale de tout à l'heure.

La mère s'en va et dit sur le seuil que ses enfants, qui pour une maman resteront leur vie entière de petits enfants, objets de son inquiétude, doivent savoir se réjouir des petites choses de la vie. Il y a des gens qui méprisent, parfois même maltraitent, des arbres aux formes étranges, des fleurs, des buissons au bord du chemin. Ce sont les mêmes qui tourmentent aussi les animaux. Des êtres ordinaires, ce que ses enfants ne sont pas. Eux doivent prêter attention à l'humble violette au bord du chemin que d'autres ne remarquent pas. Elle les a éduqués à cela. Combattant souvent son mari sur ce point. Cet homme, en tant que soldat est forcément plus rude, il préfère regarder des films légers, sans grande valeur. S'il n'était pas si rude, il n'aurait pas pu tuer. Cette rudesse lui était nécessaire. La douceur aurait été déplacée, incompatible avec le profil du métier.
La mère le voit encore se fendre la gueule devant le film si divertissant avec Heinz Rühmann. Son film préféré, le favori absolu, c'était « Feuerzangenbowle ». Il l'avait vu souvent, sans jamais s'en lasser. Lui seul en avait reconnu les finesses alors que les autres se tordaient à chaque gag éculé. Ce film, à sa sortie, montrait déjà l'avenir. Le père l'avait pressenti. Sou-

vent, et de lui-même, il raconte le sujet du film, hélas les enfants ne peuvent plus vraiment comprendre. Dans cette production, les Temps Nouveaux pointaient leur vrai visage sous la forme de ce jeune professeur qu'animait un idéal national. Dans ce film le professeur dit que les temps anciens sont condamnés à disparaître. C'est aussi l'avis du père, et les jumeaux préparent en quelque sorte ces temps nouveaux. Encore plus nouveaux que les temps nouveaux du film. Qu'est-ce que vous voulez, je suis de toute façon contre les traditions avec ce qu'elles ont de dépassé. J'ai vu aussi quelques films de variété avec Marika Rökk, cette femme a une forme, une énergie incroyables : elle danse toujours ! Et puis ce film si chaleureux sur Hans-Christian Andersen. L'acteur principal s'est donné la mort avec femme et enfants, car son épouse était juive. Avant sa mort il a donc eu une dernière occasion de manifester son humour si profondément humain et non destructeur. Ce genre d'humour ne fonctionne que s'il vient vraiment de l'intérieur. Cette intériorité, un poison foudroyant l'a détruite. Certains meurent plus discrètement et dans des tourments peut-être pires encore. Ainsi ses entrailles se sont-elles déchirées et le poète et conteur danois ne subsiste pour la postérité que sous la forme de celluloïd. Ainsi une part de lui a-t-elle pu survivre. Ah, la belle, belle, belle époque. Qu'elle sentait bon le sable chaud.

C'est une lumière printanière particulièrement douce qui tombe par ces portes en verre de Lalique qui dans les années vingt ont participé à une exposition universelle à Paris pour ensuite venir à Vienne. Sophie, selon l'image qu'elle se fait d'elle-même, est aussi en verre, en porcelaine... ou mieux en acier trempé. Le sport la polit, il est déjà parvenu à la rendre flexible en tous sens. Et ce que le sport ne peut procurer, c'est-à-dire l'arrière-plan ou le niveau, la bibliothèque paternelle s'en charge. Mais c'est une sportive plutôt qu'un puits de science. Ce n'est pas une bête de culture. Toutes les arêtes sont complètement arrondies, durcies, reluisantes. La souillure est étrangère à sa nature, exactement comme voici quelques années tout ce qui n'était pas allemand était étranger aux Allemands parce qu'étranger à l'espèce ; aujourd'hui à vrai dire se développe un tourisme forcené qui leur apporte à eux aussi le monde à domicile, ou éventuellement transporte les Allemands dans le monde, hors de chez eux.

Aucune prise non plus sur cette surface lisse qui incite à l'attaque mais sur laquelle on dérape toujours. Sophie entre en jupe de tennis (d'une manière ou d'une autre elle porte presque toujours une tenue de sport) et dit à Rainer qui porte en lui un amour pour elle qu'il ne montre pas afin de ne pas compromettre sa situation, prête-moi vite un billet de vingt pour le taxi, je n'ai pas un sou sur moi, et maman est à un thé. La mort dans l'âme Rainer fouille dans sa petite

bourse, Sophie empoche l'argent qui représente pour lui une fortune et qu'il ne reverra certainement jamais. Pour Sophie, en effet l'argent n'est rien, chez elle on en a tout naturellement. Alors que Rainer suit son beau billet des yeux longtemps encore après que celui-ci ait quitté la maison. Le père de Rainer voit dans le fait de rouler en taxi une folie des grandeurs que son fils doit réprimer, et qui touche à l'absurde s'il paie les taxis des autres. Sophie voit dans un taxi un moyen de transport.
Sophie ne rendra jamais l'argent, elle oubliera, parce qu'il n'a pas de valeur réelle pour elle.
Rainer sera obsédé par cette somme et par d'autres, mais n'osera jamais la réclamer.
Le tapis est un vaste espace moelleux, persan. Sophie est quelque chose où il faut pénétrer, mais comment, il n'y a pas de poignées. Faut-il la baiser par en haut, par la bouche, et réduire sa langue en compote, pour couper court à ses dénigrements blessants, ou faut-il le faire par en bas, ce qui est difficile, parce qu'elle ne vous laisse même pas approcher de l'entrée. On dérape. Mais qu'est-ce que ce dérapage au regard de la déchéance sociale ! Le moindre mal. N'y aurait-il pas là toutefois quelque lien de cause à effet ?
Partout des tableaux modernes et des objets d'où émane une culture ancienne, un art auquel on ne peut avoir part qu'à condition de s'être en quelque sorte approprié ces choses. Sophie de préférence qui, nous l'avons dit, n'a pas d'anses offrant un point d'appui. Bien que Rainer ait longuement étudié et connaisse les règles de l'art, il ne dispose cependant d'aucun objet d'art. D'ailleurs, les règles de l'art ça n'existe pas, car l'art n'est un pur produit de l'art que parce qu'il n'obéit à aucune espèce de règle. Conclusion à laquelle Rainer est arrivé seul. Les humains par contre sont soumis à des règles, sinon ce serait chacun contre chacun, l'anarchie. C'est ce que répète

la-mère-de-Rainer au père-de-Rainer et le-père-de-Rainer à la-mère-de-Rainer. Rainer par contre a un faible pour l'anarchie, précisément parce qu'il connaît et donc méprise les règles de la vie commune réglementée. Il faut tout détruire et ne rien construire.
Déjà une serre rainerienne s'avance frémissante en direction de Sophie pour tenter une fois de plus une prise patentée, un effet de levier, mais Sophie se dérobe et dit, je dois aller me changer. Une fois de plus. Je viens avec toi. Non, tu ne viens pas.
Et il reste planté là. Une des innombrables erreurs de la classe moyenne est de se laisser trop vite démoraliser dans ses tentatives maladroites. A peine ont-ils la chance de s'élever qu'il la lâchent, sans même faire semblant de s'accrocher un minimum. Voilà le whisky, sers-toi.
Rainer triture nerveusement son pull de trois sous beaucoup trop large, tandis que Sophie lui échappe pour la énième fois. Ça devient monotone.
Son pauvre cerveau dérive aussitôt vers d'anciennes et nouvelles humiliations. Vers certains points de son esprit tordu où le film s'enraye constamment. Rien de beau. Rien que du laid. Surgissent des balades dominicales avec sa mère, des trams empuantis par des chaussettes mouillées, bourrés d'êtres gris, misérables, comme une longue guerre en produit qu'elle ne peut éliminer de sitôt. En route pour le Wienerwald ! Des bonnets en laine de guerre détricotée puis retricotée, des pantalons de ski trop larges, des chaussures de marche et le pire : le fameux casse-croûte. Qui fleure le fromage et donne soif. Pas question d'aller à l'auberge, ça coûte, un enfant peut boire de l'eau, sauf qu'on n'en trouve nulle part. Bientôt le sandwich au fromage rendra l'âme sous les méchantes dents en métal de la maman dont l'estomac relâchera bientôt des odeurs fétides parce qu'elle n'a pas bien mâché. Trop mâcher ne faisant que diffuser tous azi-

muts la mauvaise odeur.
L'abri détestable où il faut attendre au moins 20 minutes le prochain 43, le temps qu'il fasse la boucle. Neuwaldegg. Terminus. Toujours coincé au milieu de cette matière humaine parmi la plus miséreuse. Souvent on économisait même l'argent du trajet en remontant à pied le long de l'Alszeile, et au bout (oh oui maman, oh oui maman !) on avait droit à un tour de manège pour le prix du billet, ce qui ne faisait que renforcer en vous la conscience de mener une existence d'enfant, celle-là même dont on voulait se débarrasser. Néanmoins les gosses jubilent intoxiqués déjà jusqu'au fond du cœur et du cerveau par des bolides vrombissants... Non que la pollution d'un environnement de toute façon défiguré par la guerre les touche, mais parce que le capital pour acheter une voiture manque. Et puis cette Anni qui se roule dans des crottes de chien et des papiers gras afin d'attirer l'attention sur ses souffrances psychiques considérables. Une souffrance psychique est un luxe, aussi on l'ignore. Elle veut être seule dans une belle berline, et pas avec plein de gens et encore moins sa famille, dans un tram de merde où tout le monde se ressemble, et où par conséquent on ne représente rien de particulier. Dans une Mercedes personne ne viendrait demander et comment s'appelle ce petit garçon ou cette petite fille. Ne vous caresserait la tête avec des mains dont on voit bien qu'elles appartiennent fatalement à l'espèce ouvrière. Sans remarquer que ce petit enfant cajolé porte déjà dans son cœur le venin de l'individualisme. Prêt à le cracher.
Une fois Anni s'est mise sérieusement en pétard sous une de ces mains revêtues de mitaines, d'autant qu'une odeur d'ail pourri lui tombait dessus et qu'on lui parlait comme si elle était une enfant ordinaire, ce que déjà elle n'était plus. Ni ordinaire, ni enfant. Brûlante l'urine goutta le long de ses cuisses (la poussée

vers le bas), et s'attaqua rageusement à la culotte de laine tricotée maison, cherchant irrésistiblement une échappatoire à la misère dominicale : le plancher à rainures du wagon. Floc, floc, floc. Les bras de la mère lui en tombent, s'abattent comme des battoirs, remontent, redescendent, à peine a-t-elle goûté un moment de détente que la petite maman doit se mettre à la gymnastique corrective. Hurlements déments de l'enfant de sexe féminin. Dès le premier coup Rainer s'est recroquevillé entre deux vieux pépés, s'agrippant aux écrase-forêt-viennoise de l'un d'eux. Comment t'appelles-tu donc ? Je t'emmerde.
Et dehors Opels et Volkswagen surgissent de la brume automnale telles des requins et replongent aussitôt dans le brouillard leurs corps puissants résolument dociles quoique indomptés, les yeux fixés sur leur but. Alors que ce balourd de 43 arrive cahin-caha et rame à tour de bras, Anna se roule dans sa propre mare, toute crottée, et la Maman de chercher conseil auprès des autres mères, que faire avec une petite qui fait encore pipi dans sa culotte à son âge. Mais c'est qu'il faut faire son petit besoin avant de sortir, hein, petiote ! La prochaine fois n'oublie pas. Attends un peu que papa l'apprenne, t'as pas fini de déguster ! Bien que le papa n'ait plus qu'une patte, mais la force de ses bras qui a fait ses preuves autrefois est restée intacte. Enfin, quand on a deux zouaves de cette espèce, ça vous fait double travail ! Et maintenant du calme, où gare à la baffe.
A l'insu de la masse, les mains du frère et de la sœur se glissent l'une dans l'autre, les dents de lait se découvrent en un rictus vampirique, attends un peu que nous soyons grands, maman, nous te revaudrons ça et en mieux...

Sous le siège un trognon de pomme, deux croûtes de fromage et quelques peaux de saucisson jetés par quelqu'un qui s'imaginait être ici chez lui et pouvoir tout cochonner, alors qu'il voyageait dans un moyen de transport public et collectif qui appartient aussi à cette collectivité. Qu'une partie du tram lui appartienne ne console nullement Anna. Puisque ça appartient en plus à d'autres. Il y en a vraiment qui se croient partout chez eux. Ce type-là doit faire pareil à la maison, c'est dégoûtant des gens comme ça.

Le petit Rainer croque avec un haut-le-cœur dans la croûte de fromage et s'y cramponne comme une sangsue. Du sable humide grince entre les mâchoires qui ne sont toujours pas munies de toutes leurs dents définitives, flac, un estomac se retourne, la tartine de saindoux déjà à demi décomposée insiste pour ressortir. Par la sortie de secours. A la longue il y a de quoi vous gâcher le plaisir à sortir en famille, ça se termine toujours si mal. L'une pisse, l'autre dégueule. Dire que pendant tout ce temps on pourrait être confortablement installé dans un fauteuil de cuir, indiquer où on veut aller et y parvenir sans le moindre effort.

Sophie franchit la porte glissando, vêtue pour changer d'une robe d'après-midi, parce qu'elle doit aller en ville avec sa mère. Derrière, par la porte de la terrasse, tombe une violente lumière qui, loin de feu-foleter, élit aussitôt domicile sur les cheveux blonds de Sophie. Même le parquet rougit un peu.

Rien n'est nature, et cependant par nature tout est déjà tel qu'il est.

L'enfant en Rainer sanglote, le pire, c'est d'arriver au dernier moment, de ne pas trouver de place assise dans le tram et d'être obligé de rester debout. Inutile de pleurnicher, les adultes ne se lèveront pas, l'enfant, lui, doit être prêt à tout instant à céder sa place. Et on se retrouve coincé dans une forêt franchement obscure et affreuse, plantée de corps dans l'ensemble tout aussi affreux, sans entrée ni sortie à l'horizon.

Coincé dedans une fois pour toutes et bien obligé de faire le voyage. Planté au milieu d'autres, et se dissimulant entre des manteaux d'hiver naphtalinisés et des anoraks d'avant-guerre. Et parfois — rien ne vous est épargné — deux jeunes gens de bonne mine, sûrement des étudiants dont les pères disposent de voitures personnelles mais n'ont pas le temps aujourd'hui de conduire leur fils ou leur fille Dieu sait où, la voiture toutefois est bel et bien là, là, là, elle leur appartient à eux, à eux qui parlent de ski, de voyages en groupe, comme si c'était la chose la plus naturelle du monde. Ah, les imiter, mais comment avec le papa et la maman qu'on a, les imiter, dès qu'on aura l'âge, et ce n'est pas demain la veille. Quelle allure aérodynamique, on dirait des hommes de demain, et quel allant ! Et ces nouveaux fuseaux moulants ! Ces deux-là, personne n'a main mise sur eux, ça se voit d'emblée, on les laisse vivre leur vie. Vous, en attendant, la main maternelle vous réduit en purée, à l'état de toutou qui apporte une peau de banane.

Sophie dont l'enveloppe extérieure ne laisse deviner aucune de ces fonctions corporelles, surtout pas les plus profondes — dites inférieures qui cependant fonctionnent et ce admirablement, sauf qu'on ne voit ni comment ni pourquoi — Sophie s'en va pour la énième fois, et disparaît quelque part derrière un panneau : entrée interdite. Presque chaque fois que nous la rencontrerons, il faudra qu'elle se rende d'urgence quelque part où elle arrivera toujours trop tard. Ce qui avec elle n'a aucune importance. Rainer est celui qui reste et se fâche.

Ils se tiennent à l'écart, non qu'ils craignent la lumière, mais la lumière les craint, et pour cause. En classe comme dans le préau. La harde de loups se regroupe toujours dans les coins. Manifestant une sur-humanité incontestée que les autres aimeraient aussi manifester, mais ceux-ci atteignent à peine le niveau de sous-hommes d'ailleurs indispensables pour faire ressortir des performances sur-humaines. De leurs recoins obscurs ils étendent brusquement les jambes, et presque chaque fois tel fils à sa maman ou telle fille à son papa en jupe à carreau fait un vol plané. Les braves condisciples disent qu'ils ne manquent jamais de sujet de conversation lorsqu'ils vont manger une glace avec leur copain ou leur copine. Ils parlent de la façon de meubler intelligemment leur temps libre, de ce qui se passe à l'école, de qui sort avec un étudiant de l'IUT ou de la fac ou de qui s'est seulement dégotté un employé de commerce bien sous tous les rapports. Autres sujets de conversation : le concert, le théâtre, les expositions, les surprises-parties ou les disques. Le lobby Anna-Sophie-Rainer rejette pareilles choses. Ils ont dépassé le stade du disque, ou alors il faut que ce soit du jazz cool ou du rock pur et dur. Sophie rejette tout beaucoup moins violemment, car elle n'a pas besoin de produire de la violence. Les choses viennent à elle, et tantôt elle leur dit pas aujourd'hui, et tantôt elle les accepte. C'est selon. Selon son envie et son humeur. Rainer dit que c'est bien qu'elle se montre dure, dans ses bras seulement elle a le droit de se laisser aller, voire d'être douce.

Sophie a d'abord sérieusement besoin qu'on la pousse à commettre un ou deux crimes, car d'elle-même elle ne croit pas nécessaire de faire tant d'efforts. En plus ce n'est pas agréable de rester dehors la nuit à faire des choses qui craignent la lumière. Cela vous coûte, alors qu'on serait si bien au lit avec un bon polar.

La voix de Stifter, le suicidé, s'élève au-dessus du cours d'allemand agité ; victime par sa faute d'un projet existentiel manqué et d'un mariage raté, il n'a rien de mieux à faire que de débiter des fadaises sur une fête de Pentecôte où il a marché jusqu'à la lisière d'une forêt lointaine, non il n'y entend pas le hibou (et son petit oiseau à lui, il fait coucou — citation libre d'après Anna) mais il se promène en un lieu qu'il tient pour un espace en quelque sorte infini —qu'est-ce qu'il peut savoir de l'infini, je te le demande. Son esprit est incapable de l'appréhender. Rainer sent en lui l'immensité d'un écrivain qui fait sauter toutes les entraves. C'est lui et non Stifter qui ressent ces choses, la preuve : Stifter a gâché sa vie par pusillanimité. Et Adalbert Stifter de passer en revue quelques beautés, animées mais aussi inanimées. La nature a tendance à sombrer dans l'inanimé, songe Rainer, nous ne faisons que l'y aider. Et de transmettre aussitôt la chose sur un bout de papier à Sophie qui justement dessine des chevaux dans son cahier à spirales. Elle fait peu de cas de l'inanimé, davantage de l'animation sportive. Il faut prendre conscience de son propre corps ou du corps d'un cheval de selle, lorsqu'il passe du trot au galop. Le vent caresse alors cheval et cavalière, et le grand air dissipe humeur et fébrilité. Par ce temps-là ne restons pas à l'écurie qui use plus que la course.

Le mal, quant à lui, préfère s'attarder en des lieux

protégés du vent, des adolescents blêmes, avachis, préfèrent le huis-clos des boîtes car dehors, à la lumière du jour, on ne peut s'empêcher de faire traverser la rue aux aveugles, ou de caresser un petit chien.

C'est fini cette agitation, Witkowski un et deux, taisez-vous ou je fais un rapport sur votre conduite ! Non. Si rapport il y a, ce sera sur vos propres échecs et dans votre propre carnet. Sûr que chaque semaine vous essuyez un nouvel échec. Vous avez mauvaise haleine, un vilain teint gris, et des chevilles épaisses, Mme le Professeur (Anna).

Stifter épie, bienveillant, l'éclat de l'azur éclatant et les étonnantes nuées d'avril gorgées de soleil avec çà et là les jolies bandes vertes des semailles d'automne, tu parles, il aurait mieux fait d'avoir de vertes bandaisons, dit Rainer glissant à Sophie un regard en coulisse et pouffant de rire.

Anna propose d'entraîner Hans Sepp — dont ils viennent juste de faire la connaissance dans une boîte — à commettre un ou deux crimes avec eux. Il serait un outil idéal et d'ailleurs il faut le sortir de sa condition d'ouvrier. Dans la vie quotidienne, c'est monnaie courante de voir un être s'en approprier un autre moins bien armé —à l'usine, au bureau, plus ou moins ouvertement. L'Elin-Union incite Hans à se livrer à des manipulations sur le courant à haute tension. Au risque de sa vie sans doute. Le courant tue volontiers, proprement et sans crier gare. Il n'avertit jamais, il vient du néant. L'homme humilié en voit beaucoup dans son bureau dont le sort est semblable au sien et immanquablement se solidarise avec eux. Solidarité qui en retour lui donne une force à laquelle il n'a pas droit dans le groupe de Rainer, où Rainer est l'homme fort, une fois pour toutes, car l'idée vient de lui seul. Hans aura beau tourner la tête, il ne verra aucun ouvrier comme lui à l'horizon, il ne verra que nous. Voilà

ce qu'il est censé devenir : un récepteur de messages, d'avertissements, d'ordres, d'encouragements.
Anna dit, voler de l'argent, quel enfantillage, je voudrais là, maintenant, faire voler quelque chose en éclats. Ça attirerait l'attention sur nous et le monde nous témoignerait de la considération et non cette indifférence douillette.

Rainer se vante en parlant de son père qui, chaque fois qu'il prend l'avion pour New York, sent lui aussi — ce sont ses propres paroles — sa poitrine éclater de bonheur à regarder d'en haut, car au-dessus des nuages règne la liberté. Sauf que depuis la fin de la guerre son père n'a jamais dépassé Zwettl dans le Waldviertel. Ce dont Rainer ne se vante pas. Anna se rappelle qu'un jour, enfant, elle a offert un bouquet de muguet à papa pour son anniversaire et celui-ci l'a jeté au W.-C. Pourquoi y pense-t-elle maintenant ?
Bien sûr il vaut mieux que ça se voie, toutefois l'anarchisme suffit, si on l'applique pour son propre compte. Alors seulement il libère. Il ne faut rien vouloir pour soi et encore moins pour un groupe, quels qu'en soient les membres.
Sade dit qu'il faut commettre des crimes. Le terme de crime étant utilisé par référence à une terminologie courante, mais entre nous jamais nous ne qualifierions ainsi un seul de nos actes (Anna). Nous avons besoin de la norme universelle pour jouir de notre propre démesure. Nous sommes monstrueux, même si, camouflage oblige, nous avons l'air de bourgeois. Nous sommes des enfants de bourgeois, mais n'en restons pas là. Intérieurement nous sommes rongés par de mauvaises actions, extérieurement nous sommes des lycéens.
Rainer qui lit l'Étranger de Camus dit qu'il voudrait dépasser l'hostilité du monde. Perdez tout espoir en un avenir meilleur et vous aurez enfin le présent bien

en main. Car vous serez alors la seule réalité et les autres de simples figurants. Lorsque Rainer voit le soir, il dit aussitôt que ce soir-là est un armistice mélancolique où la vie s'est éteinte.
Le professeur d'allemand dit que les Witkowski doivent s'abstenir de troubler la classe par leurs bavardages incessants.
Stifter dit : Puis ce fut la rousseur fauve des forêts qui escaladent les montagnes sous une douce voûte d'éther azuré. T'as déjà vu, toi, des forêts faire de l'escalade ? Tu crois qu'elles ont pris un guide ? Non, blague à part (Rainer), lorsqu'on commet des crimes, on a besoin de l'appui d'un être aimant, qui dans son cas est une femme (Sophie). Cet appui féminin n'a rien à voir avec ce que la femme est pour un petit bourgeois, mais plutôt avec ce qu'elle représente pour un jeune artiste. Lorsqu'un être humain se risque si loin dans l'illégalité, il faut que sur le seuil de l'illégalité l'attende son partenaire, le Tu : Sophie. En réalité, mes désirs me donnent la nausée, mais ces désirs sont plus forts que moi. L'amour que je te porte aussi. Mais il est dénué de tout désir physique que nous gardons pour plus tard.
Merde, dit Anni, l'amour n'est que le contact de deux épidermes. Une chose est sûre, je ne supporterai pas ce Stifter une minute de plus, dit Anna. Celui qui pendant le cours s'enfoncera de toutes ses forces sous un ongle l'aiguille à repriser que je tire de ma trousse de couture, je dis bien de toutes ses forces, et sans crier, je lui donne rendez-vous dans les W.-C. des garçons, cabine de gauche. Rainer trouve cela en quelque sorte révolutionnaire. Anna dit mais non, car le but n'est pas l'égalité de tous, ce qui serait d'ailleurs contre la nature et les lois de l'hérédité, mais le contraire. La séparation et l'isolation totales. L'égalité ne peut plaire qu'à celui qui est incapable d'accéder à la classe des forts. Il se dédommage en dénigrant

ces forts et s'imagine ainsi qu'ils sont faibles. Alors, et cette aiguille ? Gerhard Schwaiger, un enfant moyen, un tardillon avec des boutons sur tout le corps —du moins là où on voit — et une propension à rougir, croit tenir sa chance, c'est l'heure fatidique, et vlan il se plante l'aiguille sous l'ongle de l'index gauche. Aïe ! Sourire blanc de Sophie, pure vierge lainée à qui un peu de woolite suffit. Étonnement de Rainer constatant qu'il s'agit de ce Schwaiger qui d'ordinaire ne s'intéresse qu'au chocolat. Et qui, blême comme un linge, dit aïe qu'est-ce que ça fait mal. Anna le jauge sans joie. Le professeur dit que Schwaiger est un véritable bébé, qu'il sorte si c'est tellement pressant, mais que la prochaine fois, il profite de la récréation. Déjà Gerhard pousse sa graisse vers la sortie après avoir jeté à Anni un regard conspirateur qui se veut lourd de sens. Mais qui serait plutôt lourd de souffrance. Aide-moi Anni je t'en prie, je te vénère depuis si longtemps et j'ai besoin en cet instant d'un peu de gentillesse et de bienveillance, sinon ma queue ne durcira pas et ne pourra pas entrer en toi. Un zeste d'amour serait le plus beau cadeau que tu puisses me faire, chérie.

Il fallait que ça tombe sur celui-là, dit Rainer à sa sœur. J'espère que je n'aurai pas à venir t'extraire de sa graisse avec un tournevis, Anni. T'as une capote ? J'en ai encore une. Mais tel que je le connais, il en trimballe depuis des mois, il guette l'occasion depuis si longtemps. A présent le caoutchouc doit être poreux et inefficace.

Witkowski Anna, voudrais-tu avoir l'amabilité de continuer la lecture là où nous nous sommes arrêtés. Bien sûr madame, Stifter nous enseigne que les hommes ne sont pas libres mais esclaves des lois naturelles. D'où la nécessité — à défaut de se donner à quelqu'un — de s'adonner à des actions violentes que les êtres ordinaires qualifieraient de crimes mais que nous qualifions de norme : c'est notre norme à nous, pas celle des autres.

Sur quoi Anna est flanquée à la porte, ce qui était le but recherché. Tandis qu'Adalbert Stifter continue à discourir sur la rougeur qui marque le visage des adolescents lorsqu'un regard les surprend — il aime tant cette sorte de pudeur, bavasse le vieux pédéraste — Anna s'achemine tout tranquillement vers les cabinets et vers un Gerhard qui l'attend le visage enflammé. Viens, viens, viens, Anni, je n'y tiens plus, crac, encore un peu et il tombait dans la cuvette, ce crétin, incapable avec son gros cul blanc de se caler correctement, manque de pratique, ça crève les yeux. Anna enlève son slip et donne de brèves instructions concernant la position à prendre. Et voilà, manquait plus que ça, une vraie lavette, c'était prévisible. La peur et l'excitation peuvent achever un être inachevé. Tu voudrais peut-être que je fasse ça à ta place, hein ? Enfin un signe de vie, un frémissement, un sursaut, tandis que parallèlement Gerhard s'empourpre et pâlit. Tout s'effondre à plusieurs reprises comme un château de cartes. Remonte et redescend. Intéressée, Anna observe les manipulations de Gerhard tout en jouant avec la capote. Ça y est oui, eh ben non, si c'est bon. Voilà. Tout en observant d'un regard scrutateur le gland rouge et pointu, elle se dit, non, vaut mieux pas, c'est répugnant, j'me demande si j'tiendrai le coup, question qui se résoud d'elle-même car sous les frictions désespérées de l'incapable se dessine comme une érection qui scrute l'horizon mais n'aperçoit qu'une cabine puante dont la peinture verte s'écaille — dans un tel décor jamais encore aucun amour n'a vu le jour, et cette fois-ci ne fera pas exception. Depuis longtemps il est très épris d'Anna, ce qui ne lui sera pas compté.

Chose promise, chose due, aussi s'assied-elle sur un

Gerhard qui crie et pleure de ravissement, qui n'y tient plus à l'idée d'y être enfin, hourra, hourra, voici le jour tant attendu, dont il fera ensuite le récit circonstancié à quelques copains de son âge. De toute façon le souvenir sera mille fois meilleur que le présent, oh, c'est bon, tellement bon, je te ferais ça tous les jours mais c'est pas donné tous les jours. Il faut attendre hélas d'être plus mûr, pourtant je me sens déjà très mûr, Annimacaille. L'homme a besoin de ça, et moi plus que d'autres, je suis si fort sexuellement, je t'aime, je t'aime, oooh, Anni, oui, oui ! Reste, je t'en prie, ne pars pas maintenant, ne me quitte plus jamais, je vais faire médecine bientôt, très bientôt. Ferme-la un peu, arrête de pleurnicher, on va finir par nous entendre ! Tu peux pas mettre une sourdine ? Oooh, Anni, encore, n'arrête pas, ça vient, ça vient, c'est extra, sûr que personne n'a jamais vécu ça, ou alors moins fort, moi je suis le plus fort. T'es si belle, t'as une de ces lignes ! Toute mince, moi aussi j'vais maigrir, tu vas voir, rien que pour toi j'vais maigrir, qu'on aille bien ensemble, c'qui vient de se passer entre nous c'est inouï, du jamais vu, Annimabiche. Ça, ça se passe des millions de fois tous les jours, abruti ! Allez, connard, tu décharches oui ? La Kraftmann va trouver ça louche si on reste trop longtemps dehors ensemble. J'ai l'impression que tout ce qui est en moi veut sortir, Anna, mon amour, car tu es mon amour, n'est-ce pas, je t'aime, je t'aime. Je t'ai donné mon cœur, je vois en toi tout mon bonheur. Tu décharges oui, ou j'arrête tout. Mais voilà que Gerhard est emporté, il crie comme un cochon qu'on égorge. A se demander comment personne n'entend.

Anna promène son regard sur le visage grimaçant et lutte à nouveau contre une nausée qu'elle réprime de justesse. Manquerait plus que ça, dégueuler sur ce gros bouffi.

A partir de maintenant, jamais plus on se séparera, Anna, hein, devant la classe tu seras *mon* amie à moi tout seul.
Fais pas chier ! C'est pas trop tôt, t'es toujours aussi lent ? Pendant une demi-heure après qu'Anna eut quitté les toilettes, Gerhard la supplia de lui accorder un peu d'amour et d'attention, ce qu'il n'obtint pas. Parfois les jeunes gens doivent beaucoup souffrir, ce que les adultes remarquent rarement, et quand ils le remarquent, ils n'en tiennent pas compte.

Sophie est installée dans des meubles de style que monsieur Prudhomme n'aurait pas reniés. Aucun de ses camarades de classe ne s'en aperçoit, ce sont des jeunes gens d'aujourd'hui pour lesquels le passé est mort. Comme elle désire devenir une femme très dure pour qui seul compte le compte en banque et non les sentiments, Sophie fait peu de cas de la pruderie et des hommes. Elle aimerait recevoir en Suisse une formation économique spécialisée et ensuite négocier actions et devises. Tout ce qui n'est pas action ou devise rebondira contre elle. Elle est ainsi en pleine opposition avec Rainer qui a besoin de sentiments pour son activité littéraire et pour elle, sa Sophie. Sophie en effet l'a touché jusqu'à la moelle. Il arrive qu'un homme et une femme n'éprouvent ce sentiment qu'une fois dans leur vie, et il ne faut pas le rater, cela aurait des conséquences malheureuses. Consciemment Rainer se laisse envahir jusqu'aux tréfonds par des sentiments dont se repaît une nausée qui remonte et rejaillit sous forme de poèmes. Rainer en a assez de ces idées sur le passé, le présent, le monde. Il ne demande qu'une chose : qu'on le laisse terminer en paix le livre qu'il veut écrire. L'homme en lui dit qu'il lui faut Sophie, l'artiste dit : reste le loup solitaire que tu es. Rainer s'entoure d'une cuirasse de glace, mais l'on doit sentir que Sophie peut la faire fondre.

Sophie porte une jupe de tennis parce qu'elle doit se rendre à une partie de tennis. Rainer broie sa mâchoire

supérieure contre sa mâchoire inférieure. Ces mâchoires se dessinent en blanc à l'extérieur. Elles ne broient rien moins qu'un morceau de gâteau au chocolat que la domestique vient d'apporter. Pur prétexte, car elles ont par ailleurs toute raison de broyer : Sophie sort toujours du champ avant qu'on ait pu appuyer sur le déclencheur. Sophie est un feu follet, insaisissable. La domestique a aussi apporté un plateau avec des verres à whisky. La clique connaît cette boisson d'après des films où l'on voit des gens s'en nourrir. Ces films récents montrent aussi la dislocation des structures sociales, les structures conjugales et familiales se disloquent aussi, si l'on manque de doigté. Vu que la guerre a presque tout bouleversé, pourquoi ne pas faire éclater les structures de classe, et même accéder aux couches sociales dirigeantes (le terme de classe dominante n'avait pas encore été inventé) à condition d'être de taille. Le nouveau cinéma allemand montre la flexibilité économique de personnes privées derrière lesquelles le capital prépare en coulisse sa flexibilité propre. Le nouveau cinéma allemand s'inspire en cela des Américains, qui ont gagné. En Amérique il a toujours été possible d'outrepasser certaines limites, au Texas par exemple où existent des limites de pacages. Avec des gémissements d'iceberg les cartels se cartellisent. Jaillissement des eaux, bouillonnement d'écume. Le divorce est mis à l'ordre du jour, car on a enfin le temps de rompre avec son partenaire, l'accumulation du capital disparaît de l'ordre du jour, inutile qu'on la voie venir.
Comme si Hans au travail n'était pas constamment à courir et à turbiner, le voilà qui court également ici dégager le premier un coin de table pour la bonne. Sa mère lui ayant inutilement appris à être poli avec les dames, comme au temps jadis. A la dernière seconde Sophie le retient, la bonne se débrouillera bien seule. Elle n'est pas là, il faut que tu l'apprennes,

Hans. Pourtant les gens qu'on voit sont bien là, non ? Non.

La grande erreur — parmi tant d'autres — des anarchistes autrichiens (dans la mesure où il y en eut), fut l'affreuse situation sociale dans laquelle ils se trouvaient et dont ils voulurent à tout prix sortir. Mais c'est une idiotie ; si l'on veut la même chose pour tout le monde, autant devenir communiste. C'est stupide. Ce qu'il faut, c'est détruire un maximum de ce qui subsiste encore de la génération précédente. Rainer raconte que cet été il fera de la voile, que son frère d'Amérique connaît plusieurs acteurs et que sa mère part demain pour Warmbad Villach (un de ses vieux rêves). Il n'a pas de frère non plus. Rainer déclare que la tradition du surréalisme allemand a malheureusement été interrompue par la deuxième guerre mondiale. Il s'intéresse aux problèmes esthétiques et entend jouer un rôle de leader. On y arriverait peut-être en frappant Sophie sur la bouche d'un coup sec et rapide, de façon à ce que ça saigne. Non, impossible, elle est justement en train d'ouvrir un paquet de petits gâteaux, sa marque préférée, glacés au chocolat. Rainer s'empiffre comme un idiot. L'instinct le plus puissant en l'homme est de se libérer du travail manuel. Coûte que coûte. Certains croient à tort qu'un travail non manuel leur revient de nature. Rainer croit que Hans le croit. Hans dit en effet à intervalles irréguliers que la nature n'a de sens pour lui que si elle est synonyme — positif — de loisir. Alors il se rend dans ladite nature. Là je te donne raison (Sophie), dès que j'ai un moment de libre, je suis presque toujours dans la nature, c'est là qu'on me trouve quand on a besoin de moi.

J'aimerais bien un jour faire un autre métier, plus satisfaisant, et devenir prof de gym. Tu sens mes muscles, Sophie, c'est pour toi seule qu'ils saillent et que je les fortifie chaque jour. Malheureusement je

dois encore, dans la nature, m'en tenir à des chemins battus, balisés. Mais quand je serai un vaillant alpiniste, je pourrai me risquer hors des sentiers battus et cueillir des edelweiss. Rainer fuit cette nature où qu'il la rencontre et aussi souvent que possible il fuit le cours de gym sous prétexte de maladie et de faiblesse. Il ne faut pas que son père l'apprenne, sa mère fait les mots d'excuse. Sophie dit que plus l'homme du commun, qui se croit toujours obligé d'abandonner des saletés partout, se rend dans la nature, plus celle-ci est hélas ravagée par des papiers gras ou pire. C'est un problème récent qui nuit à l'environnement. Autrefois les gens n'avaient pas le temps de nuire à un environnement quelconque, vu qu'ils avaient d'abord à se nuire à eux-mêmes, dans la guerre par exemple.
Rainer : Dis donc, Sophie, j'ai écrit un nouveau poème qui parle de toi.
Sophie : C'est bien la seule chose par laquelle tu t'élèves au-dessus de la masse. Faute de moyens matériels qui te permettraient — ce que tu préférerais —de t'élever au-dessus de ladite masse. Rainer : Tu me dégoûtes vraiment aujourd'hui. Qu'est-ce que l'argent, berk. La tête de l'homme n'a rien à voir avec le souci du pain quotidien. Par exemple les classes dirigeantes sont souvent dépourvues d'esprit, alors que de petites gens peuvent être parfois très intelligents. Ça n'a rien à voir.
Hans trouve que seule compte l'essence d'un être. Il faut perfectionner son caractère. Hans voudrait remonter plus loin, expliquer, car cela lui pose certains problèmes. Hélas voici que Sophie l'envoie réparer le tourne-disque qui, allez savoir pourquoi, ne marche plus. Sans doute croit-elle qu'un courant en vaut un autre. Et lui qui aimerait tant prendre part à la conversation et en tirer quelque profit. Qui sait tout ce qui pourra lui servir plus tard comme prof de gym ! Il faut aussi songer à l'avenir qui n'est pas branché sur

la haute tension. Rainer explique la beauté de la violence : sentir, provoquer même le craquement des os et des articulations, le déchirement des tendons, l'éclatement des peaux tendues. Il déclare aussi que chez lui, sous peu, ils vont refaire l'appartement, rien qu'avec des meubles de style importés de France.

Toi alors avec ta sempiternelle phobie du contact, tu es incapable de donner la main à quelqu'un ou de regarder les gens franchement en face, dit Sophie en évitant Rainer qui à cet instant précis tend franchement la main vers elle pour la caresser ou la tripoter. Sophie a l'art d'esquiver les attaques de Rainer. Laisse-moi tranquille, qu'as-tu besoin de me tripoter sans arrêt ! On parle avec la bouche, pas avec les mains.

Mais on embrasse avec la bouche, Sophie, mon amour. C'est plus fort que moi.

Hans dit aussitôt que c'est quand même lui le plus fort, on parie. Et prêt à le prouver, l'imbécile de tendre effectivement le bras pour une partie de bras de fer. Mais le lycéen aux bras de poulet se contente de le regarder avec dégoût. Dommage dit le regard de Hans, pas d'épreuve de force, on s'en réjouissait pourtant. De la force, Hans en a, et même à revendre. Pourquoi s'être entraîné des heures durant si personne n'apprécie.

Sophie se tait. Anna enrage.

Anna enlève, pensive, un cheveu sur la manche du veston de Hans. C'est une tentative de rapprochement entreprise parce qu'Anna se sent attirée par Hans. En effet lorsque Hans fait quelque chose, il établit un autre rapport aux objets que son frère ou Sophie. Quelle sensation éprouvera-t-on alors si à son tour on effleure Hans ? Elle l'effleure, et la sensation ouvre une dimension nouvelle, celle de l'effort, de l'activité physique.

Rainer dit qu'il trouve le tennis stupide, il aimerait

essayer le golf. Son oncle d'Angleterre (qu'il n'a pas) joue au golf. Hans ignore ce qu'est le golf. Rainer dit qu'il n'a pas non plus besoin de le savoir, vu qu'il n'a pas besoin du golf.
Sophie dit qu'elle croit que la sur-accentuation du libre arbitre et de la personnalité propre ramène au christianisme.
Rainer, qui est encore loin d'avoir vaincu le christianisme en lui et qui discute volontiers et souvent avec des curés, dit qu'elle ne doit pas parler de Dieu avec tant de mépris, vu que, lui, Rainer, n'est pas encore certain qu'on puisse dire une fois pour toutes que ce dernier n'existe pas. Il a été enfant de chœur dans son enfance, et jusqu'à son adolescence.
Puis Rainer explique le libre arbitre dont l'homme a le privilège. Sophie dit que l'intellectuel continue à mettre l'accent sur le libre arbitre même lorsqu'il n'a plus rien à bouffer.
Rainer dit : Je suis cet intellectuel dont tu parles. Sophie dit que le désir d'accéder au métier d'intellectuel aboutit en fin de compte à l'acceptation de l'idéologie de l'intellectuel. Le fait d'être libéré de la production matérielle engendre toute une problématique qui devient vite prépondérante. Il en sort un monde faux qui s'affirme envers et contre tout.
Rainer explique à Hans qu'on ne doit pas penser en écrivain lorsqu'on est ouvrier.
Hans explique à Rainer qu'il n'a pas envie de penser en écrivain, mais plutôt en prof de gym.

Tu as trouvé pourquoi le tourne-disque est en panne, Hans ? Non, je préfère parler avec vous. Rainer dit qu'il doit apprendre à écouter. Sophie qui prend lentement conscience du futur prof de gym demande à cet instant d'où sort ce costume de premier communiant qu'il porte, le pantalon est trop court, les manches itou, et où sont passées les manchettes s'il vous plaît ? Il n'y en a pas, c'est

évident.
Et ce tissu, non, non, tu as une touche tout à fait impossible, tu offusques ma vue. Hans qui a revêtu exprès pour Sophie son meilleur costume du dimanche, un costume qui jamais n'avait offusqué sa vue ou celle de sa mère (qui l'a déjà rallongé deux fois de ses propres mains, le pantalon), se ratatine comme si on le dégonflait à la taille d'un petit pois. Dire qu'il voulait se montrer à Sophie en costard, histoire d'avoir une longueur d'avance sur Rainer et ses jeans, et qu'on se moque ainsi de lui ! Des deux mains il couvre tous les endroits où le costume est hélas trop court. Mais il n'a pas assez de mains. Il a rétréci à la teinturerie, ce costume, j'vous jure, avant il était à la bonne longueur, j'y suis pour rien, ces abrutis l'ont fait rétrécir. Y a peut-être un moyen de faire une réclamation, il est fichu maintenant.
Attends un peu, je vais te chercher quelque chose de mon frère. C'est la bonne taille, enfile-moi ça ! D'envie les yeux de Rainer lui sortent presque de la tête. Un pull en cachemire avec un décolleté en V et un pantalon de lainage, de la laine peignée d'après l'étiquette. Que Hans reçoive quelque chose d'aussi beau et pas lui retourne complètement Rainer. Mais ce n'est qu'un caprice de ce papillon de Sophie, aussi inconstante qu'un feu follet, ça lui passera le jour où elle se fixera. Elle joue seulement avec Hans qui ne s'en aperçoit pas car c'est encore un débutant dans l'art de l'amour. Sophie dit que Hans n'a qu'à se changer ici devant eux. Il ne veut pas, parce que ses sous-vêtements sont crasseux. Mais doit s'exécuter, sinon pull et pantalon lui passeront sous le nez. Anna le vrille de son regard brûlant. Sophie frotte sur sa jupe de tennis une tache visible pour elle seule. Rainer, dans sa bulle, lance qu'il faut agir, agir et encore agir. Puis assumer les conséquences de ses actions. Mauvaises dans l'ensemble, cela va de soi, car les catégories morales

n'existent pas pour nous. Quand j'aurai dix-huit ans, mon père m'achètera une voiture de sport.

Bizarre que tout d'un coup tu veuilles faire quelque chose, alors que jusqu'ici tu t'es contenté de lire et d'écrire, dit Sophie. Elle trouve que ça ne lui va pas.

Rainer dit que Sophie n'a justement aucune idée du trésor de rage et de haine accumulé en lui. Penser, en effet, a ses limites, et je les ai atteintes depuis longtemps, car voici des années que je pense sans interruption, à présent j'en ai fini, il faut faire sauter les limites. Pour mes dix-huit ans, mon père me paie aussi un voyage aux États-Unis. La différence entre Sade et Bataille est la suivante : Enfermé parmi les fous, Sade effeuille les plus belles roses au-dessus d'une fosse à purin. Il a passé vingt-sept ans en prison à cause de ses idées. Bataille, lui, reste le cul sur une chaise à la Bibliothèque nationale. Sade, dont chacun connaît le désir de liberté morale et sociale, voulait remettre en question une idole poétique, afin d'obliger la pensée à s'insurger contre ses entraves. Chez Bataille par contre le désir de liberté morale et sociale est fort douteux. Ce qui me distingue de Sade par exemple, c'est que je ne suis pas moraliste, cela mis à part je suis tout ce qu'*il* était, et plus encore !

Qui sont les gens en question ? demande Hans tout encachemiré, et il se voit instruit.

Ces agressions que nous projetons doivent avoir comme infrastructure des motivations très très élevées. Qui nous dépassent en quelque sorte. Je vais vous expliquer, dit Rainer.

Surtout pas, je t'en supplie, une explication de plus aujourd'hui et je hurle, dit Sophie. Mais il faut bien que je vous explique pourquoi nous voulons agir, sinon vous agirez simplement au hasard, et ça ne comptera pas.

Hans dit qu'il veut faire des progrès sur le plan de

la culture.
Anna dit que dans ce cas il doit se mettre à lire.
Rainer dit qu'il ne doit pas lire mais l'écouter, lui, Rainer. L'intellectuel c'est *lui,* pas Hans. Si l'intellectuel ne peut pas adapter son mode à l'idéologie qu'il soutient, s'il lui faut (comme Hans) exercer pour survivre une sale activité manuelle, alors c'est un monde faux qu'il se met soudain à défendre et non plus le sien. Défends donc plutôt ton petit monde à toi, Hans. N'essaie pas de devenir plus que tu n'es, car la place est déjà prise par quelqu'un qui est plus que toi : et ce quelqu'un c'est moi.

Hans est déçu de voir Rainer lui déconseiller formellement toute activité culturelle. Toutefois ce dernier n'a pas tort, dans la mesure où quelqu'un qui sait souffre parfois plus de sa situation que quelqu'un qui ne sait rien, car l'ignorance peut être une grâce d'état.
A présent Sophie les renvoie tous, en disgrâce, car dehors on entend la voiture de sport de Schwarzenfels qui va l'enlever pour la conduire à un tournoi de tennis sensationnel. C'est une voiture de sport comme ça que Rainer aura pour son anniversaire, exactement la même. Lui serait-il possible de l'essayer afin de pouvoir se mettre au volant de la sienne dès son anniversaire. Non. Impossible. Rainer essaie au moins de saisir Sophie à des endroits où il y a encore de la place, mais entre ses doigts de toute façon si peu hardis elle coule comme du sable. Du sable fin.
A l'arrêt du tram, d'où l'on émigre à nouveau vers de plus misérables quartiers, l'on parle encore des agressions que l'on commettra. Pas pour s'enrichir, naturellement, mais pour se libérer une fois pour toutes. Pour l'avenir tout entier, Hans n'est pas encore trop convaincu d'avoir à se libérer. Il préférerait assister à un match de tennis et apprendre quelque chose sur le plan sportif. Avec regret il regarde autour de

lui, plusieurs fois, longuement, mais ne voit rien, parce qu'une voiture de sport comme celle-là est bien plus rapide qu'un tram qui dévide péniblement les stations, les unes après les autres.

Stop, ne quittons pas si vite ce tram, restons encore un peu. Il est rempli d'une foule terne et grise qu'il est impossible d'identifier du premier coup d'œil. Est-ce du bétail ou des êtres humains ? Rien ne ressort de cette foule, sauf le chapeau d'une horrible femme, dont la couleur est agressivement moderne. Il ressort négativement. Ce sont des bœufs ou des moutons, dit Anna, ils trotteraient patiemment jusqu'à l'abattoir et là ils tiendraient eux-mêmes le couteau et désigneraient l'endroit où l'enfoncer.
Les hommes étaient tous gris sur gris, le travail avait creusé de profonds sillons dans leurs visages asexués, peu virils. Ce qu'ils font chez eux avec leurs femmes, on l'imagine. Rien d'agréable. Mais rien de particulièrement désagréable non plus, même là ils manquent d'envergure. Le travail répugnant qu'ils accomplissent a fait tomber les cheveux de la tête de l'un, les dents de la gueule de l'autre, et endeuille les ongles du troisième. Hans se distancie d'eux intérieurement, et extérieurement en se tassant dans le coin le plus obscur, afin de passer inaperçu et de n'être en aucun cas assimilé au troupeau. Par erreur.
Mais qu'une jolie fille seule vienne à surgir, il lui adresse un clin d'œil insistant. Cela s'appelle flirter, c'est bon pour les insouciants.
Rainer et Anna que nul de toute façon ne songerait à associer au troupeau car ils n'évoquent en rien le travail, prennent un air dégagé, franc, et laissent le vent de la plate-forme ouverte souffler sur leurs fa-

rouches visages. Bientôt le tram sera derrière eux et une voiture neuve roulera sous eux.

Le fossé entre Hans et les jumeaux s'élargit ici, en présence d'autres gens qui les regardent.

Anna et Rainer étaient en haut, Hans (encore) en bas, mais plus pour longtemps.

Si ce n'est pas le vent de la vitesse qui se presse contre la poitrine d'Anna, qui donc s'y presse soudain ? De toute évidence un employé rondouillet en route vers femme et enfant, qui manifestement espère bien emballer un article au-dessus de ses moyens : Anni. Ce joli brin de fille qui lui plaît.

Une masse molle pèse soudain sur le cul d'Anna, c'est cet homme qui saisit l'occasion (si rare pour ceux de son espèce) de s'approcher de cette jeune et certainement encore innocente créature et de l'utiliser à ses fins. Pas de tuteur légal à l'horizon, on a donc le droit la possibilité de lui enseigner certaines choses ; les deux demi-sels qui accompagnent la Marie-couche-toi-là ont l'air de gens qui ne moufteront pas face à un représentant de l'autorité. Et ce représentant de l'autorité c'est lui, un employé de banque qui a toutes chances de finir directeur de filiale. A condition de bien se conduire, mais ce ne sont pas ces demi-portions qui pourront gâcher de telles perspectives.

S'ils font du grabuge, on niera avec indignation et on les traitera d'insolents.

Est-ce un bâton pointu qui progresse entre les cuisses d'Anna, ou quelque chose de plus désagréable ? C'est quelque chose de peu appétissant : la queue de l'employé de banque. Une petite éminence effilée et néanmoins assez vulnérable comme de la chair, pas tout à fait dure comme pierre (sûr qu'elle ne durcit jamais vraiment, ou alors contrainte et forcée, après s'être fait traire pendant trois heures !). Cet homme se pressait contre elle, quémandant un peu d'amour et de tolérance, ce que sa femme lui refusait toujours sous les prétextes les plus stupides. N'est-ce pas le nec plus ultra un tel cul de jeune fille si manifestement vierge ? Je rêve, fait Anna à ses camarades.

Et le poids de l'employé se fait de plus en plus lourd. Enhardi il fore plus profondément, la foule augmente à l'approche des espaces citadins, la cohue favorise la communication entre jeunes et vieux. Entre le haut et le bas, généralement par le bas. La femme est censée être allongée au-dessous, dans le cas présent elle n'est pas allongée, elle est devant.

Une main prudente tâtonne et s'insinue, bien que nul ne l'ait appelée. Elle est là néanmoins. Fait comme si c'était sa place naturelle et progresse en direction des seins d'Anna. Anna signale à présent que le moment est venu que nous attendions.

Cet emplâtre de Hans est encore occupé avec une petite blonde (roses rouges, lèvres rouges, vin rouge) mais Rainer démarre au quart de tour.

Comme au commandement Anna sourit de ses dents affûtées de carnassier, des lèvres s'écartent, une langue humide pointe, jouons un peu les timorées, ça endort la méfiance des inconnus et ça les met en confiance. Le viveur d'occasion fait avec son index un vilain signe douteux à l'intention d'Anna, je voudrais bien entrer, mais comment faire, c'est vraiment trop bête d'être coincés dans un moyen de transport public comme des sardines en boîte, on serait mieux dans un grand lit, là je te montrerais le Paradis qui n'est pas au ciel, mais en moi, bien en moi, et je te la rentrerais jusqu'à ce qu'elle ressorte par la bouche, elle est assez longue pour ça, vu ma force et ma puissance, j'ai pas changé depuis ma jeunesse, j'ai su Dieu merci rester jeune, bien que naturellement je ne sois pas encore vieux, tout juste mûr — juste l'âge d'apprécier une vierge de dix-sept ans, mon épouse est déjà un peu plus rebondie, n'est-ce pas, elle a quelques tours de poitrine supplémentaires. Bien entendu on a le choix entre toutes les catégories : âge, couleurs, formes et tailles. Ainsi pense l'homme – et la femme autrement, dont la sexualité se déroule sur le mode passif. C'est dans mon caractère à moi d'être un combattant solitaire, ce qui n'est pas donné à tout le monde. Il s'offre à moi plus de femmes que je ne puis en consommer. Sens-tu comme elle est dure, toute raide, et comme mes couilles sont pleines et bien rebondies, tâte, fillette, tu tiens la chance que tu attendais depuis si longtemps.

Une main de compte-billets saisit la main d'Anna (vu qu'elle n'avait pas encore fait opposition) et la dirige lentement vers le saint des saints de l'employé, c'est une main qui n'a pas à se salir au travail. Le raffinement de sa dextérité manuelle est frappant. Elle sait y faire. Compte de l'argent anonyme tant qu'il fait jour dehors, et maintenant, sous le manteau de l'obscurité, dirige la main d'une jeune fille anonyme vers le centre de toute vie. Le voici déjà le centre, eh oui, le pénis. Bonjour. Doux et tremblotant il s'érige tel un monument en l'honneur d'un événement de taille. Eh bien, n'est-il pas particulièrement beau !

Go ! Anna fait un signe et se met à farfouiller un peu, pro forma, dans le pantalon crasseux, elle ne le trouva pas, alors où il est, le petit où il est, le petit, c'est pas bien grand en tout cas, hein ? Je veux être pendue si c'est ça, mais il n'aurait quand même pas un canif sur lui, ou alors juste pour éplucher des pommes ou se tailler une rondelle de saucifflard. Non, ce n'est pas un canif, c'est une trique, pas de doute, un canif n'a pas cet air-là. Hourra cette fois on le tient !
Hans est encore complètement hébété, mais Rainer a bien compris le « Go ! » de tout à l'heure. Léger comme une aile, il papillonne par derrière dans la

poche de poitrine de la victime distraite et en extrait le portefeuille qui se trouve dans la poche gauche, comme il se doit chez les droitiers. Lui, on pourrait lui glisser une bombe qu'il ne remarquerait rien. La prise semble maigre, mais ça fait toujours plaisir, ça permettra de se payer quelques livres de poche.
Allez fillette, prière d'appuyer un peu plus, frotte, presse, caresse, sois gentille, c'est bien, tu sais je te remercie, à la maison ma femme ne me fait plus rien, on serait content à moins. Vous reverrai-je belle jeune fille ? Un peu plus haut, voilà c'est bien. Tu t'y prends bien. Quoique avec moi tu ferais encore des progrès. Tu n'aurais pas le temps demain après le bureau ? Dommage.
Pourvu que le contrôleur n'arrive pas et demande : tout le monde a son billet ? Car tu serais obligée de me lâcher. Alors que c'est tellement bon de tenir et d'être tenu. Aah, non, hélas je ne peux aller jusqu'au bout, elle contrôle mon linge à la recherche de ces traces en même temps que des taches de merde et des trous à repriser. Pendant que moi je bouche le sien. Ha ha !
Mais voici le contrôleur. Dans leur hâte les jumeaux n'avaient pas pensé que ce trou-du-cul pouvait ne pas avoir de billet et qu'il serait obligé de sortir son portefeuille. Dieu soit loué, voici un virage, la vitesse diminue. Au moment où le bras du connard esquisse de mauvais gré un geste vers le portefeuille les jumeaux bondissent hors du tram, un Hans abasourdi et qui n'a rien compris sur leurs talons, trop tard pour un peu. Ils se télescopent presque, retrouvent péniblement leur équilibre et tandis que là-bas à l'intérieur, le monstre cherche désespérément sa bourse, son argent, censé faire apparaître comme par enchantement quelque cadeau d'anniversaire pour quelque membre de sa répugnante famille — où ai-je bien pu le perdre, Jésus (puis lentement la lumière se fait,

l'aurore !), les jeunes criminels se précipitent tels des lévriers dans l'obscurité d'un arrondissement inconnu. Bientôt leurs respirations saccadées se perdent au milieu de ces blocs d'habitation sans vitrines où en cet instant même sont servis divers dîners et englouties les nouvelles du jour.

Et leurs jeunes silhouettes blanches pleines de vie se perdent entre des fronts de béton gris. Coulures blanches dans une bille de verre tournant sur elle-même à une allure folle. Cercles dans l'eau, tandis que la pierre coule à pic.

La machine à écrire cliquette assidûment, et sous les touches des lettres noires s'inscrivent sur les enveloppes. La mère de Hans fait naître ces lettres elle-même. Elle n'a pas trouvé de meilleur travail, parce que le miracle économique est passé devant elle sans la voir. Comme son fils Hans maintenant qui jette ses vêtements par terre. Tu aurais besoin de sentir la main de ton père plus souvent, Hans. Une chance qu'il n'y ait que la tienne, dont je ne tarderai pas à me débarrasser, grâce à la main d'une femme que j'aime. Sophie.
J'ai l'impression qu'il y a d'autres mains dont tu veux te débarrasser qui, des profondeurs du marasme économique se tendent vers toi, ce sont celles de tes frères et sœurs issus de ta classe et décidés à y rester. Tu as bien raison, je veux sortir au plus vite de cette poisse qui me colle après. Au WAT * je pratique les sports les plus divers, afin d'avoir une vue d'ensemble et de pouvoir fixer mon choix sur celui dont je ferai mon métier. Quant à mes mains, je n'ai pas d'autre projet pour elles que travailler mon revers, puisque mon amie Sophie m'apprend à jouer au tennis. Dans sa chienne de vie la mère se crève à la tâche, et bientôt mourra comme un chien. Ce qu'elle fait est monotone et ne saurait être qualifié de métier, plutôt d'activité à peine rentable. Et ce n'est guère plus rentable

(*) N.d.T. : WAT : Wiener Arbeiterturnverein (Association sportive des ouvriers de Vienne).

lorsqu'elle s'efforce de ramener son fils à la raison. Qu'il retourne comme avant dans le groupe des jeunesses socialistes, il collera des affiches, fera de l'agitation — ce qu'il refuse. J'ai trouvé ma voie tout seul, les autres n'ont qu'à en faire autant.

Il entrera dans un groupe comme chef, ou rien du tout. Dans un groupe on commence par trier les filles, dans ce groupe-là, il n'y en a presque pas, car les femmes ne s'intéressent pas à la politique — qui est sale —, mais à la mode, aux hommes et à la propreté. Lui, en tant qu'homme, doit par conséquent se tourner vers l'extérieur pour flirter, rire et danser. Pour profiter de sa jeunesse, de préférence avec Sophie. Anna en deuxième position n'est pas négligeable non plus, bien qu'elle soit un peu maigrelette. Hans est sportif, une nature de chef.

La mère sombre dans un noir entonnoir de silence où sur les parois lisses uniformément galbées s'inscrit en éclairs intermittents l'image de son mari abattu, sois courageuse, je mourrai — si je dois mourir — pour la social-démocratie, pour la cause des travailleurs ; la social-démocratie et la cause des travailleurs c'est une seule et même chose, un jour j'en serai récompensé. Ils ne m'oublieront jamais et à travers notre fils aussi je survivrai. Ne t'inquiète donc pas. Dans un certain sens je meurs même pour l'Autriche entière, dont tu es une partie minuscule mais chérie, et à qui personne (sauf les communistes) ne reconnaît le droit à l'existence. Comme au ralenti, la mère voit les lourds blocs de pierre du sol vierge de Mauthausen écraser les détenus émaciés. Bien après le travail il leur a fallu traîner ces blocs le long de la rampe. Et la terre mère de Mauthausen ne se défend pas, une mère admet toujours tout. Bien que sa mère se soit toujours défendue, il ne lui reste plus que ces montagnes de papiers. Qui vacillent devant ses yeux.

Ce soir je vais dans une cave, écouter du jazz, claironne joyeusement Hans. Il referme sur lui des vêtements à la mode, fin des années cinquante. Protection et camouflage. Cette époque, en ce qui concerne la mode, a rompu avec tout ce qui existait, d'ailleurs quand on est jeune il faut rompre avec tout pour être enfin libérés de diverses contraintes, privées ou professionnelles.
Le travail n'est pas une contrainte, l'homme se réalise dans ce qu'il fait, murmure la maman. Mais il n'y a de réelle réalisation que si l'homme n'est pas l'esclave d'un autre.
Ça, il y a longtemps que je ne le suis plus, je suis un individu qui en soumet d'autres, des femmes surtout, à sa volonté. Je ne suis responsable que devant moi-même et la femme que j'aime n'est elle aussi responsable que devant moi.
Ce ton, elle ne l'aime guère, la mère Sepp. Son fils refuse de se dresser contre ses oppresseurs, ainsi resurgit ce février 1934 * où elle était encore presque une enfant. Elle avait vu de nombreux collègues qui voulaient améliorer leurs conditions d'existence, gisant dans la rue, morts et baignant dans leur sang. Le fascisme avait engagé des obusiers et l'artillerie lourde dont il disposait ; aux commandes des fils de travailleurs — comme les victimes — dont le fascisme disposait également. Les deux lames formées par les fils des déshérités (qui cherchaient dans la boue leur héritage et ne le trouvaient pas, d'autres visiblement l'avaient pris) déferlèrent l'une sur l'autre. Les uns — parmi eux de nombreux chômeurs enrôlés de force dans la

(*) N.d.T. : Le 12 février 1934 la guerre civile éclate entre les sociaux-démocrates regroupés dans l'organisation paramilitaire du Republikanischer Schutzbund et la Heimwehr, organisation militaire du parti chrétien social, soutenue par l'armée et la police.

Heimwehr se trouvaient là portant les armes de leur État. Armée fédérale, artillerie, chars. De l'autre côté : des mitrailleuses sans aucune chance, des nids piquants de barbelés installés par de faibles oiseaux derrière les fenêtres des bâtiments communaux, dans les foyers des travailleurs. Des nids de mitrailleuses. Il se déchire, éclate comme une pastèque trop mûre, le rideau de l'histoire cousu dans une seule et même étoffe, les déchus de leurs droits, les hors-la-loi, face à face. Et le législateur, bien loin des coups de feu, gère le chômage et prépare les voies du P.N.B. qui se perdent dans la nuit et réapparaissent sous les feux de la rampe et sous la forme d'une guerre mondiale. Il ouvre et ferme le rideau humain, tire les ficelles de la spéculation, du trafic d'armes, de la politique des salaires et des prix, de l'inflation, du racisme et de l'incitation à la guerre.

Il ne trouve rien de mieux, ce Hans, que de s'enduire les cheveux de gomina, de brillantine, résultat, des oreillers à laver en plus pour la maman qui le redoute, des taches grasses qui partent difficilement, comme d'ailleurs toute souillure. Mais c'est pour augmenter ses chances d'avoir une plus belle existence, grâce à une plus belle prestance. Pour décrocher une fille, de préférence sensass, qui collectionne comme lui les disques d'Elvis. Investir, c'est un des grands principes de l'économie dont Hans n'a aucune idée, il croit n'agir que par plaisir.

Le 12 février 1934 la mère était encore assez jeune et elle galopait, à la main de sa mère — la grand-mère de Hans — qui de l'autre main tenait la petite sœur. Les mots, courez les enfants, avaient sifflé, il y va de notre vie, ce que nous avons de plus précieux, rien de plus, rien de moins. Après qu'ils nous ont pris tous nos biens matériels, il y va maintenant de notre survie, peu importe dans quelles conditions. Il y va de notre vie, c'est tout ce qui nous reste, vous entendez ?! Sur le mur de l'immeuble, le gigantesque soleil jaune d'une réclame pour une lessive, le soleil Radion, le seul à rayonner en cette triste journée. Aussi s'incruste-t-il dans la mémoire de la fillette. Qui n'en connaît pas beaucoup d'autres. Le Goethe-Hof. Qui doit être pacifié par les forces de l'exécutif, selon les mots de l'exécutif. Une foule de morts paisibles devaient apporter leur contribution active : leur paix éternelle étant un exemple pour tous les éléments encore agités de cette époque d'avant-guerre. Les morts dorment d'un sommeil de plomb. Dans la cage d'escalier n° 2, un coup au but inspira une terreur effroyable aux enfants qui en constatèrent l'effet. Comme à un commandement, Emmy et sa petite sœur (tuée plus tard dans un bombardement, encore enfant mais quand même un peu plus grande) se mirent aussitôt à pisser. Des autobus s'approchèrent, charriant des gendames, le chancelier Dollfuss inspecta le tout en gros et en détail avec grande satisfaction, une plume de coq de bruyère à la casquette, la plume de coq de bruyère des miliciens de la Heimwehr qui défendent à tant des nôtres de jouir dignement de leur patrimoine. Spectacle des cadavres, une balle dans la tête, gisant sous du papier journal, un vent peu clément, dit vent de février, agite les feuilles bruissantes qui portent les mots *Tentative de putsch*. Dessous, regards étonnés des morts dans des visages sous-alimentés, qui m'a fait ça, et pourquoi, alors que je suis comme eux, fils d'un pauvre diable tout comme mon assassin, au coin de la bouche et sortant des oreilles, un filet de sang. Fils dont l'histoire est tissée, car elle n'est point tissée des fils d'or des manteaux de lempereurdautriche et des roisdehongrie. Je crois rêver, il faut que ça m'arrive à moi, être abattu par une main qui ressemble à la mienne, marquée par un dur travail. Qui devrait tenir une perceuse, une lime, une faux ou quelque chose de ce

genre plutôt qu'un fusil, et récolter un salaire plutôt que faucher ma vie. Il ne sait pas, lui qui m'a abattu comme un arbre, qu'il est déjà fauché et engrangé par des gens qu'on ne connaît même pas car ils préfèrent séjourner sur la Côte d'Azur ou dans des pavillons de chasse en haute montagne. Maintenant c'est fini, je suis mort et ne reverrai jamais plus ma famille. Et cette famille, un sort bien pire la menace, si ça continue et que personne n'arrête le cours des choses. Et la grève générale n'a pas non plus été suivie, mon Dieu. Et ce n'est pas une bien grande consolation de savoir que mon assassin tombera au front en quarante, et qu'il sera alors aussi mort que moi.
Et maintenant les chaussures pointues, pointues, elles brillent tant qu'on pourrait se mirer dedans si on y tenait, et Hans y tient. Avec ces chaussures miroitantes, il cogne constamment dans le ventre de sa mère dont il est autrefois sorti, et ne s'en aperçoit même pas. C'est la mode, ces chaussures, à vrai dire peu confortables. Il faut souffrir pour être beau, dit Hans à sa mère en plaisantant. Le salaire en sera d'autant plus élevé, même si pour l'instant il reste plutôt maigre.
Tu sais, Hans ? A l'époque, dans le bâtiment communal, quand nous avons dû nous rendre, le concierge a accroché un vieux caleçon blanc à la fenêtre en signe de reddition. Nous avons dû nous y résoudre, même si notre problème n'était pas résolu pour autant. Ç'aurait été dommage d'y mettre un drap blanc, en ces temps où ils tiraient sur nous. Un drap intact, c'était précieux. Mieux valait faire une croix sur un caleçon que sur un bon morceau de tissu. Et tandis qu'ils se rendaient, beaucoup d'autres ont été abattus, c'est attesté.
Tandis que la beauté de Hans souffrait beaucoup dans les chaussures trop étroites, Hans prit un paquet d'enveloppes déjà écrites et derrière le dos de sa mère

laborieuse les fourra dans le fourneau de la cuisine. Il ne sait pas très bien pourquoi il fait ça maintenant, mais il s'y sent en quelque sorte obligé, une voix en lui qui est celle de Rainer le lui ordonne. La voix de Rainer est dans son oreille et l'image de Sophie dans son cœur. Elles le dirigent et le mènent par le bout du nez. Enfin quelque chose d'absurde. Dieu sait que ça n'a pas été facile de lui apprendre ça. C'est absurde parce que la mère ne remarque rien, elle ne le remarquera que plus tard, mais c'est elle-même qu'elle accusera et non lui. Là-dessus Hans sort. La soirée est belle, chaude. Il fait bon s'y prélasser.

Après avoir connu la liberté par le travail, le père de Hans mourut vite. Beaucoup travaillent leur vie entière et attendent toujours d'être libres. Auparavant le père de Hans était devenu père de Hans, mais il n'a guère eu le temps de s'en réjouir. Il est vrai que tout homme, riche ou pauvre, ne connaît que quelques brefs instants de bonheur. Brefs mais intenses. Après une souffrance intense le père de Hans meurt sous un bloc de pierre, de la roche autrichienne authentique.

Au moins la médiocrité de la vie quotidienne lui aura-t-elle été épargnée pense son fils menacé en permanence de sombrer dans cette médiocrité, mais qui fera l'impossible pour y échapper. Une vie brève et intense, et ensuite peut-être une mort brève et intense. Je veux tout vivre passionnément, peu importe la durée. On n'est jeune qu'une fois, aujourd'hui c'est mon tour. Ton père n'a jamais été jeune, il n'en a pas eu le temps. Le temps, il *faut* le prendre. C'est justement ce qu'il n'a pas pigé. Il s'est mal débrouillé. Hans a raison, car voici qu'apparaissent enfin des temps nouveaux, Dieu soit loué meilleurs qu'autrefois, ils appartiennent à la jeunesse, et la jeunesse aussitôt s'en empare.

Qui as-tu amené là, demande la mère d'Anna. Sans doute un de tes camarades de classe. Qu'il s'estime heureux d'aller au lycée et d'avoir ensuite accès aux études supérieures, l'école, c'est le meilleur moment de la vie, on ne s'en rend compte que plus tard, quand ce temps-là est malheureusement passé. Plus tard il y a la carrière, académique dans ton cas, et la vie devient sérieuse, c'est là qu'on s'en aperçoit.
Sur quoi Hans fait qu'il n'est hélas pas abonné au meilleur moment de la vie, parce qu'il ne va pas au lycée. Mais j'aimerais bien, et c'est suffisant, car seule la volonté compte. Vouloir, c'est pouvoir. Et il se pourrait bien par exemple que je choisisse la voie qui mène à un poste de prof d'éducation physique, c'est fatigant, mais pas comme le métier de monteur en haute tension que j'ai appris à l'Elin-Union. Et en ce moment justement, mon amie Sophie met tout son cœur à m'apprendre, en plus de tous les sports que je pratique déjà — le basket, la course, le saut (tout ça au WAT) — d'autres sports comme le tennis et l'équitation. C'est ce qu'il y a de mieux au monde.
De tout cela la mère n'a pigé qu'une chose : Hans est un vulgaire ouvrier, fréquentation qu'elle désapprouve. Ainsi donc vous ne faites pas d'études secondaires. Même si vous le vouliez, cela ne suffirait pas. Mieux vaux agir que vouloir. Encore que toutes les actions ne se valent pas. Tout dépend. Ce qui compte,

c'est d'avoir. Allez-vous en et ne revenez pas, votre compagnie ne convient pas à mes enfants.
Hans dit qu'il fera de la formation continue de sa propre initiative, il y faut de l'énergie et il en a.
Ce n'est pas pour l'école qu'on apprend mais pour la vie, plus on apprend, plus on vit. C'est pour la vie que je veux apprendre, l'école je m'en fous. Mais on risque de rester sur le carreau et de finir tragiquement. D'échouer et à l'école et dans la vie.
Anna écoute avec une patience étonnante de sa part. Elle réfléchit entre-temps à la manière dont tout à l'heure, dans la chambre qu'elle occupe seule, elle pourra en imposer à Hans par diverses performances intellectuelles, même ses connaissances pianistiques elle les casera judicieusement. Artillerie lourde : Hans commence à apprécier l'art, sans savoir ce que l'art peut signifier. Qu'ils coucheront ensemble, c'est évident puisque Sophie ne le fait pas. Elle si. Elle lui traduira un passage pornographique de Bataille, et quand il commencera à saliver, Dieu et la libido feront le reste. Elle prendra les positions les plus diverses inspirées des derniers films français, ce qu'il ne reconnaîtra pas, parce qu'il ne regarde pas ce genre de film. Mais uniquement des westerns. Elle jouera les dures, mais montrera suffisamment de douceur pour ne pas l'effaroucher. Elle contemple les muscles tendus de Hans sous son pull-over. Ils jouent. Dans l'entourage naturel d'Anna il n'y a pas beaucoup de muscles, ils poussent ailleurs. Il lui plaît que Hans, une fois déshabillé, ne soit que corps et rien d'autre. C'est un sentiment neuf, pas comme d'habitude où l'esprit est présent et intervient toujours à contretemps. Rien qu'à sa façon de saisir les objets, on voit que ses mains savent exactement comment prendre les choses en main. Question main, c'est un spécialiste. Il s'y prendrait aussi bien avec un marteau, des clous ou une

lime ; il se meut dans des cercles tout à fait différents. C'est ce qui attire Anna. Tant qu'on est jeune, il faut aller voir ce qui se passe ailleurs, vu qu'on connaît déjà ce qu'il y a devant sa porte.

La mère dit qu'elle a sur le bout de la langue la citation latine de ce qu'elle vient de mentionner, qu'on apprend pour la vie et non pour l'école. Elle possède un réservoir de proverbes et de maximes. Il n'y comprendra rien, sera anéanti, et par la suite laissera sa fille en paix. Dans la famille de la mère, la culture est une tradition, elle n'est jamais laissée à l'initiative personnelle, étant trop précieuse pour cela. Le savoir, le voilà le plus précieux des biens. Ce qui vient de vous est toujours un facteur de risque, mieux vaut l'éliminer. Par ailleurs elle n'aimerait pas voir ces deux-là disparaître sans surveillance dans la chambre de jeune fille d'Anna aménagée par ses soins. Avec des rideaux à petites fleurs — qui détonnent quand on connaît Anna. Une chambre de jeune fille n'est pas la place d'une femme, mais seulement d'une jeune fille comme son nom l'indique. En vérité Anna est encore une enfant. Hans veut obéir automatiquement, parce que la mère d'Anna lui inspire du respect, mais Anna dit tu nous fais chier. Et ils y vont quand même. Pour racheter la grossièreté d'Anna, Hans dit que la prochaine fois il apportera des fleurs, un gros bouquet qui en dira long, ajoute vivement la mère. Du moins ce prolo est-il poli. Il y a tout un langage des fleurs que la mère a appris. Les roses c'est l'amour, à supposer qu'elles soient rouges, et les œillets c'est le parti socialiste, toujours à supposer qu'ils soient rouges. Et puis il y a des fleurs qui peuvent exprimer la constance, la fidélité, la confiance et autres âneries de ce genre, et il ne faut pas les confondre par mégarde, ou c'est une catastrophe pour l'être aimé. Il existe d'ailleurs très généralement un langage de la nature que l'on entend seule-

ment dans le silence total. Elle est — ou n'est pas — à l'intérieur d'un être, il ne l'entend que si elle s'y trouve. C'est tout aussi important que la science livresque desséchée, bien que ce soit un préalable. De même devrait-on remarquer et éventuellement ramasser les racines aux formes étranges, les pierres, et les branches qui bordent le chemin, et non les mépriser consciemment. Dans l'avenir je serai plus attentif au langage de la nature, Mme Witkowski.
Anna : Allez viens, à moins que tu veuilles toi aussi prendre racine comme ces plantes tordues ? Non ? Alors tu vois. Par ici l'entrée.
La mère brandit la menace du père. Qui n'arrache à Anna qu'un rire —jaune. Elle dit, si papa pouvait, il ferait bien la même chose avec moi, mais il n'ose pas. La mère se calme toute seule en se persuadant que ces deux-là se contenteront d'écouter des disques, de fumer et de parler d'art en cachette. Comment parler d'art avec ce garçon-là !
Hans se sent tout chaviré, parce que ça lui coûte de se retrouver pour la première fois en tête-à-tête avec une fille, on s'en sort moins facilement qu'au sein de la horde de ses collègues.
Anna lorgne dans le miroir son propre visage plutôt dur et se dit qu'à présent où les choses deviennent sérieuses elle préférerait être mignonne et blonde comme Sophie, sa dureté est plus éprouvante, à peine supportable. Quel plaisir de se blottir tendrement, mais il ne faut pas s'y laisser aller, sinon ils croient qu'avec elle tout est permis... Son truc, c'est justement la dureté, comme Jean Seberg. Elle en tient pour Hans et s'imagine à quoi il ressemble, ou plutôt à quoi il ressemblera dans un instant. Elle l'a déjà vu en short au WAT et sur un terrain de foot. Sans rien du tout il doit être encore mieux. On dirait un animal du désert, impossible de le séduire avec des discours littéraires — ce qui excite Anna. Aussi cultivée soit-

elle, en cet instant elle n'est que corps, et il lui faut s'abaisser au niveau des autres corps où elle est une parmi d'autres, et pas la meilleure, alors qu'ailleurs c'est elle la meilleure, car elle est un cerveau. Qui ne compte pas maintenant — ce qui aux yeux d'Anna relève du tragique ; on est tout à fait nu sans sa tête, or une femme doit la perdre dans cette situation. Anna plonge sa tête dans la bibliothèque et toise Hans qui a l'air de se prendre pour un animal sauvage bien bâti, de la race des loups peut-être. Il broie ses mâchoires, son vieux truc censé suggérer la passion, l'excitation et aussi la solitude, ce que John Wayne, Brian Keith, Richard Widmark et Henry Fonda suggèrent eux aussi tous les jours. Avec les mêmes méthodes, mais en mieux naturellement. L'émail dentaire de Hans grince en signe de protestation contre ce mauvais traitement, on lui en demande vraiment trop. Les muscles doivent ressortir en blanc à l'extérieur, ce qui devant la glace a toujours marché, et ne manque jamais son effet sur une fille. Ça les impressionne. Mais il n'empêche qu'on n'ose pas, et souvent la fille encore moins. Anna sait exactement de quel film ça sort. Elle voit devant elle la prairie, les chevaux, les cabanes, les cactées, des hommes solitaires avec leur arme. Mais bien qu'elle sache, elle veut quand même très très fort. C'est curieux. On voit le fond du sac mais malgré tout on veut vérifier s'il n'y a pas quelque chose caché tout au fond. Et quand bien même il n'y aurait que tendons, muscles et peau, cela suffirait. Trêve de bavardages stupides. Un cerveau, elle en a un elle-même, à présent elle veut le laisser de côté et n'être que corps pour un Hans qui n'a jamais pu être autre chose qu'un corps.
Anna a trouvé le passage chez Bataille et traduit, la mère de Simone entre inopinément dans la chambre de la malade. Il baisse son pantalon, car la mère apporte les œufs mollets. C'est écrit dans le livre.

Sans livres du tout Anna n'y arrive pas vraiment. Lorsqu'il se dénude (dans le livre) c'est avec le désir que la mère s'en aille, mais il a plaisir également à transgresser des limites. Ici dans la chambre d'Anna, la mère par chance n'est pas présente. Et nous aussi nous en sommes là, poursuit Anna. Nous allons transgresser des limites, c'est une sensation agréable et c'est écrit ici, dans le livre. Rien que pour le plaisir de le faire. Sans but, sans vouloir obtenir quoi que ce soit.

Hans ne veut rien obtenir de particulier, juste se taper Anna. Anna a un sentiment d'infini qui lui vient de sa tête, un sentiment bien souvent décrit, et Anna s'applique à le ressentir exactement tel qu'il a été décrit. Sans sa tête, Anna ne pourrait même pas savoir qu'elle n'est que corps, et rien d'autre.

Anna déboutonne la chemise de Hans, avec de petits gestes tremblants, parce qu'on entend toujours parler de tremblements. Hans tremble aussi, mais uniquement parce que ses sous-vêtements ne sont pas aussi propres qu'ils le devraient, mais dans l'excitation ça ne se remarquera pas. Je ne t'aime pas pour autant, se hâte-t-il de dire. Moi non plus, absolument pas, pas besoin d'amour pour ça, dit Anna. Première nouvelle (Hans). L'amour rend esclave, parce qu'il faut toujours se demander où est l'autre, ou plus précisément pourquoi il n'est pas là. Ça vous enlève toute autonomie, c'est épouvantable. Hans réfléchit à la meilleure façon d'attaquer et attaque. Bête de proie avide, il se rue comme un loup (cf. ci-dessus) sur la bouche d'Anna et l'embrasse. Ses dents fouillent avec application et sa langue itou. Ce n'est pas du grand art, mais il y a là toute la fougue qui sied à un homme. Anna agrippe, tâte, tripote, met en œuvre dents et ongles. Qui ne sont pas très longs, à cause du piano, un manque sans aucun doute. D'où une cadence accélérée. Ce qu'on perd en douleur, on peut le regagner par la cadence. Il faut que ça fasse mal, car ce qui est bon, c'est la perversion, et non ce que tout le monde fait. Et ça lui fait mal à Hans qui grimace de douleur et se rappelle au même instant que Gary Cooper aussi fait une grimace exprimant sa souffrance intérieure quand il joue une scène d'amour. Il faut donner l'impression d'agir à contrecœur, et culbuter en fin de compte la Marie-couche-toi-là, parce que l'homme en vous a eu le dessus. Le ciel doit vous tomber sur la tête, et d'ailleurs il tombe illico, un raz-de-marée rouge, c'est-à-dire une fournaise blanche, c'est-à-dire le trou noir de l'oubli total.

Qu'est-ce qu'il faut que je fasse maintenant, se demande Hans intérieurement, il faut toujours faire quelque chose, pas de passage à vide, il faut que ça roule, sinon difficile d'enchaîner, on perd complètement le rythme. Maintenant il faut que je lui arrache ses vêtements, si elle dit non, je n'y fais pas attention. Loin de dire non je t'en prie, Anna se déshabille elle-même, vu la maladresse de Hans. Et c'est pour en arriver là que j'ai passé mes loisirs à lire tout Sartre, tout l'être et tout le néant, pense-t-elle subitement, en retirant sa culotte. Et à quoi ça m'avance maintenant ? Où est la différence avec celles qui n'ont jamais rien lu d'autre que « Bravo » ? Pas besoin de plus ici. En avoir conscience la différencie cependant déjà des millions d'autres filles, mais de l'extérieur, Hans ne voit hélas en elle qu'une fille semblable à des millions d'autres. Et la traite en conséquence. Comme de la peau, de la chair, des tendons, des muscles, des os, que toutes les autres ont elles aussi ; prise de conscience effroyable pour Anna : ici pourrait se trouver quelqu'un de tout autre (une nana plus mignonne qu'elle) et pas seulement elle et elle seule, Anna. A l'intérieur voici le tableau : elle perce à jour hélas ce que d'autres avalent comme du petit lait, et ça la met à la torture.

Ah, Hans, Hans, dit-elle malgré elle, ce qu'il accepte sans ambages. C'est bien lui. Présent à l'appel. En personne. Et on va baiser.
Ça lui clouera le bec, elle parle beaucoup trop, c'est presque aussi pénible qu'avec son frère. Hans croit qu'à la longue ces bavardages taperont également sur les nerfs de Sophie. Celle-ci préfère sûrement le silence de Hans, le solitaire, aux radotages d'un Rainer qui recherche constamment le groupe pour briller. C'est maladif chez ce type.
Viens, viens, viens, murmure Anna, comme s'il ne faisait pas déjà tout son possible. Mais il se ratatine chaque fois, c'est l'énervement face à cet événement important, c'est la première fois pour lui, et en cas d'échec, ça risque de vous poursuivre. Elle continue à le caresser en murmurant des mots d'amour, d'ailleurs assez banals, elle a déjà fait mieux, elle est toute changée, cela vient de ce qu'en ce moment elle n'est rien, rien qu'une femme, et par conséquent assez peu originale. Elle dit qu'elle a tellement envie de lui, il est si beau, à ses yeux il est beau, même s'il ne l'est peut-être pas aux yeux des autres, elle le voit avec les yeux de l'amour qui trompent souvent, mais qu'importe. Elle éprouve quelque chose pour lui, elle l'a dans la peau, il ne la quitte pas. Lui pour sa part se contenterait bien d'être dans son con, elle entre si mal si elle n'est pas dure, quelle torture. La sueur jaillit déjà, et parce que les choses ne vont pas comme il voudrait, il devient brutal, mais non pas envers lui, envers Anna.
Il lui casse les reins, la laboure, lui bascule la nuque en arrière au point que ça craque, aïe, tu me fais mal, eh oui je te fais mal, je suis tellement fort que je ne m'aperçois même pas que je fais mal. Tu es tellement fort ! Enfin le voilà le maître mot. Comme déclenché par un code, ça fonctionne enfin et en avant, marche. Mais ce qu'Anna dirait normalement

dans des circonstances comparables — Eh bien ! C'est pas trop tôt ! — lui reste dans la gorge, vu l'ampleur de l'événement que l'on appelle amour et qui tombe là où il peut, sur un champ ou sur quelque piste de béton où il se dessèche et n'est plus bon que pour la poubelle. Elle ignore elle-même comment c'est arrivé. Ça alors ! Et elle jacasse et jacasse, c'était merveilleux, il faudra le faire plus souvent, ça lui a tellement plu, à lui aussi sûrement, et avec le temps ça sera encore plus beau, ce n'était que le début, et si le début est si beau, que sera la fin : tout simplement merveilleuse. Mon amour, mon amour, et elle presse Hans contre elle à lui couper le souffle, mais l'essentiel est que Popaul soit dehors, il l'a sorti à peu près correctement. Après un démarrage difficile.
En Anna une sensation de chaleur, rien d'autre. En Hans, une pensée pour Sophie qui lui donnera demain sa première heure d'entraînement. D'une truffe distraite, il colle à l'aveuglette de petits baisers tantôt par ici, tant par là. Anna y voit de la tendresse post-coïtale, ce qui n'est pas le cas et n'est pas censé l'être. Mais sert simplement à masquer que Hans n'éprouve pas la moindre tendresse pour elle, bien qu'il soit content d'avoir fait un sans faute, au moins une fois. Sophie ne voudrait sûrement pas d'un homme inexpérimenté, il suffit qu'un des deux le soit, elle en l'occurrence. Néanmoins ces choses-là risquent de nuire à un sportif, à sa forme, dont il a besoin avec Sophie, s'il veut la vaincre sur le plan sportif. Anna voudra sûrement recommencer souvent, il lui dira qu'elle se met le doigt dans l'œil. Elle ne compte pas avec les impératifs du sport de compétition.
Hans, Hans, Hans, dit doucement Anna.
Présent, c'est mon nom, répond Hans, en riant de sa bonne plaisanterie.

Afin que la nature aussi soit de la partie et serve de toile de fond au corps étranger qu'ils sont, le groupe cède à l'attrait de la célèbre forêt viennoise où ladite nature ne manque pas, il n'y a même que ça. Mis à part les excursionnistes à la recherche d'un mode de vie naturel, car de nos jours l'industrialisation avance à toutes jambes, et les marcheurs aussi. Les derniers lambeaux de nuées matinales escaladent les pentes couvertes de feuillus ; et les jeunes gens aussi se sentent attirés par l'escalade du sommet où se dresse une tour panoramique café-restaurant, terminus pour la nature qui trouve là un repos bien mérité, et place aux gâteaux, à l'abri derrière les carreaux. Le soleil tombe de biais, formant des cônes de lumière entre lesquels on se faufile. Le feuillage des feuillus et diverses matières en décomposition forment un tapis crissant. Ce qui distingue ce groupe d'autres groupes de marcheurs en tenue de campagne, c'est qu'ils ne portent pas de tenue de campagne mais une corbeille avec un sac fermé. Dans le sac ça griffe, ça miaule : un chat est dedans. Le chat on l'a attrapé. Dans l'*Age de raison* de Jean-Paul Sartre quelqu'un veut noyer ses chats, c'est pourquoi l'on veut noyer également ce chat-là, bien que ce chat aussi ait droit à l'existence. Rainer dit avoir droit tout autant à la non-existence que ce chat qu'il se charge personnellement d'expédier dans la non-existence avant qu'il ait eu le temps de compter jusqu'à trois. Le chat pressent quelque chose, d'où son agitation dans le sac.

Sophie porte un ensemble de sport en lainage qui sort de la maison d'Adlmüller. Le manteau demi-saison d'Anna sort de la machine à coudre maternelle et ça se voit. Sophie, élastique, enjambe racines, pommes de pin, branchages et faînes. Sophie est celle qui devra procéder à la noyade dans un ruisseau du Wienerwald que l'on cherche encore. Elle seule doit encore donner des preuves de son courage, faute de quoi elle ne sera pas admise. Car lorsqu'on passera pour de bon aux agressions, il ne faudra pas qu'elle pleure et qu'elle crie comme une petite fille, elle devra réagir avec froideur, impassibilité. Rainer prend un intérêt tout particulier à la participation de Sophie, car cela les soudera en une communauté.

La forêt viennoise se compose comme chacun sait (ou plutôt ne sait pas, qui donc est au courant) d'innombrables collines ; entre les collines se trouvent des formes intermédiaires, des élévations plus petites, séparées par des rigoles où coulent des ruisseaux. Ce sont des sources pétillantes, claires, les excursionnistes y étanchent leur soif, le cas échéant. Hélas elles sont souvent à court d'eau. Sauf au printemps comme aujourd'hui. Souvent les eaux bruissent : un petit animal y cherche sa pâture.

Le groupe cherche une rigole avec davantage d'eau, sinon la noyade n'en finira pas. Et alors qui sait si le chat y mettra du sien. Sophie a de longs cheveux blonds qui luisent lorsqu'un rai de lumière s'y prend ; à l'ombre, ils sont d'un jaune mat, du laiton. Rainer a même pris le risque de faire moins bonne figure ici qu'en boîte, voire que Hans — qui n'a jamais l'air supérieur à quiconque — puisse, en ce lieu verdoyant, le paraître. Toujours est-il que Sophie semble enfin prête à officier. Anna se tient à l'écart, attentive à ne pas montrer qu'elle et Hans sont à présent liés par un lien indestructible. L'indifférence sur ses traits est le fruit d'un long entraînement. Tout à l'heure il a

voulu l'embrasser. Pas question. Pas de tendresse, ça fait pubertaire.
A sa vue néanmoins un frisson la parcourt, un frisson au souvenir du plaisir. Si le seul souvenir provoque de tels frissons, que sera-ce en vrai. Est-ce un animal qui vient de crier ? Non, c'étaient des promeneurs qui ont lancé une tyrolienne. Yalalalala ! Les bêtes en sont effrayées — ce sont des hommes et des femmes gros et gras, socialement bien assis, et enfin en mesure de faire quelque chose sans rime ni raison : gravir des montagnes. Le Sophienalpe, le Schöpfl, le Satzberg. En tenue sportive souvent agrémentée de lointains rappels du costume régional de Styrie. Mais ce sont des citadins, le côté rustique est un signe d'abondance, on n'est plus obligé de vivre à la campagne, ni d'ailleurs dans la misère. Ah que le chapeau tyrolien leur va bien.
Ils sèment à la ronde des restes de nourriture et détruisent un environnement qui a poussé naturellement, le transformant en un environnement artificiel, problème avec lequel ni Rainer ni Anna ne sont guère familiers, ne prétendent-ils pas un peu partout répandre un maximum d'artificialité. Leurs visages blêmes, fatigués par les veilles, se cachent derrière des lunettes de soleil de pacotille, les doigts de Rainer jaunes de nicotine se tendent fébrilement vers des cigarettes qui ne demandent qu'à provoquer un incendie de forêt. Des oiseaux poussent des cris stridents. Des feuilles tombent en pluie. Des trains sifflent au loin. Dimanche est.
Anna parle de la Nuit transfigurée de Schönberg.
Ce n'est ni le lieu ni le moment.
Comment peux-tu parler de la nuit par une lumière du jour aussi merveilleuse, et même pas d'une vraie nuit, mais d'une nuit transposée en musique, s'étonne Sophie dans un sourire. Pendant ce temps Hans boxe dans le vide, livrant des combats sur un ring imagi-

naire, joue au foot, il ne pense pas plus loin que le bout de son nez ou le bout de ses bras tendus. Il est totalement dans l'instant, c'est un homme du présent. Même le chaton dans le sac pour lui n'est pas présent, mais futur. Surtout n'y pas penser. Il fait une démonstration sur la façon de feinter l'adversaire au foot, jouant aussi l'adversaire, sûr que Sophie le trouve formidable. Sophie jouit du soleil et du bon air, bien qu'elle en jouisse chaque jour plusieurs heures sur le dos de son cheval ou autrement. Si l'on veut jouir des choses, encore faut-il les connaître. Les jumeaux ne sont pas vraiment dans leur élément. Leurs poumons renâclent, ils n'ont pas cette forme dont Hans a à revendre. Trop d'alcool, trop de cigarettes, se vante Rainer qui veut débattre de Camus pour se montrer sous un jour flatteur. Sophie veut se mettre en plein jour pour brunir. Hans veut montrer à Sophie quelques trucs de judo qu'un ami lui a indiqués. Là-dessus les voici qui se collettent, qui rient et c'est du poison qui descend dans l'estomac des jumeaux. Anna se hâte d'affirmer qu'elle étudie actuellement au piano la sonate de Berg, un but qu'elle s'était assigné voici longtemps, et elle y est enfin. Que d'efforts nécessaires, mais elle en viendra à bout. Ça se mange fait Hans, hennissant comme un étalon Lipizzaner. Tu connais ce disque, et celui-ci, et celui-là, Anna ? Non, ce n'est pas de la musique sérieuse, il faut que tu te cultives Hans, sinon tu n'avanceras pas, et au stade où tu en es, c'est le vide absolu, tu ne peux pas te permettre d'en rester là. Les parents de Sophie ont un abonnement au Philharmonique. Sophie y va souvent seule avec sa mère. La mère de Sophie est une beauté reconnue dans la société, chacun la connaît, chacun la salue, bien sûr uniquement là où tout le monde connaît tout le monde. Elle n'a certainement aucune échelle de valeur pense Rainer, rien qu'à la voir, il sait qu'elle n'a aucun critère de

valeur, d'ailleurs elle n'en a pas besoin. Elle dérive au milieu d'une masse gélatineuse stérile et transparente. Rien ne la retient mais cette masse translucide la tient constamment en suspens, aucun contact avec le sol. Sophie finira par lui ressembler, si on ne l'en empêche pas à temps. L'amour l'empêchera.
Le Philharmonique ne joue que des trucs réac, Schubert, Mozart et Beethoven par ex. crache Anna. Après avoir entendu Webern dimanche dernier, ils ont applaudi comme des imbéciles, pourtant ils méprisent ce genre de musique. Le public du Philharmonique est beaucoup trop bien élevé pour siffler du Webern, ils savent quelle place – une place importante – occupe ce compositeur, rétorque Sophie. Mais quant à leur plaire, c'est autre chose. Webern n'est qu'un seul et unique gag.
Enthousiasmé, Hans montre un écureuil, un écureuil rouge. Tout rouge, réellement. Qu'il est mignon. Le voilà qui grimpe le long du tronc et redescend, il a des yeux prestes. Le soleil grignote le ciel. Des nuages de midi font leur entrée. Pourvu qu'ils ne se rassemblent pas en une masse sombre. Enfin voici un assez beau ruisseau qui conviendrait éventuellement à la noyade d'un chat – non, pas éventuellement, sûrement.
A toi de jouer, Sophie. N'aie pas peur de la boue, avance, pour être assez près. Et puis non, j'préfère pas, dit Sophie, j'aime les animaux. Je panse toujours mon cheval moi-même. Il faut, sinon tu seras exclue avant même d'avoir été admise. Je vous trouve totalement infantiles de jouer aux indiens. Ce pauvre chaton ne vous a rien fait. Tant pis. Dépêche-toi, faut pas rater l'autobus. Bon. D'accord. J'y vais. Dieu soit loué, j'ai pris du sparadrap. Je ne peux pas m'empêcher de penser à ma jument favorite, la Tertschi. Elle aussi c'est une bête. A l'avenir, pour nous, la sensiblerie est de trop, Sophie, tu le sais.
Sophie extrait du sac le chat qui crie, griffe, écume

et lui déchire aussitôt la main jusqu'au sang. Aïe, vous n'auriez pas pu choisir une bête qui fasse moins mal ? Tout ce qu'on a trouvé, c'est un chat, alors ça vient, oui ?
Sophie s'agenouille dans la vase avec sa belle robe, elle est pleine de boue. Au prix d'un grand effort physique, elle enfonce dans l'eau ce fidèle animal domestique habitué à l'homme. Dans l'eau, des gargouillis, des crachouillis, un chamaillis, un cafouillis. Pour un peu il faudrait qu'elle se couche complètement sur la bête, je vais être trempée et attraper une pneumonie.
Avant que la mort du chat ne se produise, Hans déjà si bizarre tout à l'heure avec son écureuil, arrache Sophie au chat, l'animal détrempé remonte péniblement et s'enfuit en crachant. Sûr que le renard l'attrapera, ce qui n'est pas non plus une belle mort.
Hans flanque une telle baffe à Sophie, que le sang coule au coin de la bouche. Le groupe reste planté là telle la Sainte Famille voyant s'envoler le toit de son étable et la pluie entrer.
Sophie est baba. Quelque chose change en elle, quoi, elle l'ignore encore. Pourvu que rien ne change en elle songe Rainer, horrifié.
Hans, qui connaît la différence entre les vrais films d'action et les faux où l'on se barbe, tire Sophie à lui et l'embrasse, se barbouillant la bouche de sang. C'est doux. Qu'elle est douce cette Sophie. Comme quelque chose qui a été lavé avec une poudre spécial lainages — non plutôt comme quelque chose qui peut se passer de lavage car ne se salissant jamais. De l'angora. Un doux baiser ça se prend sans demander, dit la chanson qui se tait aussitôt effrayée, parce que c'est devenu vrai.
Cette petite scène laisse deux satisfaits et deux insatisfaits. Dans la vie il en va toujours ainsi, fifty-fifty, ce qui crée une certaine justice.

Il faut que tu recules, effarouchée, devant moi, comme devant un démon. La peur se lit dans les yeux, la faim à la conformation du corps, les mauvais traitements à la peau, souvent ils se propagent en profondeur. Jusqu'à l'âme, cela aussi s'exprime dans le regard. Une femme qui fuit devant l'homme qui veut la violer et dont elle sait que dans cette situation il est son maître. Le regard doit montrer une certaine soumission, statique, inutile d'enchaîner les mimiques, ce n'est pas une caméra mais un appareil photo. Un peu de concentration, Gretel, s'il te plaît. Un sous-locataire entre, représente-toi la situation suivante : il voit contre toute attente sa logeuse, une personne encore jeune (ce que tu n'es plus bien sûr) seule à sa toilette et la regarde de telle manière qu'elle sait aussitôt à quoi s'en tenir et qu'aucune prière ne la sortira de là. Il n'hésiterait pas une seconde à passer à l'acte. Qu'est-ce que tu fabriques avec le chiffon à poussière, et juste à cet instant, Gretl. Pose-le et montre de quoi tu es capable. Fais glisser lentement la combinaison en tâchant de garder ta main dessus, mais cette main, comme tout ce que fait cette femme, est à côté de la plaque, et l'on voit tout.

M. Witkowski est une fois de plus un vrai moulin à paroles, mais la parole hélas n'est qu'argent, Mme Witkowski répond par le silence, qui lui est d'or. Dicton que M. Witkowski connaît pour l'avoir entendu dans son enfance et aussi dans les baraques des détenus à Auschwitz, en même temps d'ailleurs que la phrase « l'honnêteté est toujours payante ». Depuis que l'histoire lui a pardonné, il est resté honnête, et ça fait une paye. Après 45 l'histoire s'est décidée à tout reprendre à zéro ; décision à laquelle l'innocence coupable s'est aussi résolue. Witkowski recommence en toute innocence au bas de l'échelle, où ne commencent habituellement que des jeunes qui ont la vie devant eux ; remonter la pente avec une seule jambe est plus difficile, du reste avec une seule jambe tout est plus difficile. Et des monceaux d'or plus grands encore se taisent sans doute à jamais : bridges, montures de lunettes, chaînes et bracelets, médailles, bagues, montres — l'or se tait parce qu'il est né du silence et qu'il est retourné au silence. Du silence ne sort que le silence.

Ne me laisse pas trop longtemps poireauter toute nue par ce froid, voilà ce que c'est de faire des économies de chauffage, dit Margarete Witkowski. Il faut d'abord que je réfléchisse à la prise de vue, sans violence ça ne va pas. Tords-toi de douleur, parce que tu as été battue par exemple. Voilà, c'est bien, à la longue même toi tu finis par apprendre. Si seulement je savais quel angle choisir pour avoir toute la scène. Il faut que le slip flotte autour de tes chevilles. Et maintenant tu en sors lentement ! Tu laisses sous toi la vieille dépouille d'un animal, d'un serpent par exemple, et toujours comme un serpent tu te tends vers une jouissance violente bien qu'acceptée à contrecœur.

Mme Witkowski fait comme, s'imagine-t-elle, ferait un serpent, elle se tend, certes, mais se trouve emportée non par une vague de jouissance mais de puanteur qui déferle dans ses narines, il faut qu'elle coure à la cuisine où le riz au lait vient d'attacher. Brisant net le délicat état d'âme de son artiste de mari. L'aile du génie venait de l'effleurer, et voilà que l'épouse prosaïque anéantit tout. Je dois m'occuper de la cuisine, il est grand temps si pas trop tard. Cependant le mari s'abandonne à ses pensées qui vagabondent à travers les plaines basses de Pologne et de Russie, qui actuellement exportent chez nous leur communisme. Là-bas on était encore quelqu'un, qu'est-ce qu'on est maintenant, personne, un portier. M. Witkowski est heureux qu'en 1950 un putsch ait été empêché. Dans la série des empêcheurs, lui aussi avait été un petit rouage (pas très opérationnel, avec son pied unique), n'attirait-il pas inlassablement l'attention sur les dangers d'infection par le bacille communiste. On ne pouvait être assez prudent. Voici ce qui s'était produit : des troupes d'assaut communistes avaient reçu des Russes 200 schillings par tête et par intervention, selon le récit qu'en avait fait la presse. Les puissances d'occupation occidentales coupèrent la voie au putsch et l'empêchèrent. Pour avoir répandu de faux bruits les journaux, mais pas ceux qui avaient mentionné les 200 schillings, se virent contraints hélas de limiter leur diffusion — sans que le procureur de la République ait eu à se mêler de l'affaire. C'est ainsi qu'un dénommé Helmer, ministre de l'Intérieur, socialiste, contourna la liberté de la presse. Et c'était une bonne chose : si les yeux ne voient pas, la bile ne s'échauffe pas, or chacun devait garder son sang-froid pour éviter les affrontements. Lorsqu'un journal se met à mentir, alors qu'il disparaisse ! Les socialos ne sont pas précisément le parti favori de Witkowski — on n'est pas des ouvriers — mais cette fois, ils ont fait du bon boulot, faut être juste. Peut-être ont-ils enfin tiré la leçon de l'histoire et vont-ils soutenir d'emblée les seules forces dignes d'être soutenues, les forces du capital, il n'en existe d'ailleurs pas d'autres, car l'argent gouverne le monde, se dit l'invalide qui n'en possède point et donc légitimement ne gouverne rien, mais comme chacun sait, l'argent gouverne bien tout seul. Conséquence : à ceux qui n'ont rien, on laisse ce rien. Et ceux qui ont déjà, reçoivent encore plus,

ainsi la voie est-elle libre pour la monopolisation moderne. Des pays étrangers situés à l'ouest, le capital tend ses mains secourables, submerge notre patrie et, s'alliant aux mains autochtones, forme une chaîne aussi solide que celle d'un char. M. Witkowski fait profession de foi envers le capital — qu'il n'a pas —et, conscient de sa valeur, peut regarder l'avenir à travers son expérience du passé. Conscient de sa valeur, car autrefois il a en personne protégé le capital, celui-ci règne à nouveau sans partage et lui témoigne personnellement sa reconnaissance. En effet, outre sa pension d'invalidité à cent pour cent, on l'autorise à travailler comme portier de nuit dans un hôtel bourgeois, où il aperçoit d'importants représentants de la classe moyenne qui font des voyages d'affaires comme représentants de l'industrie. Ainsi l'un représente l'autre, même s'il ignore qui il représente en particulier. Qu'aujourd'hui comme hier, M. Witkowski représente le parti national-socialiste, sachant très bien qui est dedans et ce que représente la personne en question, cela va de soi, parce que ce parti l'a rendu si grand qu'il s'est dépassé lui-même. Personne d'autre n'aurait pu le grandir ainsi, et aujourd'hui il agrandit ses belles photos. Il n'a pas seulement en vue le bien de l'individu, mais aussi le bien du groupe dont il voit les tenants et les aboutissants. Comme il n'oublie jamais que, même dans ses loisirs, il représente tout un groupe et non point sa seule personne, il se comporte en conséquence. Il donne l'exemple. Afin de guider la jeunesse. Comme d'autres continuent même pendant leurs loisirs à représenter dignement leurs firmes respectives.
Lorsqu'il observe ses enfants, il doute du résultat de son éducation. Il existe des inconnus bien élevés, mais pas ses enfants. A l'époque de leur conception, il était encore officier, et qu'en est-il résulté ? Ces deux enfants qui l'inquiètent, on n'en voyait pas de

semblables autrefois, il paraît qu'aujourd'hui c'est courant. Sa femme touille la bouillie, ce qui ne la rend pas meilleure.
Lui va chercher son pistolet pour le nettoyer et le graisser, même s'il ne sert pas actuellement, il faut le faire. Il faut être prêt. L'acier froid pèse dans sa main. Dans l'étui, ses photos préférées de Gretl, la photo dite de gynécologue qu'il faudrait refaire, parce que le trésor d'expérience du photographe a augmenté entre-temps, la photo dite de bordel, et la photo dite d'écolière avec férule et tablier. L'étui du pistolet se trouve dans le tiroir secret de l'armoire de la cuisine que personne ne connaît. Du reste cela n'intéresserait personne, le fils ne s'intéresse hélas qu'à la littérature. Mû par une décision soudaine (impératif pour un officier : savoir décider !), l'ex-officier se rend à la cuisine dans l'intention de violer sa femme, l'envie l'en a pris subitement, mais l'idiote ayant fait comme d'habitude un geste maladroit, il dérape sur le carrelage et s'effondre par terre. Là, agité de soubresauts, il rame avec la jambe qui lui reste. Mais il a beau faire, il ne se redresse pas. Déjà que d'ordinaire il rame pour l'avoir dure — pourtant cette fois ça aurait sûrement marché, il en avait tellement envie. Et voilà, c'est fichu, une fois de plus. Cela vient, croit-il, de ce que les puissants stimulants qui le submergeaient, jeune homme, dans les territoires occupés de l'est, ne se manifestent plus que très affaiblis ces derniers temps. Qui a vu des montagnes de cadavres, de corps nus y compris des corps de femmes, n'est plus guère stimulé par sa légitime au foyer. Qui a tenu dans ses serres les commandes du pouvoir, se relâche rapidement, lorsque le summum de la violence est de serrer des mains inconnues à l'hôtel. Les habitués le saluent d'une poignée de main et d'une tape sur l'épaule. Avec, en prime, blagues et anecdotes chères aux représentants de commerce. Qu'il ressort à la maison,

pour mettre Gretl en appétit lorsque sa queue n'y suffit pas, ce qui est souvent le cas. Souvent elle garde un profil bas.

Les temps s'amollissent et s'affadissent — la nouvelle jeunesse de même. Il ignore où cela mènera, manifestement à la tiédeur, à la médiocrité, voire à pire. Cette médiocrité, le fils aussi la redoute.

Il continue à ramer en rond, impuissant, le papa, car il pagaye d'un seul côté, par erreur, et non des deux. Ces derniers temps en plus, sciatique et rhumatisme l'ont mis à rude épreuve, lui que sa jambe manquante éprouve déjà bien assez, et qui par ailleurs manque de tout. Il tourne sur son axe et tente de se mettre sur pied, ce qui ne réussit qu'avec le coup de main breveté maison, ho-hisse ! Le revoilà debout. Les béquilles aussitôt coincées sous ses aisselles — il a cru pouvoir s'en passer pour violer Gretl, autrefois il se passait bien de tels expédients.

Voyons, chaton, si on allait au lit, on serait mieux. Non, le lit cède, et j'aimerais tellement t'enfoncer dans le sol dur qui lui ne cède pas. Quand même, ce serait moelleux, chaud, agréable, chéri j'ai encore une petite goutte de rhum, viens mon lapin.

Otto a très mal à différents endroits, lorsque, dressé sur ses béquilles, il balance la jambe qui lui reste d'avant en arrière et d'arrière en avant, mais il n'en montre rien. Le rayonnement de son autorité ancienne incite, aujourd'hui comme hier, sa femme à le suivre. Je suis tellement fatigué ces temps-ci, il faut que je me fasse examiner. Mais oui, mon pauvre chéri ! Et au lieu de prendre la Gretl, maintenant qu'elle est juste à côté de lui, il cache sa tête chenue contre sa poitrine et ne peut s'empêcher de pleurer. Ce qui l'émeut beaucoup, car elle en ignore la raison et pense, à tort, que c'est à cause d'elle. Pauvre petit bonhomme, ça va s'arranger, console-t-elle doucement, sans pourtant le consoler. Il sanglote, l'homme sévère, il est venu à bout de tant de choses, il est venu à bout de tant de gens, et maintenant il ne vient plus à bout de grand chose. Quelle poisse.

Je ne peux pas m'empêcher de pleurer et j'espère que les enfants ne me verront pas dans cet état. Ils ne sont pas près de rentrer, ces derniers temps ils sont constamment dehors, si seulement je savais où. Ils ont besoin d'une forte poigne : j'en ai une et même deux, à défaut d'avoir une jambe en double.

Mon pauvre, pauvre Otti. Et que j'te caresse, et que j'te caresse — et que j'te papouille, et que j'te papouille.

Ça va, ça, chuuuuut.

On va se boire une p'tite goutte, ensuite on s'fera un bon p'tit café, et ce soir on écoutera à la radio le jeu avec Maxi Böhm. Y a des prix importants pour les auditeurs qui donnent les bonnes réponses et on finira bien par gagner un jour ou l'autre. Si on ne sait pas, on demandera à Rainer ou Anni, les enfants apprennent tant de choses aujourd'hui. Mais nous saurons sûrement tout seuls, parce que nous sommes les parents ! Eh bien, il a retrouvé le sourire, mon Otti, c'est gentil, ça !

Il lui dit de verser à boire, mais moins chichement que la dernière fois, après tout les pourboires sont très corrects. Bien qu'au fond humiliants. Mais les temps ont changé, et l'incapacité a le vent en poupe. La boisson distille l'oubli, elle active les sucs gastriques, vu que la viande est rare dans nos assiettes. Rasséréné, M. Witkowski renifle et se réjouit du bon café qu'il prendra avec beaucoup beaucoup de sucre. La vie a encore du bon, pourvu qu'on n'ait pas d'exigences démesurées, ce qu'il pourrait avoir, car il y a droit.

Aujourd'hui il aura même droit à un petit rab, parce qu'il a tant pleuré.

Autre lieu, autre scène : le café Sport. On s'y met en scène afin de voir quel artiste, quel intellectuel a investi les lieux. L'important est de participer, non de gagner. Comme dans le sport, d'où le nom du café. Beaucoup ont déjà perdu leur confiance en l'art, bien qu'eux seuls et nul autre y aient été prédestinés. Ils font de l'art, car celui-ci ne leur rapporte rien, ainsi ils ne sont pas salis par l'argent. Toutefois si l'art rapportait, ils se laisseraient volontiers salir. Jamais cependant ils n'iraient exercer quelque métier bourgeois comme solution de rechange, non faute d'en avoir un, mais parce qu'ils se feraient avoir par ces métiers-là, et n'auraient plus de temps à consacrer à l'art. Impossible de se réaliser dans une forme esthétique si Monsieur votre Patron se réalise à vos dépens dans des voitures de sport et des villas. Que l'un d'eux fume des cigarettes un cran au-dessus des gitanes maïs, aussitôt quelqu'un le tape.

A la table où la sainte Quadrité se tient aujourd'hui, deux autres personnes en sont encore à faire la démonstration purement graphique du théorème de Pythagore, sans succès. Pour Rainer, les mathématiques relèvent du réalisme et par conséquent ne l'intéressent pas. S'il s'agissait de littérature, il s'en serait mêlé depuis longtemps et aurait rembarré quelqu'un, il en a le droit.

Ailleurs des Grecs sont assis ensemble, leurs têtes brunes presque imbriquées l'une dans l'autre, pour plaisanter sur les femmes et de temps en temps en aborder une. Ça se pratique près des toilettes pour dames, car elles sont obligées de passer devant eux pour s'y rendre.

Dès qu'un mot déplaît à Rainer, mais aussi indépendamment de cela, ledit Rainer se lève d'un bond et se réfugie, pensif, dans un coin d'où il fixe sombrement le vide, jusqu'à ce que Sophie ou Anna viennent solennellement le chercher. Mais qu'est-ce que tu as ? Dis-le, je t'en prie. Vous me tapez sur le système, espèces de courges. J'ai d'autres soucis qui se situent à un tout autre niveau, où d'ailleurs moi aussi je me situe. Vous m'ennuyez. Je t'en prie, s'il te plaît, reprends ta place, Rainer ! Vous ne pigez vraiment rien, comment agir avec des gens comme vous qui reculent devant tout, parce qu'ils représentent la lâche médiocrité. Rainer entend que les autres se salissent les mains à sa place, afin que les siennes restent propres. Que les autres agissent à sa place, lui se tiendra en dehors de toute action, mais les y précipitera. Toutefois il ne crachera pas sur sa part du butin, il en a besoin pour acheter des livres. Il s'imagine être l'araignée tapie derrière son filet, sauf qu'il agira sans le filet des petites certitudes bourgeoises, et d'ailleurs le retirera sous le derrière des autres, afin qu'ils soient jetés dans le vide et se rejettent sur lui.

Rainer fixe les mégots de cigarettes, les papiers, les taches de vin rouge, les mouchoirs en papier froissés (ou pire encore) qui jonchent le sol, et attend l'inévitable dégoût, qui parfois vient et parfois ne vient pas. Ça y est, à l'instant la nausée le soulève, si bien qu'il laisse tomber la plume avec laquelle il s'apprêtait à noter un vers dans son carnet, l'encre éclabousse, stérile. Était-ce bien la nausée ? Non, pas vraiment. La pièce a le même air petit bourgeois que d'habitude. A peine lui semble-t-elle un peu plus lourde, plus épaisse, plus compacte. Mais il a compris, comme Sartre, que le passé n'existe pas. Et les os des tués et des morts, y compris dans leur lit, existent dans le pour soi, indépendamment de tout ; rien qu'un peu de phosphate, de chaux, de sels et d'eau. Leurs visages ne sont que des images en Rainer, simple fiction. En ce moment précis il le ressent très vivement, c'est un sentiment de perte. Mais il ne dit à personne qu'avant lui Jean-Paul Sartre a déjà ressenti cette perte exactement de la même manière, il la présente comme si elle était sienne.

Hans, qui a perdu son père, ne pense ni au phosphate, ni à la chaux, ni aux sels, etc. que forme actuellement son père, il fredonne un tube anglais d'Elvis — sans les paroles, car elles sont en anglais, langue que Hans ne possède pas. Du reste il possède peu. Mais se contenterait bien de Sophie. Autre lieu, autre scène : la cave. Rainer veut que les autres commettent des crimes. Lorsque les musiciens font une pause, il s'avance négligemment jusqu'au saxophone, place ses doigts sur les clés qu'il s'imagine être les bonnes, mais probable qu'aucun son n'en sortirait, s'il soufflait dedans. Il suffit que tous ceux qui le voient, croient qu'il sait en jouer. Au retour des musiciens, il repose vite l'engin, afin de ne pas en prendre plein la gueule pour avoir détérioré un instrument de musique. Il commande alors un soda à la framboise, ce qu'il y a de moins cher (pas un seul portefeuille fauché à ce jour !) et écrit aujourd'hui le début — demain il écrira la fin — d'un poème, et quel que soit son entourage il ne se laissera plus distraire. Quelle que soit son apparence. Sophie aussi doit l'accepter, même si l'on se montre moins sévère avec elle, parce qu'elle est la femme qu'on aime. L'amour n'a qu'une petite part dans la vie de Rainer, parce qu'il sait que l'amour ne pourra jamais y avoir qu'une petite part, l'art prenant tout le reste. Dans son poème, Rainer méprise tous les gros lards, aux doigts chargés d'énormes bagouses, et qui ne songent

qu'à gagner de l'argent. Toutefois il n'en a encore jamais vu de près. Le père de Sophie serait plutôt svelte et tout en nerfs. Un sportif, lui aussi. Rainer n'aimerait pas mépriser le père de la femme qu'il aime, chouette d'en être dispensé. L'image des grosses bagouses qui alourdissent des doigts blancs, il la tient d'un expressionisme pardonné et oublié. Il les méprise tous, ces couennes de randonneurs, ces caryatides en frac, ce n'est pas pour cela que sa mère l'a éjecté de son ventre, comme il l'écrit et le ressent violemment. Mais sa mère ne se défendrait pas moins de l'avoir expulsé pour ces glandeurs du café Sport ou du café Hawelka. Elle le poussait à une solide formation qu'il conchie présentement.
Rainer porte même ici, à l'intérieur dans la pénombre permanente, ses belles lunettes de soleil modernes, avec verres en plexiglas et monture à carreaux et il s'est ramené les cheveux dans la figure. La fameuse coiffure à la César, mais visiblement celle-ci ne sort pas de l'ancienne Rome, mais de la nouvelle Vienne qui ne cesse de lui chuchoter qu'il doit continuer à participer à la reconstruction de la ville de ses pères et travailler à l'embellir encore et encore. Il n'en a aucunement l'intention. Vienne dans sa parure de fleurs est chaque année le sujet favori du concours de rédaction scolaire qui vit Rainer gagner à deux reprises, la première fois un caoutchouc, et la deuxième une belle fougère qui n'est plus, car sa gentille maman l'a arrosée à mort — or les fougères ont plutôt besoin de sécheresse, avait dit le jardinier au jeune lauréat, confidentiellement. (Celui-ci avait dû en effet partager sa troisième place avec neuf autres jeunes élèves du collège). Conseil négligé. L'école participe toujours à ce genre de manifestations, ça lui permet ensuite de parader. Les nombreuses fleurs colorées — printanières et autres — pointent sur toutes les places, à tous les coins de rues, elles donnent à cette ville un air de richesse :

de la verdure toute fraîche pour supplanter les uniformes étrangers disparus grâce au traité d'État. Ce n'était pas trop tôt. Même les Russes, les pires de tous, ont disparu, bien qu'ils ne fassent rien de leur plein gré, ils préfèrent forcer autrui, surtout les femmes, à des horreurs inexprimables. Ça leur fait plaisir. A présent ils sont partis, et les nouveaux nazis ainsi que les bons vieux nazis d'antan peuvent réapparaître au grand jour comme les jolies petites fleurs dans leurs nichoirs gris. Soyez les bienvenus.

Au demeurant, et puisque que nous en sommes aux fleurs et aux feuilles : parmi les gagnants du concours organisé par le comité municipal de Vienne, lors de la remise des prix, Rainer n'a jamais vu que des lycéens, car eux seuls sont capables de s'exprimer, de mettre par écrit ce qu'ils éprouvent à la vue d'une tulipe ou d'un lilas, c'est-à-dire joie et espoir en l'avenir. Et même si d'autres peuvent éprouver de la joie, cela ne signifie pas pour autant qu'ils puissent l'exprimer sans fautes. Ils ne parlent pas la langue de la grande culture mais la leur propre qui n'est pas reconnue. En autrichien, entre ces deux niveaux de langage, bâille un fossé profond né des inégalités entre les hommes, ce qui existera toujours, pas les hommes, mais les inégalités. Il suffit que l'un parle au passé-simple et déjà l'autre ne le comprend plus. Il en va ainsi de Hans et de Rainer. Hans est gauche, Rainer adroit quant au langage.

A cette époque déjà l'écriture chez Rainer avait été appréciée, aujourd'hui il veut définitivement en faire son métier. Chez lui métier et hobby seront une seule et même chose, un cas idéal, et beaucoup s'en targuent. Mais la plupart du temps ils se vantent. Quand un installateur et un boucher disent que leur métier est aussi leur hobby, c'est sûrement faux. On ne le croit pas davantage d'un conducteur de tram ou d'un maçon. Lorsqu'un médecin dit que son hobby est de soigner et de guérir, on le croit déjà un peu plus. Soigner, guérir, peut être un passe-temps agréable en même temps qu'un métier. Le mot hobby est un anglicisme entré rapidement dans les mœurs. Les Amerloques sont partis, leur langue est restée, hourra.

A regret Rainer remarque alors que ce crétin de Hans, n'est plus en ce moment son instrument à lui mais celui des musiciens de jazz. Il fuse à droite, à gauche, replie avec empressement des pupitres, bourre des contrebasses dans leurs housses en toile à voiles, ferme et ouvre le piano selon ce qu'on lui dit, nettoie des trompettes, empile des partitions avec les arrangements puis sur ordre redéfait les piles, soulève et couche des chaises, les traîne, renverse tout ce qu'il venait d'entasser soigneusement l'instant d'avant, juste parce que quelqu'un grogne qu'il s'est trompé, demande combien de temps ça dure pour apprendre à jouer de la flûte, du saxo, du trombone, de la batterie, etc., c'est sûrement le piano le plus dur, et c'est dur aussi d'être honnête, et à cette honnêteté Rainer veut mettre un terme. Peut-être qu'à moi non plus ça ne me déplairait pas de faire ça un jour ! Ça doit être bien de savoir jouer d'un instrument. Même peut-être mieux que d'être prof d'éducation physique ou prof dans le supérieur. A peine le dernier numéro fini — Chattanooga Choo Choo — lui et d'autres volontaires amputés du cerveau transporteront des tonnes jusqu'à la sortie, où un autre porte-coton prostituera sa voiture à transporter les instruments, rien que pour participer juste une fois, ce qui est l'essentiel (cf. plus haut), car gagner n'est pas tout. Cependant de nombreuses questions restent ouvertes : Est-ce que c'est lourd ? Combien de temps faut-il pour savoir déchiffrer ? Comment accorde-t-on un violon ? Où s'inscrire, si l'on veut apprendre sérieusement un instrument ? Dès demain je me porte volontaire. Ce que l'on aime faire, on le fait volontiers. Seul son emploi dans la haute tension est contraignant, et il convient de l'abandonner.

Cette fois, ça suffit ! fait Rainer sortant de ses pensées et lui rentrant dans le chou. Je vous vomis, voilà ce qu'il y avait dans ses pensées. Je vous vomis, vous, vos casse-croûte et vos gros ventres, moi, le géant, que vous voyez tous très distinctement, mais oui, c'est moi qui marche au plafond ! Arrachant des pattes de Hans, le larbin, la boîte à clarinette que celui-ci s'apprête diligemment à porter dehors, il la lui balance sur la tête, et à l'intérieur l'instrument à vent pousse un hurlement. Le musicien concerné crie t'es cinglé ou quoi ?
L'expression suivante sur le visage de Rainer (impénétrable, inexpressif), le clarinettiste amateur, un étudiant en droit, ne la comprend pas et par conséquent l'ignore. S'il savait ce que Rainer pense justement à son sujet ! Il pense : j'aimerais bien te passer un crochet de boucher à travers la gorge. De cela le fils de pharmacien ne soupçonne rien, aussi la peur lui est-elle épargnée, mais Rainer est fier d'avoir pensé quelque chose d'aussi brutal. Bientôt on passera aux actes, et à la table de Rainer plans et calculs vont bon train. Je ne peux pas tout répéter quatre fois, alors je t'en prie, Anna, ça te concerne aussi, bien qu'en gros tu sois informée. Dans la mesure où tu es ma sœur. Sophie sera informée dans la mesure où c'est la femme que j'aime, et Hans dans la mesure où il est l'organe exécutif chargé du sale boulot, à supposer qu'il comprenne de quoi il retourne. Ce qui est loin d'être certain. Tu viens, Anni, oui ou non ? Non, elle ne vient pas encore, elle est justement au piano où, voyant là sa chance unique, elle égrène nonchalamment l'étude pour touches noires de Chopin, nonchalamment, mais ô combien de travail à la maison avant de la produire ainsi, et elle s'apprête à enchaîner sur quelque passage du clavecin bien tempéré, lorsque

arrive le pianiste de jazz (étudiant en médecine) : tu es vraiment à côté de la plaque, petite, rentre gentiment chez maman, à la maison, et continue sagement tes exercices, mais pas ici, ici ça swingue. Ici nous ne sommes pas à l'école de musique. On vient ici quand on a terminé l'école de musique ou appris par ses propres moyens. Mais si par ailleurs je peux t'enseigner quelque chose, c'est d'accord, minette, fais-moi signe quand tes seins auront poussé. Pour la mère d'Anna il est hors de question d'apprendre par ses propres moyens, il faut faire appel à des spécialistes compétents, sinon ça ne vaut rien.
Anna se glace en apprenant qu'elle n'est pas encore tout à fait au point et qu'il lui faut se développer encore, ce qu'elle refuse. Elle est déjà arrivée à un point de non-retour et n'a plus rien à perdre. Qu'il puisse y avoir encore quelque chose devant elle, la rend folle, pour elle tout est joué, et le désir de tuer monte. Rien d'autre ne doit suivre, sauf le néant absolu où n'existent aucun des critères moraux que cet étudiant a certainement conservés, même si en apparence il parle grossièrement à une femme. Une chiquenaude au passage à un verre de bière à demi plein et flac, le contenu se répand sur les jeans flambant neufs du prétentieux carabin, les voici bons pour une lessive qui les usera un peu plus, ce qui n'arrangera pas la bourse dudit carabin. Chouette.
Rainer exhorte au silence, bien qu'elle se taise, une Sophie qui sirote sa limonade, vous allez voir ce que vous allez voir. Hans pense, voir c'est croire, mais sentir Sophie, et sur lui, c'est encore mieux. Mais Sophie ne veut pas croire, elle veut voir. Voir Hans soulever et porter à bout de bras les objets les plus lourds, et de plus lourds encore, avec la plus grande facilité. Son buste ne présente pas un seul point vulnérable, points qui, espérons-le, se trouvent à l'intérieur. Alors que le buste de Rainer ressemble à celui d'un

poulet. D'un poulet qui n'a pas vu depuis longtemps la couleur du ciel, pas plus que celle du grain. En revanche, il caquette mieux que les poulets, ça c'est vrai.

Hans se jette dans un fauteuil et décrit à grands traits — les subtilités apparaîtront plus tard — ses futures études musicales grâce auxquelles on apporte aux autres joie et détente, tout en connaissant soi-même le succès. Ta gueule, dit Rainer. Mais Hans ne peut s'empêcher de dire combien sa vieille le barbe avec ses enveloppes à la con et ses jeunesses socialistes, c'est pour cette raison que je tiens à me distancer de tout cela, si possible par la musique. Rainer dit qu'il va lui coller une châtaigne. Sophie, traînant la voix, laisse-le donc. Anna : Tu finirais même par ennuyer la statue de Goethe sur le Ring, Hans.

Sophie : Ne sois pas si arrogante.

Hans : Tu as remarqué, Anna ? Lorsqu'une femme aime un homme et qu'elle ne peut pas le lui montrer et d'ailleurs ne le veut pas non plus, elle prend sa défense devant tout le monde. Ce qui, bien malgré elle, l'éclaire sur ses propres sentiments. Je l'ai vu très souvent au cinéma. Anna lui colle la main entre les jambes, là où ça devient intéressant. Vous remettez ça, souffle Sophie. Hans repousse la main mal aimée dont il a encore besoin de temps à autre et rougit. Il ne faut pas que Sophie sache, mais qu'elle s'en doute et le désire aussi. D'un côté Anna veut le punir sur-le-champ, d'un autre côté elle a peur qu'il ne veuille plus avec elle, pourtant elle a fait ça très bien. Hans c'est mon affaire, tu n'as pas à prendre sa défense, il se défendra bien tout seul, et je lui dirai comment. En plus, je m'en fiche (ce qui bien sûr est faux). Hans sait qu'une femme qui prend devant les autres la défense d'un homme, peut fréquemment donner l'impression d'agir à contre-cœur, mais le cœur a ses raisons que la raison ne connaît pas. La douceur l'emporte sur la dureté. Sophie a l'air de tout sauf d'être la proie de combats intérieurs, et elle commande un rhum-coca. Trop cher pour les jumeaux, aussi détournent-ils les yeux à l'arrivée du garçon qui en a vu d'autres. Hans commande une boisson plus chère, sa mère se retournerait dans son vieux fauteuil de cuisine, si elle s'en doutait. Les heures supplémentaires au noir.

Anna dit que dans la nature le faible le cède au fort, par exemple le roseau au vent du nord. Et le silence à la forêt. Rainer : Donc ce sera une agression dont le but sera le vol.

Hans : Je ne suis tout de même pas cinglé. Vous ne savez pas de quoi vous parlez, c'est de la folie.

Rainer : De la folie ? Ces catégories n'existent pas pour moi, car *tout* est sain à l'exception des fruits et des légumes. Dans l'art aussi apparaît actuellement ce genre de folie, elle se manifeste dans l'art des fous ; et bientôt il y aura sûrement des artistes qui s'auto-mutileront, ils seront les plus modernes des artistes. Par exemple on traversera la rue, blessé, et on présentera ses graves blessures – comme autant d'œuvres d'art – à M. l'Inspecteur de police qui n'y comprendra rien, et le fossé entre lui et l'artiste qui sera en même temps sa propre œuvre d'art prendra des proportions incommensurables, deviendra infranchissable. La soumission à quelque chose que l'on n'a pas proclamé soi-même ne vaut rien, je cite de mémoire. L'être humain doit en effet faire sauter les barrières ridicules formées par un réel prétendument présent débouchant sur un réel futur qui ne vaut guère mieux. Je cite : chaque minute porte en elle la négation de siècles d'histoire boîteuse, brisée.

Bah, fait Hans, qui se gargarise en buvant. C'est un des rares métiers que je n'aimerais pas faire, pas plus policier qu'artiste. Sauf éventuellement instrumentiste. Et ce qui est laid il le tiendra aussi à distance de la femme qu'il aime (Sophie), Beethoven et Mozart ne seront admis qu'après examen minutieux.

Au nom de Sophie Anna dresse ses oreilles dans le vent, il y a là un accent chaleureux qui lui déplaît. Quelle merde — hélas c'est une loi naturelle — on n'est jamais content de ce qu'on a, et on aspire toujours à l'impossible, en l'occurrence elle aimerait bien l'incarner, cet impossible, mais le rôle est déjà pris par Sophie. Merde. Merde. Pour ce qui est d'elle, Sophie peut crever, ce que cette dernière perçoit immédiatement et fronce les sourcils.

Rainer demande à Sophie si elle ne croit pas que d'eux tous Hans est celui qui devrait aspirer le plus à l'extraordinaire, vu qu'il est en pensée le plus ordinaire de tous. Tu ne trouves pas ? Anna dit que chaque phrase prononcée par Hans a déjà été dite au moins mille fois par tout le monde. Dans cet amour, Anna est-elle timonier ou timon ? On va voir. Peut-être d'ailleurs dans les dixièmes de seconde suivants, car elle se hasarde à nouveau vers les cuisses de Hans, où elle a quelques intérêts fonciers. Mais la cuisse en question se retire — ça ne se fait pas en public, surtout devant Sophie — aussi la main féminine tendre et hésitante tape-t-elle en plein dans un vieux chewing-gum collé. Il colle, et où l'amour se pose, il devient collant lui aussi.

Hans est par principe contre la violence, ce qui n'est plausible que chez quelqu'un qui, disposant d'une force physique énorme, n'en a aucun besoin. Il s'est acheté un livre de Stefan Zweig, un poète important, qui lui a bien plu, mais il voudrait quand même demander quelques explications, c'est une littérature compliquée. Sophie, tu veux bien me donner des renseignements sur le livre ? Rainer dit que Sophie pourrait répondre à ses questions, mais que c'est lui qui s'en chargera, vu que c'est *lui* le spécialiste en littérature et non Sophie ; Sophie est uniquement spé-

cialiste de ses œuvres à lui, et ça exige d'elle une concentration 24 heures sur 24. C'est bien que Hans s'attaque d'abord à des choses assez faciles. Hans dit que Stefan Zweig fait partie de ce qu'il y a de plus difficile. Rainer dit que les liens intellectuels entre lui et Sophie sont beaucoup plus forts et durables que ne sauraient l'être des liens physiques — que l'on n'a pas. Une liaison intellectuelle dure toute la vie, une liaison physique ne dure au mieux qu'un instant. En ce moment je lis justement avec Sophie l'Étranger de Camus. Le héros se moque de tout, exactement comme moi. Il sait que rien n'a d'importance, et qu'il ne peut être sûr que de sa mort, qui l'attend. Il faut d'abord que tu en arrives là, Hans, à te moquer de tout, à n'attacher d'importance à rien. Mais pour le moment, tu dois encore attacher de l'importance à tout, afin de te donner une base.
Les agressions seront une expérience forte dont on pourra discuter.
Hans veut sauver Sophie d'elle-même et lui servir de garde-fou. Sophie dit qu'elle n'a pas besoin de garde. Rainer dit que lui est consciemment fou, c'est pourquoi il est si fort : il ne se soucie de rien. Hans dit qu'il attache une certaine importance à une ascension sociale.
Anna : Le mieux, c'est de t'imaginer qu'il n'y a personne d'autre que toi. Tu n'es donc comparé à personne, sauf à toi-même. C'est ainsi que je fais, moi, par exemple.

Pour la troisième fois la main d'Anna collante de chewing-gum s'approche, et Hans, flatté, la laisse se poser. Mieux vaut un tiens dans la main d'Anna que deux Sophie tu l'auras.
Rainer réfléchit à la façon de pousser les autres au crime, sans se salir trop les mains. Il convient d'abord de se placer au-dessus de la mêlée — question de point de vue — et cette vue est meilleure du haut de

la Tour d'ivoire que du haut du monument d'Elisabeth au Volksgarten. Puisque certains ont des natures de chef et d'autres pas, il préfère être le bélier qui conduit le troupeau plutôt que l'agneau du sacrifice. Évident.

Hans tend sa tête née dans le Burienland tantôt d'un côté, tantôt d'un autre, n'y aurait-il pas là d'autres belles inconnues. Non, il n'y en a pas, et s'il y en a, elles ne tiennent pas à faire sa connaissance. Attendez un peu que j'aie mon nouveau pull, sûr que vous ferez demi-tour et foncerez sur moi, c'est sa conviction. Il fait tellement de l'œil à une brune attablée devant un petit noir qu'on se dit qu'il a quelque chose aux yeux. Mais il y voit très bien, surtout lorsqu'une beauté féminine passe ici ou là. Il croit alors qu'elle lui appartient. L'homme voudrait posséder toutes les femmes du monde, la femme uniquement l'homme qu'elle aime et à qui elle reste fidèle. Anna va transporter Hans ailleurs pour être seule avec lui. Elle sent que ce garçon ne lui est pas indifférent. Hans sent que dans son insouciance désarmante il n'est pas indifférent à cette fille, sans doute parce que ces derniers temps il a lu beaucoup de bons livres et que du coup elle l'accepte. Anna est un exercice préparatoire avant Sophie. Anna tient précisément à Hans parce qu'il a lu moins de livres que les autres et qu'il est plus physique, elle est toute sensation, au point d'en être sens dessus dessous. En tous deux règne une confusion des sentiments caractéristique des jeunes gens qui ne se sont pas encore trouvés eux-mêmes et n'ont pas encore trouvé de place dans l'économie moderne. Bien que Hans, lui, ait une place de ce type depuis assez longtemps. Sa place se trouve auprès d'une ligne électrique, et il convient d'en changer.

Dehors dans la lumière claire et fraîche du soleil que l'on abandonnera bientôt et remplacera par l'obscurité d'une pièce malsaine, Hans, enjoué, pousse à coups de pied devant lui des papiers et autres détritus, dribblant et feintant un ou plusieurs adversaires. Anna tente quelques bonds vifs et souples à ses côtés, mais elle paraît fatiguée, raide, pataude. La lumière, ce n'est pas son rayon, pas plus que la nature, son rayon ce serait plutôt l'artifice, là-bas elle s'épanouit, ici il n'y a que lumière de printemps, poussière, gaz d'échappements et l'air de Vienne.

Hans discourt sur le teint de Sophie, qui conserve toujours un hâle de bonne santé, il respire le grand air. Vent et soleil en sont la cause. Son teint est net, tout comme ses cheveux blonds, ils sont soyeux, les tiens sont si souvent gras et collants, et ils tombent sur quelque chose qu'on hésite à qualifier d'épaules car c'est en fait une ossature squelettique. Un porte-habit habillé. Mais non dénué d'un certain chic. Juste ce qui convient à un homme doué pour le sport et qui s'apprête à découvrir ses capacités intellectuelles. Tu ne veux pas te mettre au tennis, toi aussi ? Tu serais assez sensuelle pour développer un toucher de balle particulier. Non, je préfère répéter la sonate de Berg, ce défi à tout jeune pianiste. Tu ferais mieux de gambader plus souvent sur les berges du Danube que de gamberger sur les sonates de Berg, ah, ah.

Dieu soit loué, les vieux ne sont pas à la maison. Même les petites choses méritent notre gratitude. Anna déboutonne la chemise de Hans, pour voir ce qu'il y a en-dessous. Rien de neuf, l'ordinaire, une poitrine musculeuse, glabre, avec une belle peau lisse, agréable au toucher. Ça te démange, aujourd'hui, mignonne, parfait. Anna plante ses dents acérées de vampire çà et là dans Hans. Aïe, fait celui-ci, ma pause-déjeuner est courte, laissons tomber le prélude, c'est bien comme ça que tu m'as dit que ça s'appelait, et allons droit au but. On ne va pas s'éterniser. Avec Sophie il serait dans un pré fleuri, fleurant bon le foin, ou sur une plage chaude au bord d'une mer chaude, ou encore sur les fourrures d'un refuge alpin, or il se trouve seulement avec Anna dans un vieil immeuble. Sophie est blonde, Anna châtain foncé, un à zéro pour Sophie. Et tel sera le score final, un à zéro pour Sophie. J'ai tellement envie de toi, tellement envie, ça me plaît ce que tu fais, murmure Anna. Hein, ça te plaît, Anni, crache Hans entre ses dents de devant, attends un peu ça va venir, d'ailleurs tu sais, l'essentiel c'est d'être toujours prêt, attention, ça vient. J'y suis !

Anna glapit et tousse, oppressée, l'amour s'est emparé d'elle avec une violence effroyable, il agit toujours ainsi et ne peut se défaire de cette mauvaise habitude qu'on le veuille ou non, il se manifeste. Anna ne veut pas, mais hélas ne peut faire autrement.

Anna laisse entrevoir que Hans n'est pas près de trouver une femme qui en sache autant qu'elle en théorie, car dans l'ensemble il n'y en a pas beaucoup, et moins encore dans le cercle restreint qu'il fréquente. Aucune ne comprendrait ce qui lui arrive avec toi, mais moi si, ça me donne de l'avance, et je mérite donc des égards particuliers, ma sensibilité souffre plus des défauts du monde que celle des autres. Aime-moi, Hans, tu m'aimeras n'est-ce pas, je t'en prie, je t'en prie. Une femme comme moi supplie rarement, mais lorsqu'elle le fait, il faut lui donner ce qu'elle veut, parce qu'elle a ravalé son orgueil.

Ça y est, je suis détendu, il faut que je retourne au travail, avant qu'on ait remarqué mon absence.

Anna donne à Hans un bon gros baiser d'adieu. Un peu trop bruyant, et Hans a honte. Se détournant d'Anna, il se tourne vers son bleu de travail et sa chemise à carreaux. Sur la table, le deuxième sandwich au fromage et la bouteille de bière indispensable pour se refaire. Sur le lit, la femme qui augmentera encore

votre capital de confiance. Il faut vraiment beaucoup aimer quelqu'un, pour que la personne en question ait le droit de manger un sandwich au fromage avant. Anna aime tellement Hans qu'elle n'a même pas remarqué le premier sandwich, tout comme une mère ne remarque même pas le caca de son bébé.
Hans dit qu'il ne croit pas que c'était ça l'amour, parce qu'il a encore l'amour devant soi, qui ressemble plutôt à Sophie et qui d'ailleurs est Sophie. Il a disparu depuis longtemps dans l'escalier qu'Anna le suit toujours des yeux, comme une vache le train express, elle sait que l'amour lui ressemble, ce qui n'est pas déplaisant à l'œil, tout en étant franchement désagréable. Car lui ne sait pas quelle chance il a de l'avoir : elle est ce qu'il peut espérer de mieux, et même trop bien pour lui. Qui court hélas après une bonne fortune, alors que celle-ci l'attend dans son lit. Il s'en va la chercher en des rives lointaines. Désagréable pour elle, pas pour lui.

Sous les secousses du vent divers arbres tremblent sur fond de ciel nocturne. On les croirait secoués par d'invisibles pinces, pourtant c'est un jardinier qui a créé ce tableau apparemment désordonné mais en vérité ordonné, et les a tout spécialement agencés ainsi. Ils gémissent et grincent comme si leur dernière heure était venue, mais qui leur fait du mal à part le vent. Dans le jardin de Sophie, ne sont-ils pas définitivement à l'abri des malfaiteurs étrangers. Une impression de naturel et d'art s'en dégage, et c'est exactement l'impression que veut donner Rainer qui rumine au pied d'un arbre pris au hasard et maltraite la langue allemande — comme dit son professeur d'allemand —, il est vrai que ses dissertations sortent plutôt de l'ordinaire et sont souvent contraires aux conventions. A part sa sœur, Sophie seule le comprend, personne d'autre. Furieux, il maltraite un pin bleu, parce qu'un certain mot lui échappe, rien à faire, il ne vient pas, mais alors qu'il frappe pour la cinquième fois le pin innocent, le mot soudain est là : mais bien sûr, c'est « la Mort » qui répand tout autour d'elle une ambiance sinistre. Rainer ne peut s'empêcher de penser à la mort et de faire une tête en conséquence. En français, la mort est une femme et elle apparaît chez Cocteau, en allemand c'est un homme, et elle apparaît chez lui. Un poème est en train de naître, stade douloureux qui souvent n'engendre pas de fin, le poète découragé abandonnant avant. Il n'a pas la patience, car la naissance d'un

poème s'accompagne de douleurs et prend hélas du temps que souvent l'artiste n'a pas, vu qu'il n'a pas que ce poème-là à faire, devant constamment être à l'avant-garde, être dans le vent.
Sophie n'avance pas, telle le vent, mais glisse telle une lame de patin sur une surface de glace miroitante. Son terrain, c'est sa propre terre, et elle n'a pas foncièrement besoin de raisons pour s'y mouvoir ; il est couvert de gazon anglais et parsemé de buses d'arrosage et de fleurs de race. Une ombre blanche surgit du néant et se révèle être Sophie en personne, — pourvu qu'elle ne retourne pas de si vite au néant, se dit Rainer, parce qu'il a besoin d'elle pour son inspiration. Justement en panne au moment où la mort pose un béret marin sur le visage de l'enfant noyé dans l'étang. Cela rappelle Trakl, vaguement. Il s'essaie à la brutalité, censée dissimuler sa faiblesse face à Sophie, et lui ordonne de prendre place — sur sa propre pelouse. En réalité ces choses-là, ce serait plutôt à elle de les dire, normalement la personne qui invite est la propriétaire. Mais elle s'assied tout de même.
A l'intérieur de la maison se trouve une société — étoffes vaporeuses, brocarts et habits —, qui entreprend de converser. Ce sont des gens entreprenants qui entreprennent beaucoup, comme le nom l'indique. Ils comprennent aussi parfois la plaisanterie. Et qu'entreprennent-ils donc ? Golf ou équitation sur l'hippodrome de Krieau. A peine perçoit-on les faibles accents d'un fox-trot sur lesquels ondulent de-ci, de-là les taches pastel des femmes. Tantôt elles glissent furtivement, tantôt elles poussent telles des dragues à godets, écrasant tout sur leur passage ; et des serviteurs avec plateaux prennent le large à leur vue. S'ils sont honnêtes et assidus ils ont ici une bonne place, sûre et stable. Les vêtements sont magnifiques, regarder, même de loin comme c'est le cas présentement

pour Rainer, est un véritable plaisir, il dit n'avoir d'ailleurs aucune envie d'aller à l'intérieur, car de l'extérieur on comprend mieux les structures sociales, vu que l'on saisit ainsi une plus grande portion du tableau. De telles structures n'ont toutefois aucune place en littérature, parce qu'elles existent déjà et n'ont donc pas à être inventées, ce qui est le but exclusif de la poésie. Les taches de couleur avec, au sommet, les têtes des porte-taches, émergent précisément comme de gigantesques taches colorées – impossible d'en distinguer davantage – du fond cristallin, des bijoux scintillent par-dessus comme l'écume sur les vagues. Rainer zieute depuis l'endroit où il se trouve, le parc naturellement, pas la rue. Mais cet endroit aussi est assez peu naturel pour cet être qui la plupart du temps séjourne dans des lieux clos, soigneusement à l'abri de la rue et de son agitation. A bas les basses classes et vive la grande classe dans la chambre de jeune fille de Sophie. Je dis jeune fille, et je le pense, car tu n'es pas encore une femme, Sophie, mais quelle exaltation inimaginable lorsque tu le seras enfin devenue, grâce à moi, cela va de soi. Ce sera une explosion, pas une souillure, ce qui est hélas trop souvent le cas chez les gens ordinaires, quand l'homme est un crétin et la femme peu attrayante.
Sophie n'a encore jamais pensé qu'on puisse faire avec son corps autre chose que du sport, pour elle, ça ne tombe pas sous le sens. Existerait-il autre chose en dehors de ce que je connais ? Et quoi ? Je ne vois pas, je ne vois pas du tout, mais comme ça ne me manque pas, c'est sûrement sans importance, et de s'abstenir, pourtant elle ne se prive pas de faire d'autres choses inutiles. Dans sa chambre, des photos encadrées : Sophie à trois ans, à quatre ans, avec de magnifiques vêtements du meilleur goût, dans une propriété privée ou devant l'un de ces blocs gigantesques à St Moritz. L'impression est follement esthé-

tique et elle aime regarder ces photos, ne s'en dégage-t-il pas une harmonie qu'elle a perdue depuis, sans savoir où, et qu'elle ne cherche pas non plus, car ces temps derniers elle éprouve un certain besoin de saleté, qui en est le contraire. La saleté doit être réalisée avec classe, car tout ce que fait Sophie a de la classe. Il faut ce qu'il faut. Par contre ce petit cochon de Rainer ne produit que du petit petit, qu'il réduit en plus à néant à force d'en parler, transformant le plus humble de ses pets en or, et on n'a plus qu'à l'écarter d'un coup de hache, cette saleté. Sous forme d'or, elle ne sert plus à personne. Pourquoi ne pas s'y vautrer jusqu'à la lie, et renoncer consciemment à la transformer en littérature ? Il suffit de savoir soi-même que c'est de la merde, faut-il vraiment que tout le monde soit au courant ? La description de la saleté serait-elle pour Rainer plus importante que la saleté proprement dite ? Stupide.

Devant le gigantesque portail en fer d'une gigantesque propriété dont elle a hérité, la mère de Sophie sort du sol comme la flamme d'une bougie que l'on vient d'allumer, aussitôt la foule se précipite sur elle et gratte de ses faibles griffes contre les portes de son capital, mais elle ne reçoit pas de réponse, la foule, et doit donc rebrousser chemin, bredouille. Cependant elle ne se contente pas de ne rien faire, comme on pourrait le supposer, cette mère, elle est de surcroît une excellente — et très belle — scientifique qui se réalise dans ce qu'elle fait, certains y parviennent bien, d'autres moins bien, elle vraiment très bien. Rester simplement à la maison ne lui suffit pas, il faut de surcroît qu'elle soit une scientifique. On dirait un tableau de Klimt qui, tiré par une locomotive, passe de l'ombre à la lumière. Sa silhouette bleu clair n'est nullement conçue comme monument à la mémoire de tous ceux qui à l'époque nazie ont crevé pour ses aciéries personnelles, mais comme spectacle de choix pour un spectateur non prévenu. Même si l'on a des réserves, il convient néanmoins de reconnaître la beauté, où qu'on la croise, indépendamment de la personne. La mère exhorte Sophie à rentrer, qu'elle ne prenne pas froid, en outre différents invités veulent la voir. Ton ami peut aller chercher à la cuisine de la glace à la framboise maison, qu'il se serve copieusement, il en restera toujours assez. Tu ne peux pas acheter mon amour, maman. Tsss fait la petite maman qui rentre aussitôt, se jette sur son lit et prise d'hystérie hurle comme une bête à l'agonie, diverses personnes sont impuissantes à calmer la crise, aussi un professeur de médecine de l'assistance lui donne-t-il un somnifère. Elle se moque complètement des invités, elle meurt sur-le-champ si sa fille unique ne l'aime pas. Elle crache sur son époux et le jette lorsqu'il lui demande comment elle va, il sort en effet d'une famille relativement pauvre et a étudié la construction mécanique, ce qui a exigé de ses parents d'importants sacrifices. Mais les sacrifices sont oubliés, les parents aussi, seule reste l'épouse en sanglots.

Sophie plie le genou et fait la roue avec sa jupe blanche en tulle. Le tulle crépite doucement, comme de minuscules copeaux en flamme. Au moindre souffle il se soulève légèrement car il offre au vent une bonne prise, Sophie elle, n'en offre jamais aucune. Lorsque l'étoffe s'envole, elle dévoile les jambes minces de Sophie dans des bas aussi légers qu'un souffle qui semblent d'autant plus chers que l'on sait qu'un rien les fait filer. Penser en terme de solidité face à ce doux chatoiement serait pure perversité, aussi Rainer fait-il tous ses efforts pour n'y pas penser, la précarité de ses poèmes l'occupant bien assez. Quelle tristesse, car de nombreuses générations sont censées plus tard lire attentivement lesdits poèmes. Mais sans doute ne le feront-elles pas, faute de les connaître. Sophie (espérons qu'elle au moins pense à ces poèmes, mais non, apparemment pas) ramasse pensivement une brindille pointue et fait un trou dans le nylon, elle agrandit le trou et zac les voilà qui filent, les mailles, le bas est si léger qu'on ne voit presque rien, mais on sait que là où auparavant il y avait un bas, tout a été détruit et qu'il n'y a plus rien. Il se désagrège. Que les cheveux de Sophie soient si chatoyants vient des cent coups de brosse. Ça fait partie des soins de la chevelure, comme le beurre fait partie de la tartine, à supposer qu'on ne soit pas obligé d'utiliser en privé de la margarine. Sophie a complètement détruit son bas droit, est-ce que je lui en demande une paire pour Anna, songe Rainer, vu qu'elle s'amuse à les abîmer jusqu'à les rendre irréparables, non, vaut mieux pas, gardons-nous de quémander. Bon, je vais rentrer, finalement maman est une fois de plus hors circuit pour le reste de la soirée. S'ils veulent entendre un de mes poèmes (Sophie aussi écrit des poèmes, mais sans grand plaisir), je leur lirai un passage cochon de Sade ou de Bataille dans le texte, ça ne les choquera pas, ça les amusera plutôt. Pas comme Schwarzenfels qui au club, dernièrement, a injurié ses partenaires de jeu et cassé des verres. Il a sauté d'un bond en grand équipage sur une table dressée, tout cliquetait, s'entrechoquait. On a toléré ces mauvaises manières, parce que Schwarzenfels est un enfant terrible, nul n'y peut rien. Il s'enivre et devient grossier, comme un idiot. C'est un porc. Il conduit une Porsche — que Rainer aimerait bien avoir, mais pas le cerveau de son propriétaire qui ne pèse pas lourd.

En cet instant toutefois Rainer ne montre guère plus de cervelle : il tente de coller sa tête mal lavée entre les jambes de Sophie. Sans succès, un rapide pas de côté de la jeune fille, debout depuis déjà quelque temps, précipite la tête contre le tronc d'un innocent épicéa, elle l'a fait un peu exprès, d'où un boum plus bruyant que nécessaire. Je t'aime Sophie, je veux dire par là qu'en dehors de toi tout m'est égal. Pour toi seule les muscles de mon visage tressaillent en cet instant si douloureusement. Mais la douleur n'était que le prélude, car à présent vient l'apogée, je t'embrasse avec fougue. Tu es douce, Sophie, et moi je suis dur, le hasard fait bien les choses, car les contraires s'attirent. Nous éprouvons l'un pour l'autre une forte attirance contre laquelle nous sommes impuissants. Sous une nouvelle rafale, le groupe de bouleaux gémit exaspéré, et gémissent de concert les deux saules à quelque distance. Un oiseau troublé dans son repos nocturne s'envole en criaillant. Déjà qu'on n'a pas la paix dans un parc public, et voilà qu'on n'est pas plus tranquille ici. La lune file comme une folle au ras de l'horizon, en réalité ce sont les nuages qui filent. Rainer examine la lune, inquisiteur, et dit quelque chose à son sujet, mais il faut trouver une image à laquelle nul n'ait encore pensé, sinon autant redire que la lune se détache sur le ciel comme un disque d'argent ou quelque chose de ce genre. Sophie dit que l'extase de l'amour n'est rien d'autre qu'une ambition satisfaite (Musil). Rainer dit qu'il n'a d'ambition qu'en art, mais ô combien, dans la vie il en a fini avec tout, vie d'ailleurs fichue, parce qu'il se situe en dehors de la société et de ses normes. Son amour est totalement libre de tout, sauf de l'amour. Au moment où, écartant la partie supérieure de la robe très décolletée, il considère les seins de Sophie, il sent qu'il se tient hélas dans de l'herbe trempée et que cela lui vaudra sûrement un rhume demain. Les semelles de ses mocassins américains ont été trop souvent recouvertes de carton, or ce carton n'est guère solide, il se détrempe ; il est aussi peu solide que le couvercle posé sur les désirs de Rainer qui dans leur avidité soulèvent constamment ce couvercle pour laisser échapper un peu de vapeur.

Sophie rajuste le décolleté devant ce qu'il est censé couvrir et repousse la main de ce drôle d'oiseau : la main s'est montrée avide, il n'obtiendra pas ce qu'il veut. Elle répète une fois de plus que si Rainer était sur un autre pied matériellement parlant, il pourrait se dispenser d'être un artiste, l'art — bien qu'immatériel — étant la seule chose qui garde encore quelque valeur aux yeux des gens. Une définition que Rainer rejette, les gens, il s'en fout complètement, c'est pour lui seul qu'il produit de l'art et si quelqu'un d'autre s'y intéresse, alors tant mieux ! Peut-être sera-t-il même un jour imprimé et édité ! Il ensevelit sa tête dans le ventre de Sophie qui est plat et très chaud, sans gravier dedans ; si l'un de ses arrogants amis l'observe, il l'enviera, car eux n'ont pas le droit de le faire. Un instant le temps s'arrête pour l'homme et la femme, et cet instant est bon, le temps n'empire-t-il pas souvent les choses, avec le temps, les pauvres vieillissent, les riches l'arrêtent un moment mais pas définitivement, le temps les rattrape toujours. Il est en fin de compte démocratique, ce que Rainer n'est pas. En effet Rainer méprise les masses, c'est pourquoi il les domine nettement. Dans le creux de Sophie il se sent comme un jeune animal qui ne tire plus sa nourriture du ventre maternel et doit hélas s'aventurer dans la dure nature hostile pour y chercher sa pâture, plus tard il lui faudra lui-même donner du lait, à moins d'un miracle le mettant à l'abri de la reproduction. Rainer a peur de l'avenir et peur de vieillir. A présent Sophie doit vraiment partir, une phrase qu'elle prononce souvent comme nous le savons. Avec à propos il lui répond qu'on voit bien qu'elle lutte de toutes ses forces contre les sentiments qu'elle lui porte, mais sans succès ; elle ferait mieux d'utiliser cette énergie pour casser la gueule à tous ces bourgeois qui sont chez elle. Les mains de Rainer remontent le long des jambes jusqu'à leur terminus, terminus aussi pour les

mains, qui se voient hélas écartées. Tu es un bel anarchiste qui ne veut qu'une chose : se venger (Sophie). Non, je ne veux absolument pas me venger, de quoi d'ailleurs, je veux l'absurde par principe. Déjà Sade disait que partout où les droits de l'homme seront équitablement répartis, de sorte que chacun puisse se venger en personne des injustices subies, nul despote ne saurait grandir. On le réduirait au silence sur-le-champ. Le crime ne naît que de l'abondance des lois (Rainer). Ces lois et d'autres ne valent pas pour moi, mais pour ceux qui ont besoin d'être guidés. Moi je suis plutôt un guide et je te guiderai toi aussi à l'avenir, mon amour. J'ai en moi une telle haine qu'elle suffit pour deux. Qui est cette deuxième personne à laquelle tu offriras cette haine ? Moi par exemple je n'ai pas besoin de haine, je peux agir sans raison particulière. D'ailleurs je me demande ce que je pourrais bien haïr.
Rainer s'en prend une fois de plus au décolleté et mord le téton droit de Sophie, minuscule et rose pâle comme chez un enfant, ce qui provoque un petit cri semblable à celui des innombrables oiseaux que l'on rencontre en ces lieux. Mais le cri s'arrête net. Aïe disait-il.
Quelle bêtise. Je crois qu'il faut que je te rafraîchisse un peu. Je vais te chercher une glace, j'y cours.
La pelouse s'élève vers Rainer, il a mal au cœur parce qu'il est agressif, il est agressif parce qu'il désire Sophie, et il désire Sophie parce que Sophie est une ravissante jeune fille. La réalité bascule et recouvre Rainer, comme si l'on vidait la piscine sur lui. Lui, en dessous, dans une humidité absolument noire qui pénètre en lui par toutes les ouvertures, bien qu'il les bouche désespérément. Lorsque quelqu'un le lèche, il lève les yeux, mais ce n'est que Selma, la chienne de chasse de Sophie, qui tient son nom de la poétesse Selma Lagerlöff, une expérience littéraire faite par

Sophie dans sa jeunesse et dépourvue de qualité, vu qu'elle ne connaissait pas encore Rainer. Rainer enlace l'animal apathique qui se blottit contre lui. Parfois les bêtes sont meilleures que les gens et l'on peut apprendre d'elles. A se montrer tendre et câlin par exemple. Sophie n'est ni l'un ni l'autre. Rainer prend sa glace de la main du valet et s'éloigne au trot, délaissé depuis longtemps par Sophie et depuis peu par Selma qui traverse comme une folle les pelouses, à grands bonds extravagants de ses pattes soignées, à la poursuite d'un adversaire imaginaire, car aujourd'hui elle n'est pas de service. Et Rainer s'enfonce dans l'obscurité, à la rencontre d'un adversaire, lui très réel —vraisemblablement lui-même, car dans la période post-pubertaire les jeunes de sexe masculin n'ont pas de plus grand ennemi qu'eux-mêmes, cela viendrait du bouillonnement des hormones. Il ouvre la grille du parc et pénètre dans une région de plus en plus misérable, au fur et à mesure qu'il s'éloigne. Sa silhouette se rapetisse, non parce qu'elle s'éloigne, mais parce qu'elle est automatiquement rapetissée par ce qui l'entoure. L'instant d'avant il était encore quelqu'un dans un parc, à présent il est un quidam dans un tram. Expérience effroyable, car elle contient le danger d'une disparition totale. L'obscurité avale la grille du parc comme si elle n'avait jamais été là. Le parc a disparu, Rainer est encore là, mais ailleurs. Derrière lui toute cette lumière s'en va, qui a nom Sophie et ne reste jamais longtemps. Rainer, lui, doit toujours rester là où il se trouve, étant incapable de sortir de sa peau, c'est bien sa seule ressemblance avec les autres hommes qui ne le peuvent pas davantage.

Maintenant que j'ai vu de grandes pièces, les petites comme celles-ci me paraissent encore plus petites. Et il est vrai qu'elles le sont ! fait Hans dépité, en donnant un coup de pied furieux au logement social qui n'est pas responsable de sa taille, il est pourtant humain, car tout ce qui est nécessaire à la vie s'y trouve. Pas grand-chose, à vrai dire, car s'il le faut l'homme peut s'en sortir avec trois fois rien. Aussi ce logement n'offre-t-il pas grand-chose.

Ici aussi souffle un certain vent, mais c'est un vent urbain, chargé de saletés, de poussières en provenance des chantiers qui déblaient les dernières ruines pour rendre Vienne encore plus belle. Une douce lumière filtre, signe que ce printemps est d'une douceur précoce. Cette lumière est caractéristique de ce vieil arrondissement viennois, elle prête attention au moindre détail, mais ne souligne rien qui mérite vraiment l'attention. L'air est sec, éclats de verre, insectes et bacilles de la grippe s'y attardent temporairement. Y naviguent des jeunes filles aux jupons dansants et queues de cheval frémissantes dont la caractéristique fondamentale est la jeunesse, qu'elles perdront bientôt. Les joies de la danse et de la musique, elles connaissent déjà, à l'étage au-dessus les attend la joie d'un futur métier, et on a le choix vu la conjoncture, mais il ne vous fera pas fatalement gravir un échelon. Il se peut aussi qu'il vous soit imposé d'en haut.

Hans a un souvenir de jeunesse, et le voici :

Pour cinq schillings on peut s'asseoir au premier ou

au deuxième rang du cinéma Albert et regarder à quoi ressemble cette conjoncture dans laquelle on va bientôt entrer, en attendant elle est encore pour les autres, ladite conjoncture, et on la regarde en spectateur. Elle porte de coquets tailleurs sur mesure et par-dessus des corselets ou des *dirndl* aux décolletés plongeants, et embrasse Rudolf Prack ou Adrian Hoven ou encore Karlheinz Böhm. Tout va mieux maintenant, et si le mieux ne s'est pas encore produit, il ne saurait tarder. En 1937 : entrepreneurs — 100, travailleurs — 100. En 1949 : entrepreneurs — 115, travailleurs — 85. Si c'est un homme, il embrasse Marianne Hold ou Conny, la gentille petite copine, qui plaît plutôt aux jeunes. Parfois, souvent même, il chante en plus ! Il chante un petit air à la mode et s'appelle Peter Kraus. Il y a souvent des quiproquos comiques qui vous font hurler de rire et au cours desquels Christian Wolff se révèle être en réalité le fils d'un directeur général bien qu'il n'en ait pas l'air, tandis que son public, lui, n'a pas l'air de grand-chose, d'ailleurs ce sont des pas grand-chose. Conny a de l'allure, elle s'éprend aussitôt de lui, alors qu'il a encore l'air d'un rien du tout. Ce qui parle en faveur de son cœur et de son caractère qui seuls importent. Les accroche-cœurs des spectateurs se balancent en mesure comme les plumes de coqs de bruyère, et se réjouissent à l'idée que sous les mains féminines caressantes d'apprenties coiffeuses ou de futures secrétaires, ils se révèleront ce qu'ils sont en vérité : des accroche-cœurs d'apprentis et de jeunes employés. Il ne faut pas vouloir paraître plus qu'on est, telle est la morale de l'affaire. Parfois même les héros de cinéma font exprès de paraître moins qu'ils ne sont. Allez donc comprendre. Parfois les mains des filles descendent un étage plus bas attraper le pâle instrument qui jamais ne voit la lumière, tout au plus un maillot de bain, mais qui, souvent trop fatigué par son activité

sédentaire, ne répond pas à l'appel. Parfois cependant il répond présent, sans toutefois s'enquérir des sentiments de l'instrumentiste. Qu'il puisse seulement décharger, et il est content, et si possible pas dans la main, eh oui...
Parfois Edith Elmay à la plantureuse poitrine se révèle aussi telle qu'elle est : fille d'un industriel, qui l'eût cru. Mais le spectateur l'a compris d'emblée et s'amuse des délicieux quiproquos où l'un se joue de l'autre par amour, amour immense mais d'abord incompris et qui finira par vaincre. Nous, jamais nous ne compromettrions par des malentendus un amour naissant, qui sait en effet s'il en viendra un autre, c'est déjà de la chance d'en avoir trouvé un.

Nombre de jeunes spectateurs qui se croient au centre de l'action, parce que l'héroïne du film c'est la fille d'à côté, rêvent déjà d'une auto à eux ou d'une Vespa, à peine leurs parents ont-ils récupéré leur vie endommagée par la guerre et sont-ils timidement arrivés à quelque chose, dans leur petit coin étriqué. Fonctionne-t-elle encore, cette vie, ou est-elle rouillée ? Rouillée ? Mais comment ? Il en faudrait du temps, or les parents chaque jour se dérouillent au travail, ils ont leur patrie à reconstruire. Et dans ce cas, il faut que les désirs égoïstes se taisent et que seul se manifeste le désir d'un nouvel aspirateur ou réfrigérateur, d'un nouveau meuble combiné avec radio et pick-up, facteur d'échange et de changement. L'échange fonctionne, mais rien ne change. Voici peu un journal socialiste de Graz a appelé à la liquidation des meneurs de grèves, étouffant ainsi dans l'œuf le changement, bientôt seule la publicité s'activera encore, grâce à elle le changement gagne au moins la rue, qui soudain se bariole et s'anime.

Ruth Leuwerik en larmes embrasse O.W. Fischer. En larmes Maria Schell embrasse O.W. Fischer. Le cœur d'une mère en larmes contemple le rôti du dimanche qu'elle a laissé attacher par pure négligence. La viande est chère, c'est quand même du luxe. Les Alpes se poussent de plus en plus souvent au premier plan et les accents d'une musique folklorique se font entendre. Des jumelles peuplent la Wachau ou le Dachstein et chantent à tire-larigot jusqu'à ce qu'elles trouvent l'homme de leur vie et se retirent avec lui dans la vie privée. Les spectateurs en sont tout chavirés, le gratin des sun-lights n'aurait-il lui aussi qu'une seule vie privée, tout comme eux, et une fois perdue ils n'en auraient pas d'autre ? L'essentiel dans la vie privée, c'est d'avoir la santé. Il faut faire son possible pour bien remplir cette vie privée, les uns s'y efforcent dans une villa au bord du Wolfgangsee, les autres dans un logement social ou autour d'un Bassena *, simple question de volonté. Mais même les blondes jumelles, les sœurs Kessler et leurs jambes légendaires n'ont pas deux vies à leur disposition, ou plutôt elles en ont bien deux, mais chacune a la sienne. Peter Weck s'avance dans un nouveau cabriolet sport et repart aussi sec. Tout à l'heure il était encore seul, à présent il a fait monter la charmante Corny Collins et ses fossettes, qui se coule contre lui, étincelante de charme. Elle ne le quittera pas au cours des prochaines heures, ni sans doute jamais plus. A sa place une autre n'agirait pas différemment, on met si longtemps avant de trouver le grand amour, une fois qu'il est là, on ne va tout de même pas le laisser filer. Les jeunes spectatrices aussi s'en garderaient bien. Elles restent aussi longtemps que possible, et si on les

(*) Point d'eau disposé le long des couloirs dans les immeubles de rapport construits au début du siècle par les patrons de la petite industrie. Les cuisines et les toilettes collectives donnaient sur ces couloirs qui constituaient des points de rencontre.

renvoie grossièrement, le chagrin d'amour les fait pleurer, ce que Maria Schell fait souvent. De temps à autre un demi-sel joue les trouble-fête, vomit de la bière, cogne sur quelqu'un, puis rentre chez lui où il se fera étriller, afin que soient respectées les lois de l'équilibre et que la stabilité soit assurée. Beaucoup de gens sur sa route pestent contre lui, surtout contre la tenue de cuir crasseuse qui lui plaît justement à cause de sa crasse et pour laquelle il a longtemps économisé. De toute façon, il sait bien qu'il n'aura jamais une Corny Collins vu que celle-ci appartient déjà à Peter Weck, mais il fait ce qu'il peut. Même Heinz Conrads, la gloire locale qui n'est déjà plus de première jeunesse, embrasse enfin une jeune fille, il plaît davantage aux gens d'un certain âge, parce qu'il possède une dimension humaine ; pour ces gens d'un certain âge qui comptent pour du beurre, vu qu'ils sont plus ou moins sortis du circuit productif, une star du terroir suffit, inutile d'engager une star étrangère. Il apporte la preuve que les vieux tablent sur des valeurs et les moins vieux seulement sur l'apparence. La jeunesse crache sur la vieillesse et ses valeurs mais la rejoint quelques années plus tard, lorsque ayant pris de l'âge elle se sera calmée. Hans est déjà un peu plus âgé, mais rien à faire, il ne se calme pas. Ils vont jusqu'à s'acheter un logement, au cas où ils peuvent s'en payer un. Le soleil se couche comme si souvent, et Maria Andergast chante un duo avec quelqu'un dont j'ai oublié le nom, ne me dites pas que c'était Attila (Paul) Hörbiger ? Peter Alexander chante en duo avec Caterina Valente. Caterina chante avec Silvio Francesco, son propre frère, un duo grotesque et fait des grimaces qui montrent combien elle est joyeuse aujourd'hui encore, si joyeuse qu'elle-même n'y croit pas. Lolita chante d'abord seul sur le thème du marin, puis en duo avec Vico qui lui aussi fait des grimaces à se démandibuler. Le marin ne cesse de rêver et les agences de voyage ne cessent d'augmenter leur chiffre d'affaire. Vico roule les yeux, on ne voit plus que le blanc, il exulte comme en pleine crise d'épilepsie. S'il continue, il faudra lui introduire une bûche entre les lèvres et tirer sur la langue, afin d'empêcher ce talentueux chanteur suisse de s'étouffer. Ce qui mettrait un terme prématuré à sa carrière prometteuse. De jeunes bambis affolés cabriolent gauchement sur l'écran, mon Dieu qu'ils sont mignons avec leurs longues pattes de bébé, bientôt on les soulèvera et les pressera contre des poitrines corsetées, tellement fort que leurs langues jailliront et leurs yeux se révulseront. Aucune interprète principale ne saurait laisser par terre un bambi, cet habitant de la forêt. On l'aime tellement, tellement, ce petit faon au bord de la claire fontaine. Celle qui le soulève, c'est Waltraud Haas, Haasi, dans son rôle de blonde orpheline qui trouve un brave petit maître, le pasteur de Kirchfeld. Elle va être séduite, mais s'enfuit juste à temps. Les jeunes vendeuses dans la salle, émues aux larmes, serrent leurs cuisses l'une contre l'autre, si bien que la main tâtonnante du tourneur ou du soudeur, complètement coincée, n'a plus aucune marge de manœuvre. La main veut s'insinuer, mais la seule chose dans laquelle elle peut s'insinuer, c'est un cornet de popcorn — fraîchement importé des États-Unis — abondamment, surabondamment rempli, car plein à ras-bord. La main parcourant l'avant-scène voit sa course étouffée dans l'œuf, parce que Conny, la mignonne Mariannette, doit justement passer un examen au conservatoire. S'amuser avec elle à la sueur de son front, est un exercice plus agréable que de travailler à la sueur de son front, parce que rien ne vous y oblige. Elle, Conny, a certes étudié la musique classique sérieuse, mais elle préfère chanter sur des rythmes endiablés dans un bar de nuit, où le directeur du conservatoire la débusque, et ne peut s'empêcher de

rire de bon cœur en constatant le dérapage de sa meilleure élève qui épousera bientôt un jeune homme riche, même si elle s'en défend encore. Dans ce film, Conny pousse parfois de bruyants soupirs, qui ne conviennent guère à sa nature insouciante et joyeuse comme il sied à la jeunesse (le sérieux vient bien assez tôt), à elle aussi le chagrin d'amour donne du souci, qui l'eût cru. Mais on sait que cela s'arrangera. Bibi Johns et Peter Alexander chantent en duo l'amour, le jazz et la fantaisie, ils veulent une maison au bord de la mer bleue, tout entière bordée de fleurs. Ernsti hélas rentre, lui, de plus en plus tard, il veut une coccinelle, mais ferait mieux de se marier. En fin de compte les quatre filles de la Wachau se casent. Mais pas dans la Wachau, elles épouseront des hommes de la ville qui, espérons-le, ne seront pas trop matérialistes, c'est si fréquent en ville, elles auraient mieux fait de prendre un gars de la campagne, un gars connaissant la vraie valeur des choses et sachant où se les procurer : dans la nature précisément.
La mère de Hans, toute à ses enveloppes, interrompt le pot-pourri mental de son fils dans l'espoir d'améliorer ses performances mentales. Elle n'y parvient pas, il n'écoute plus que du rock and roll que son ami Rainer lui explique souvent. De préférence devant un Campari soda, il lui explique l'effet de la musique moderne, alors que Hans préférerait laisser cet effet s'exercer sur lui ; Rainer l'en empêche avec son bla-bla-bla. Rainer d'ailleurs a raconté qu'il connaissait personnellement un musicien, ce qui n'était pas vrai du tout. Il ne connaît aucun musicien, il se vante. Souvent Rainer développe de grandes théories sur un sujet quelconque dont tout le monde se fiche. Et sa mère aussi développe en ce moment des vues du même type, afin que son fils ait une vision d'ensemble, mais c'est peine perdue. Aujourd'hui comme toujours c'est une leçon d'histoire, que Hans s'est déjà farcie maintes

fois. La mère ouvre un livre et lit sans âme : Le vendredi 6.10.1950 le schilling a été dévalué de 14 à 21,60 par rapport au dollar, ce qui prouve que les prétendues négociations sur les prix et les salaires avec le prétendu rattrapage complet de l'inflation ne sont qu'une façon d'escroquer et de berner le peuple. (Ben quoi. Du moment que le schilling roule au café Hawelka et au bar Picasso). La mère rapporte que nombre de permanents syndicaux sociaux-démocrates ont quitté leur bon vieux parti auquel ils tenaient tant car ils ne pouvaient plus supporter — moralement — de pactiser avec les réactionnaires du Volkspartei contre les travailleurs en lutte. Lorsqu'un socialiste se voit traité de porc par un secrétaire de syndicat socialiste, il ne lui reste plus qu'à quitter ce parti. Et patati et patata rabâche la mère tout en travaillant comme si elle était payée pour, car ce n'est pas lourd payé. Mais elle en a besoin. Elle préférerait un travail plus intéressant, mais elle est trop vieille. C'est aux jeunes ouvriers qu'appartient l'avenir, et aussi le présent. Dans le passé également la jeunesse a eu le privilège d'être la première à mordre la poussière. Jamais on ne l'oublie, elle est toujours aux premières loges. Lorsque l'ancien devient insupportable, il faut commencer du nouveau. Hans trouve son ancienne vie insupportable et veut en commencer une nouvelle. Quand on ne supporte plus un mariage devenu impossible, il faut en sortir, pense Hans après avoir vu un film américain à problèmes. En général il préfère les films allemands, non pour encourager les productions du pays, mais parce que celles-ci sont moins problématiques. Avec James Dean, tout va si vite qu'on a du mal à suivre, à peine a-t-on compris un problème, qu'un autre surgit. Mieux vaut couper vite et bien, même si ça fait très mal, que vivre dans une terreur sans fin. Hans pense à Anna et à son con, l'ancien doit céder la place au nouveau, souvent quelque chose de mieux vous attend déjà, sinon pourquoi quitter l'ancien qu'on envoie promener pour cette nouveauté mille fois meilleure. Tout est question de moment : quand et où faire la coupure. Il n'y a qu'à suivre son cœur qui de tout façon dit toujours ce que l'on veut. Le cœur de Hans crie haut et fort Sophie, ne fait qu'un bond et atterrit dans la fosse de réception, quatre mètres et des poussières plus loin, bravo ! Hans a des problèmes d'ordre privé, sa mère des problèmes d'ordre public sans intérêt, parce qu'ils ne présentent aucun avantage visible, ils coûtent du temps, c'est tout. Le travail aussi coûte hélas du temps — le temps de le faire — mais du moins rapporte-t-il de l'argent ; argent qui servira à dépister la qualité, à condition d'avoir développé un sixième sens. Hans commence à y voir clair dans ses sentiments envers Sophie, processus qui au cinéma prend souvent beaucoup de temps, mais parfois s'accélère brutalement et produit l'effet d'une bombe.

Sophie alias Vera Tschechowa alias Karin Baal sont très cassantes mais tellement classe ; pour l'amour d'un homme elles commettent sur l'asphalte mouillé des délits plus ou moins graves, c'est une pente glissante. Mais lorsque Hans dit halte-là, prenez un autre chemin, pas celui de la malhonnêteté, elles approuvent et dès le lendemain partent avec lui, faire autre chose de leur vie qu'une vie dans l'illégalité. Hans les y a amenées, par son amour. Un vaillant travailleur social l'assiste, mais dans le cas présent il se passera de ses services, n'a-t-il pas de la volonté à revendre. Parfois quelqu'un est révolvérisé et gît sur le pavé. Mais mieux vaut ne pas en arriver là et renverser la vapeur avant d'avoir à sortir son arme. Le bonheur, la carrière ne passent pas forcément par le crime qui les exclut même complètement. Si l'on veut faire carrière, il faut être digne de confiance, ce premier pas, Hans l'a déjà fait, parce que Sophie lui fait confiance. Et jamais

un sans deux. Parfois Rainer fait le fanfaron avec un pistolet qui, paraît-il, appartient à son père, et qu'il peut prendre aussi souvent qu'il veut, encore une fanfaronnade, on commence à le connaître. Il est vrai que son père le laisse parfois conduire sans permis, ça c'est exact, Hans l'a vu de ses propres yeux. Ça risque de mal se terminer pour Rainer : accident mortel, blessure, ou condamnation.
Traquée, Karin Baal se précipite dans les phares d'une voiture. Traqué, Hans se précipite derrière Sophie, l'atteint, la jette par terre et lui explique que l'honnêteté est gage de réussite, ce qu'elle croit sur-le-champ. L'imperméable de Vera Tschechowa est d'un chic, une matière luisante. Un homme pourrait éventuellement porter ça.
La mère prie Hans de lui apporter la soupe qu'elle s'est fait réchauffer. Elle a posé son pied en hauteur, il lui fait mal. Elle disperse des papiers autour d'elle : Le mardi 26.9.1950 à Vienne près de 200 entreprises se sont mises en grève, 8.000 manifestants marchent sur la Ballhausplatz barrée par la police et organisent une manifestation devant la chancellerie fédérale.
Le mercredi 17.9 : A Vienne, Linz, Styr et dans d'autres villes industrielles, essentiellement à Wiener Neustadt et St. Pölten, ont lieu d'importantes marches de protestation et manifestations. La grève atteint son paroxysme.
Hans va chercher la soupe, crache en cachette un bon coup dedans, touille, et donne le tout à sa mère, comme si de rien n'était.
Le samedi 30.9.1950, dans l'atelier de montage des usines de locomotives du quartier de Florisdorf, se tient la conférence générale des délégués d'entreprise autrichiens. Elle compte 2.417 participants, dont au moins 90 % sont délégués d'entreprise, et pose les revendications suivantes : 1° annulation des augmentations de prix. 2° dévaluation du schilling. Là-dessus

le gouvernement insiste sur la défense des libertés, menacées par les actions irréfléchies des travailleurs ; qu'ils ne se laissent pas intimider par des casseurs — en l'occurrence les communistes. Qu'ils détruisent les barricades illégales et chassent les usurpateurs des entreprises, car cette grève détruirait, disent-ils, ce sur quoi repose l'avenir des travailleurs : le bien-être général dont lesdits travailleurs se taillent, comme chacun sait, la part du lion, bien qu'ils ne l'aient pas vraiment mérité. Et la mère d'y aller d'une ou deux tirades supplémentaires.
Hans, lui, se lève et s'en va. En partant il fait tomber comme par mégarde une grosse pile de livres et de journaux posée sur la table de cuisine de ce foyer d'ouvriers cultivés. Il sort rapidement, sans ramasser les saletés qu'il vient de faire.

Bien que Rainer n'ait pas encore de permis, son père le laisse de temps à autre conduire la voiture qu'ils possèdent et qui dépasse de beaucoup leurs moyens. Le père n'a aucune assise matérielle, il n'est à cheval que sur les principes et a déjà été condamné une fois pour faillite frauduleuse. Il n'accepte que difficilement son irrésistible déclin, et la moindre chiure de mouche lui rend de l'espoir. Mais il accepte très bien que son fils mineur conduise sans permis. La voiture avant tout, ce qui est aussi l'avis de Rainer. Mais celui-ci n'a le droit de prendre le volant que s'il conduit son père, et très exceptionnellement tout seul. L'éclopé se livre à une véritable gymnastique pour entrer et sortir de voiture, c'est une affaire compliquée, épuisante, il en est tout essoufflé. Comme aujourd'hui précisément où il décide soudain de se rendre à Zwettl dans le Waldviertel. Pour la beauté du site. A peine la décision est-elle prise que, dans la chambre à coucher où maris et femmes passent aux choses intimes, il se met à malmener sa femme Gretl à l'aide de la cravache, souvenir parmi tant d'autres d'un temps révolu auquel appartient également une baïonnette. Le fils et la fille n'ont entendu qu'un petit aïe qui leur a suffi pour comprendre qu'une fois de plus elle avait été battue pour avoir manqué à ses devoirs conjugaux, et plus spécifiquement commis l'adultère. Putain espèce de putain, à peine ai-je le dos tourné que tu te vautres dans mon propre lit avec un autre. Et cet autre, c'est le commerçant d'en bas que j'ai à l'œil. Si tu crois que je vais tolérer ça plus longtemps. Mais non, Otti, je ne vais au lit avec personne d'autre que toi, tu suffis à me combler. Allons donc, tu ne vis que dans l'attente de ces instants où tu retrouves cet impuissant ! Non, je ne vis pas pour ces instants, je ne vis que pour mes enfants et leur éducation. Tu vois bien, tu avoues ! Qu'est-ce que j'avoue, Otti ? De toute façon je vais te corriger un bon coup, histoire de te faire comprendre qu'il ne faut pas recommencer et si tu n'as rien fait, ça t'en fera passer l'envie. Mais je n'ai vraiment rien fait, ne me frappe pas, Otti, je t'en prie ! Aïe ! Celui-là même que les jumeaux avaient entendu.

Rainer dit : Anni, il faut faire quelque chose contre ce vieux porc. Mais Anna dit non, qu'est-ce que tu veux qu'on fasse, laisse les vieux se débrouiller et occupons-nous de nous-mêmes. Mais il va la tuer ! Et alors, bon débarras, une de moins, et le deuxième se retrouvera aussi sec en prison où il crèvera sûrement dans la solitude. On serait enfin libres. N'oublie pas le pistolet. Et alors. Il est bien trop lâche.

Ainsi, sans avoir été protégée par ses enfants, la mère talée et vermoulue se précipite-t-elle à la cuisine, afin de préparer le petit déjeuner du dimanche particulièrement copieux. Aujourd'hui Anni compte travailler sérieusement son piano et ensuite se promener avec Hans, quant à Rainer, il est censé conduire son père à Zwettl, où l'attire le besoin de se défouler physiquement. Il essaiera de tromper sa femme — sans succès — néanmoins ça vaut la peine d'investir une chemise propre, sait-on jamais. Il a toujours l'air de sortir d'une boîte, le papa. Il se choisira donc des femmes plus jeunes que la maman pourtant déjà beaucoup plus jeune que lui, et dans ce but le péquenaud a cultivé un accent allemand distingué qui ne saurait manquer son effet. Allez hop, qu'ça saute, sinon on

partira jamais, et j'ai hâte d'arriver au Waldviertel. Tu conduiras, fiston, parce que tu es mon fils, à part toi je n'ai qu'une fille. D'ailleurs le soir c'est toi qu'as le droit de jouer aux échecs avec papa, et pas Anna, elle manque d'esprit logique. Hélas lorsque papa veut aller au Waldviertel il faut laisser en plan les écrits philosophiques de Kant, Hegel et Sartre, tous les Saints du Paradis n'y changeront rien. Si à mon retour je te retrouve une fois de plus au lit avec le commerçant en question, il y aura meurtre. Aujourd'hui, Gretl, j't'annonce et cette fois sans crier, car tu n'en as tenu aucun compte, non, aujourd'hui j't'annonce froidement mais fermement que j'te tuerai avec mon pistolet Steyr, et j'serai entièrement dans mon droit. Mais Otti, doux Jésus, non, voyons, ce commerçant est heureux en ménage, je ne le connais que des courses, et encore je me dépêche toujours et n'échange jamais avec lui le moindre mot personnel. Peut-être, mais tu changes tout de même de culotte avant d'y aller, j't'y ai surprise. Juste pour être propre quand je sors, et pour sentir le propre, Otti. Je n'ai que toi et les enfants qui ont grâce à moi une bonne formation scolaire, parce que je viens d'une famille d'enseignants estimée.
Écœurée Anna se met au piano, afin de trouver l'oubli dans le royaume des sons, et elle le trouve, car il lui faut se concentrer sur la musique. Le père dit trouver ces sons abominables. Mais elle est la préférée de la mère, qui comme elle sent les choses en femme et la caresse au passage, ce qui fiche Anna dans une colère noire.
Ainsi père et fils, l'un de ce côté-ci, l'autre de ce côté-là, l'un ennuyé, l'autre peinant et portant un fardeau accablant, montent-ils dans la berline prévue pour quatre (mais aujourd'hui ils ne sont que deux), et par le périphérique nord prennent le chemin de la nature en direction d'une auberge connue où l'on

peut faire la connaissance de dames qui s'y trouvent d'abord seules mais le plus souvent ne repartent pas de même. Déjà s'élèvent des prairies et de douces collines boisées, des lacs de barrage s'enfoncent dans le sol, si caractéristiques de ce paysage bordé un peu plus loin par la Tchécoslovaquie, et où l'on respire déjà l'air rude du communisme voisin. L'air devient plus rude parce qu'on monte vers le nord. Ici le printemps est moins avancé. Les aiguilles de pin diffusent la même odeur que le spray en vente dans tous les magasins, les maisons se font plus rares, l'économie donne des signes de faiblesse ainsi qu'il se doit pour une région économiquement faible. Des oiseaux élevant la voix avertissent, attention aux accidents, des chevreuils surgissent à l'horizon pour disparaître l'instant d'après dans leur domaine naturel héréditaire, écœurés par les gaz d'échappement, et ça promet lorsque les voitures croîtront et se multiplieront. Aujourd'hui tout le monde n'en possède pas encore. Dommage qu'il faille s'en accommoder, la nature en soi est si pure, maugrée le père. Comme si tout à l'heure il n'avait pas proféré des menaces de mort.
A présent c'est un bonnet de nuit, livré à son chauffeur de fils. T'es bien mon fiston, toi, dire qu'elle a pas été fichue de m'en faire un deuxième, la Gretl. Ces hommes photographient toujours ta mère dans des positions porno, je te montrerai ces photos à l'occasion, tu verras, pour être cochonnes, elles sont cochonnes. Si ces saloperies n'avaient pas été faites par des étrangers, je dirais qu'elles ne sont pas dépourvues d'un certain attrait artistique, mais la concupiscence de ces étrangers en détruit malheureusement l'effet. Berk.
Le fils broie ses mâchoires l'une contre l'autre et se tait, inutile de défendre maman, papa ne l'en attaquerait que plus violemment. Il finira bien par se calmer. Les phalanges de Rainer se dessinent en blanc sur le

volant, comme si elles voulaient sortir de leur peau. Un seul remède : penser à Sophie qu'il ne peut pas voir aujourd'hui à cause du papa et de son humeur vagabonde. Pourvu que pendant ce temps-là elle ne jette pas les yeux sur quelque autre jeune homme. Ils avaient l'intention de parler longuement de Camus, du livre « l'Envers et l'Endroit » et voilà qu'ils ne peuvent pas parler du tout, parce que le Waldviertel appelle et martèle, dit et redit : d'où viens-tu ? De la grande ville ? Tu es bien tombé, ici c'est la campagne.

Le père peste contre le silence de son fils et lui reproche un inceste : T'aurais pas des fois un peu fricoté toi aussi avec maman quand j'étais pas là et que je me tuais au travail pour vous ?

Çà et là des villages surgissent en bordure de route et retombent aussitôt à regret derrière eux, parce qu'ils n'ont pas été élus comme étape et qu'on leur en préfère un autre. Zwettl ne leur est pas vraiment supérieur en qualité, bien que plus grand et situé en bordure d'un lac de barrage. Enfin le voici, et il fait bonne impression — ce n'est pas faute de s'être entraîné — il offre même une abbaye, connue sous le nom d'abbaye cistercienne de Zwettl, et qu'on ne peut pas visiter, ce serait trop demander à un grand invalide de guerre. Le dimanche, la vie citadine fait relâche et la douceur de vivre s'installe. Père et fils mangent une bonne escalope accompagnée d'une salade de concombre et boivent chacun une bière. Au sein d'une bonne vieille auberge authentiquement rustique. Le père badine déjà avec sa voisine de table, une brune et plantureuse catherinette sur le retour, et si seule, n'est-ce pas ma p'tite demoiselle, et il lui offre une part de Sachertorte avec double portion de chantilly et un verre de vin. Suivi d'un p'tit café. La fille glousse de ravissement. Alors ma mignonne, on n'est pas bien tous les deux (mieux que seul !) et j'ai beau être infirme, je reste à la hauteur, même sur une seule jambe. Hihihi, hahaha. Elle s'installe à la table du papa qui y va de deux liqueurs en plus, des « baisers d'amour » : de la liqueur d'œuf mélangée à de la framboise et nappée de chantilly. C'est cher et effroyablement mauvais. Qu'est-ce qu'il a déjà allongé, le papa. Dans une seconde le fils va vomir. Le père écrase l'édifice capillaire artistiquement crêpé de la grosse et s'enfonce dans ce nid d'oiseau, oserai-je ? Oho ! Osez, osez, Maestro, hihihi. La fille dévisage le fils qui a l'air d'un p'tit monsieur qui fait des études. Le fils tourne son visage vers le rideau en plastique à grands motifs devant la fenêtre. L'invalide envisage de faire un tour sous le dirndl qui toutes ces années n'a attendu que lui. Sa main progresse vers des sommets obscurs, tandis que son fils séjourne sur des sommets plus clairs où il compose un poème : Loques blafardes, vous tremblez au bord de l'abîme. Je suis le grand recours, qui s'appelle au secours. J'habite toutes les images d'après-demain.

Le père ancre l'autre main dans le décolleté où ça déborde presque, encore un peu et on les mettra dehors, tous ensemble. Mais l'aubergiste, à l'instar du père ancien combattant et ex-interdit *, surgit, enjoué, et leur paye un verre. Quand le père peut se faire payer quelque chose, il ne dit jamais non. Déjà un peu éméché il lance une plaisanterie fort grivoise, la petite est peut-être assez grande pour faire le trottoir, mais elle est bien trop bête. Hihihahaho. Des fois que vous pourriez m'apprendre des choses, m'sieur ! J'vois pas c'qu'on peut encore vous apprendre, mais si quelqu'un peut, c'est bien moi. Ouahahaa. Hihihi. Finalement la joyeuse compagnie se sépare, non sans

(*) N.d.T. : On appelait « interdits » les membres du parti nazi interdit sous Dolfuss.

qu'on ait demandé si le petit a déjà essayé, s'il a le droit, ce que le père confirme fièrement, ajoutant qu'il l'a formé lui-même. Mais Rainer n'a pas encore essayé, ce que seule sa sœur a le droit de savoir, car ses propres discours témoignent du contraire. A l'entendre il l'a fait souvent et avec beaucoup de filles différentes qu'il a dû hélas quitter trop tôt. C'est à ces choses que l'on mesure l'inadaptation sociale de Rainer. Le mensonge et les vers de tout temps sont amis, et Rainer est un ami de la poésie.

Les mensonges viennent des songes imprimés. Mieux vaut un fils en apprentissage qu'un fils menteur au lycée.

Au r'voir, au r'voir, fait la menotte de la fille qui s'appelle Frieda et travaille dans une sucrerie. Tout est mal qui finit mal. D'un tour de main je l'aurais mise sur le dos, un seul doigt même et ce que tu sais y auraient suffi, salive le papa en glissant une main dans son pantalon du dimanche fraîchement repassé mais plus pour longtemps. Là, dans le pantalon il met en branle des doigts diligents qui depuis longtemps n'ont pas trouvé d'emploi à leur mesure, la dernière fois, ça remonte à la guerre, dans l'intention de tuer. A présent il vise le contraire. Le père frotte son membre afin de provoquer une éjaculation. Ça le soulagera après ce bon repas, ensuite il se taira sûrement et s'endormira. En attendant il ressent le besoin d'épiloguer sur les caractéristiques des chattes féminines, tantôt larges et humides, tantôt sèches et étroites, au point qu'il faut les élargir d'abord. Écoute bien, petit. Il faut qu'il se tienne bien droit, autrement rien n'y fait, comme le mien là, c'est pas une merveille ça ? Curieux, le champignon rouge pointe son nez, peut-être que tout va partir contre le pare-brise et il faudra nettoyer.

Rainer ravale son propre vomi, c'est pire que tout à l'heure où l'escalope était encore intacte, pas encore prédigérée. Dire que cet homme fait tout cela avec ma mère, pense-t-il. Et qu'elle doit se laisser faire, ça s'appelle le devoir conjugal. Et que je veux quand même le faire avec Sophie, enfin, avec elle ça se passera différemment.

Le père augmente la cadence et râle. A intervalles assez réguliers un rot dû à la bière ou même un pet, ce que Rainer redoute particulièrement, traverse le tacot. Rainer dirige le véhicule par des rues latérales vers le lac, déjà la nature s'approche dangereusement, ouvre une gorge goulue et tente de l'aspirer. Le vert devient criard, menaçant, que de verdure ! Une gigantesque grotte d'épinard. Le poignet du père travaille dur, le premier bouton avait déjà sauté à l'auberge, les autres suivent à présent. Il faut avoir une marge de manœuvre. Le père s'approche rapide comme le vent du point culminant et le fils du lac qui s'étend, délaissé, devant eux, dans la faible chaleur de midi. Pour se baigner il fait encore trop froid, ce n'est possible qu'en été. Le père lance à son fils un regard complice, d'homme à homme. Le fils ne lui rend pas son regard, il regarde devant lui. Une lumière joue sur une surface ondulée. L'eau s'étonne et chantonne, par ce froid tu voudrais entrer ? Un couple de canards sauvages s'élève, dans des battements d'ailes et des éclaboussures. Sauve qui peut, on connaît la chanson et on ne tient pas à casquer si un idiot a envie de se tuer. Les arbres bruissent comme un seul homme.

Maintenant on va y passer tous les deux, quelle horreur, pense Rainer et d'appuyer sur l'accélérateur, déclenchant les hurlements immédiats d'un moteur plutôt faiblard mais suffisamment puissant pour ce qu'ils vont faire... T'es cinglé, fiston ? La surface de l'eau sourit et court joyeuse à leur rencontre, elle veut les embrasser, enfin du nouveau dans cette morne saison. Ici c'est très profond, car il y a une retenue artificielle. De pareils dangers, la nature en produit

rarement seule. Crissements du gravier torturé. Le paysage printanier hurle et se met en travers de leur route en agitant un stop. Halte ! Arrêtez, c'est dangereux. Des millions de minuscules créatures se font écraser, leurs avertissements légers se taisent. Quelque part les aboiements d'un chien de ferme qui n'a pas de liberté mais ne sait pas non plus ce que c'est, parce que toujours enchaîné. Il n'aspire pas à l'inconnu. Une fermière, le grain pour les poules dans son tablier, écarquille les yeux. L'herbe verdoie, sentant venir l'été. Le bord de l'eau se précipite à leur rencontre pour les saluer, ça alors, et en plus aujourd'hui où l'on n'espérait plus rien ! Des animaux volants s'envolent à basse altitude avec des hurlements, mais on les entend pas, le moteur couvre tout.
Au dernier moment le combiné parricide-suicide se trouve annulé, pour cause de lâcheté : on n'a pas envie de mettre un terme prématuré à sa propre vie, on a encore trop de choses devant soi — ce qui est toujours une erreur, mais on le croit, et c'est tout ce qui compte. Rainer se retrouve sur la rive, pâle comme un linge et tremblant, il reçoit une claque et dit j'voulais juste te faire peur, j'savais exactement quand freiner, je suis un conducteur expérimenté, Papa. T'as eu peur ? Et si les freins n'avaient pas fonctionné, hein ? Et reclaque, une à droite, une à gauche. Pour un peu papa faisait dans sa culotte, heureusement il a pu se retenir. Mais il a un besoin urgent, ça vient de la bière. Rainer, encore tout retourné par ses instincts meurtriers, se voit contraint de traîner son père gonflé de bière jusqu'à la lisière de la forêt, où celui-ci veut pisser. En guise de punition et de vengeance il insiste pour que le garçon le soutienne pendant toute la durée de l'opération et qu'il admire sa queue. Elle est grande, hein, et tout à l'heure donc, Rainer a bien vu, non ? Laaà, voilà une bonne chose de faite.

Un lent demi-tour, prudemment (la crise est surmontée pour aujourd'hui), et l'on reprend le chemin de la ville. Le Waldviertel proteste, il aurait bien aimé profiter davantage de ces deux-là, pour un peu il les gardait complètement. Mais ainsi le papa garde son Rainer et Rainer son papa.

Quel contraste que la piscine Jörgerbad. Contraste d'abord avec le Waldviertel où Rainer s'est rendu encore fort récemment et où l'homme n'a pas encore triomphé dans sa lutte contre la nature — « une forêt vigoureuse d'un vert sombre, une roche granitique grise et dure ont forgé ce paysage, et une beauté âpre, impitoyable, s'étend sur les gorges profondes et les vastes plateaux. En outre ce paysage sylvestre, sombre et silencieux, inspire nombre de ceux qui ont réussi à pénétrer dans cette beauté opiniâtre et puissante. » Tout autre est l'appartement familial avec lequel le Jörgerbad contraste d'autre part. Là, rien de dégagé, d'ouvert, comme dans le Waldviertel, au contraire les murs se resserrent en un goulot d'étranglement, pas de ciel bleu à l'horizon, ni de mystérieux lacs noirs nichés quelque part. Cette obscurité se loge dans d'innombrables boîtes de lessive vides, vieilles valises, caisses et cartons empilés jusqu'au plafond, qui hébergent toute l'horreur d'un vieil intérieur petit bourgeois (bien trop petit pour quatre personnes), et la recrachent généreusement sur les adolescents. A peine soulève-t-on un couvercle au hasard, que la puanteur s'en échappe et fait son métier d'empuantisseuse. Rien n'est jeté, tout doit rester, pour témoigner de sa propre crasse et de celle des occupants. Vêtements jaunis, vaisselle ébréchée, jouets d'enfants, équipements sportifs, souvenirs de l'Autriche profonde, papiers, bricoles héritées, divers appareils pour diverses activités, et au beau milieu la vie

jaunie, ébréchée, de quatre personnes, deux adultes, deux adolescents. Rainer veut s'élever à la lumière, peu importe où, dans un paysage dégagé ou dans un appartement plus clair, où il y aura le moins de choses possible, juste des tubes d'acier et du verre ; mais pour parvenir à cette lumière il lui faut quitter la maison, car dedans elle ne pénètre pas. On ne peut même pas respirer librement, même l'air y est rare. Et un être jeune a particulièrement besoin d'oxygène s'il veut atteindre sa taille définitive. Mais on peut se fabriquer de la lumière quand on en manque. D'où l'anecdote souvent racontée à l'école, que son père conduit une Jaguar E et qu'il s'envole souvent pour l'étranger, le tout n'étant que pure invention. Son père pour sa part a affirmé devant témoins que le chanteur de charme Freddy Quinn était son fils naturel et qu'il avait longtemps payé pour lui une pension alimentaire. Ce qui n'est pas plus vrai que le reste. Et ce n'est pas parce que Rainer le répète sans arrêt que cela devient vérité.
Qu'y a-t-il au fond de ces carreaux blancs à l'infini sur lesquels la lumière laisse des traînées scintillantes ? Non ce n'est pas l'éternelle, l'universelle vérité que l'adolescent recherche à ses moments perdus, quand il n'a rien de mieux à faire, c'est de l'eau qui s'y trouve comme au fond d'un puits. Elle donne globalement, et ça lui ressemble, une impression de bleu, de transparence, que seules troublent parfois quelques vagues trop fortes, comme c'est parfois le cas pour la vérité. Tout est lissé, aucune aspérité perceptible. Sophie aussi présente ce même lissé afin qu'il se communique aux autres. Cette eau lisse, profonde d'un côté, l'est beaucoup moins de l'autre où elle est réservée aux nageurs débutants ; les coups de sifflet du maître-nageur survolent les têtes, les ressorts du tremplin grincent. Des cris étouffés élèvent leurs voix, on ne sait pas exactement d'où ils viennent et où ils vont,

ils sont difficiles à localiser dans cette vaste cavité, et ça résonne. Au-dessus, à bonne hauteur, s'arc-boute la coupole de verre. C'est là-haut, tout en haut que Rainer veut être, pour regarder de haut la jeunesse qui s'éclabousse, mais où est-il en fait ? En bas, hélas, mauvais nageur qu'il est.
Mais il faut bien qu'il camoufle ses médiocres performances en natation et sa peur des grands fonds, raison de ses séjours prolongés dans les eaux peu profondes. Cela cadre mal avec quelqu'un qui comme lui creuse en profondeur. Ici il n'affronte guère lesdites profondeurs. Cet élément lui est plus étanger qu'aucun autre. Anna et Rainer font moult mouvement censés montrer qu'ils savent bien nager. Mais ils ne savent pas. A grand renfort d'éclaboussures et de clapotis ils se jettent dans un mètre d'eau, là où on a pied, mais il faut que cela paraisse risqué. Là-bas, le vert, le mystère absolu de ces quatre mètres d'eau à la verticale, leur inspire une terreur qui ne saurait être pire s'ils pouvaient regarder directement au fond d'eux-mêmes. On jouit de la propreté que renforce encore l'intense odeur de chlore qui proclame : je tue en moi bacilles et germes, tous sans exception. Sauf certaines traces de sperme ou de pisse qu'il me faut hélas abandonner au filtre. Et je ne peux pas non plus m'infiltrer sous l'épiderme pour y tuer le dégoût et la haine que ressentent les jeunes gens. L'eau clapote de-ci de-là dans le cadre en porcelaine qui lui est attribué, mais pas question qu'elle sorte de son enveloppe. Pas plus qu'on ne peut changer de peau. Beaucoup gloussent, rient, hurlent, crient, batifolent. L'un se jette à l'eau dans une posture ridicule et tombe sur un innocent, d'autres brassent-papillonnent avec l'élégance de pros. Anna et Rainer ne sont pas de ceux-là. Pour eux, c'est une torture d'avoir à faire quelque chose qu'ils ne font pas mieux que tout le monde. Aussi font-ils semblant. Hélas on les oblige trop souvent à céder

la place, en bas, lorsqu'un nageur se faufile entre eux comme une anguille, en haut lorsqu'un plongeur menace leurs têtes. Place aux forts, dit un proverbe et disent les vaillants nageurs nageant vaillamment, et les jumeaux restent sur le carreau, leur terrain à eux c'est le monde des livres qui, ici, ne trouve pas preneur et n'a pas droit de cité, seul compte le sportif, plus précisément l'athlète entraîné, section natation. Quelle injustice, car voilà des valeurs de dernière catégorie. Autre valeur recherchée en ces lieux : le physique. En haut et en bas. Chez les femmes plutôt en haut, chez les hommes plutôt en bas. L'une et l'autre partie étant encore chez la plupart et conformément à leur âge plutôt à l'état d'ébauche. Allusion aux caractéristiques sexuelles primaires et secondaires de Rainer et Anna qui se dessinent mieux ici que sous les vêtements de tous les jours. Mais piscine ou pas, la nature s'est montrée chiche avec eux.

Frère et sœur s'agrippent l'un à l'autre, comme pris dans la tourmente, et fulminent contre un paquet de muscles qui vit dans l'ignorance de Sartre et de Camus et ne sait même pas où ils habitent (en France).

A l'autre extrémité, du côté des profondeurs, et au grand mécontentement de Rainer, crawle une Sophie dans un bikini blanc impeccable, qui tout en dissimulant l'essentiel, dévoile encore trop de choses qui n'appartiennent qu'à Rainer. Elle nage avec style, un bonnet de bain cache ses cheveux, et elle s'entraîne sans ambition, nul besoin d'ambition lorsqu'on est si fort. Elle est ici à titre strictement privé. Elle a de toute évidence totalement oublié la présence de Rainer, pourtant celle-ci est censée représenter pour elle une menace permanente et l'inciter parallèlement non à donner le meilleur d'elle-même dans le sport, mais à œuvrer en privé à l'amélioration de leur relation. Tel un arc, son corps bondit et retombe dans le liquide vert et froid que l'on appelle l'élément liquide.

Lorsqu'une chose se tend, on dit qu'elle se tend comme un arc, mais Sophie tend son corps comme seule Sophie, et nul arc au monde, sait le faire. Une épingle de sûreté ouverte et brillante qui perce une pellicule de plastique. Sans laisser trace de piqûre. Sophie ne laisse de traces que dans le cœur de Rainer et dans le cerveau d'Anna, car elle ne pèse pas, seul son cheval connaît son véritable poids, étant obligé de le porter souvent. Mais là encore nul n'a jamais entendu le cheval Tertschi s'en plaindre.

La coupole résonne sous les hurlements d'une classe qui se présente en formation serrée pour la leçon de natation. Rainer et Anna les épient afin de glaner quelque chose qu'ils pourront essayer juste au moment où Sophie regardera. Mais là encore ils sont trop lâches et n'aiment pas mettre la tête sous l'eau, on s'y sent maladroit, on a du mal à respirer, et on se trouve à la merci de plus habile que soi. Ils préfèrent regarder de haut. Un jeune garçon, serrurier ou tourneur à en juger d'après son physique, plonge entre les jambes d'Anna qui pousse un cri et disparaît dans les remous. La main du frère s'avance prudemment sous l'eau à sa recherche. Sophie, vraie torpille, fuse à son secours, mais déjà Anna est sauvée. Rainer tremble à l'idée que Sophie remarque qu'il nage mal, mais Sophie se passe de ce genre d'observations, elle se contente de jouir des sensations de son corps lorsqu'il s'active en privé dans sa qualité de corps, un point c'est tout. Puis elle file sous la douche, car elle est pressée. Rainer et Anna, blancs comme un linge, sur ses talons. Sophie sautille sous le jet et Rainer se place à côté afin de lui exposer en trois points l'amour qu'il lui porte. Il dit entre autres que la notion abstraite de bonheur et celle tout aussi abstraite d'amour sont à mettre sur le même plan, s'il le souligne une fois de plus, c'est que jamais on ne saurait le souligner assez. L'amour ici, c'est le bonheur, le bonheur sans

amour est tout simplement impensable. La véritable sensation de bonheur n'ébranle (dit-on) ton cœur en émoi que lorsque tu as conscience, que tu comprends qu'un être t'appartient entièrement, qu'il t'aime par toutes les fibres de son cœur, qu'il t'est fidèle quoi qu'il arrive ; c'est alors, oui, alors seulement, que tu peux dire, je suis heureux. Parler de bonheur pour une bonne note à l'école, serait carrément ridicule. Je ne comprends pas un mot, répond Sophie à ces mots qui viennent du cœur. Et de laisser l'eau gicler partout sur son corps, y compris sur le centre auditif, afin d'enlever l'odeur de chlore. Elle se vrille, se visse dans le jet comme une perceuse portant bikini blanc. Seul peut être heureux celui qui aime et qui est aimé pour lui-même, et ce bonheur vient moins de l'intimité sexuelle que du sentiment d'être ensemble, oui, et comme moi, Rainer, j'ai déjà eu l'honneur de te l'expliquer, Sophie, l'acte sexuel procure sans doute dans l'ensemble moins de bonheur qu'un simple baiser innocent, souvent même qu'un simple mot de ceux que tu aimes. L'idée d'un acte sexuel, Witkowski fils la repousse loin de lui, mais il n'aurait rien contre un innocent baiser, sans toutefois oser le demander. L'idée d'un acte sexuel, Sophie ne l'a pas encore eue. Son visage sous le jet est si loin qu'ils semblent séparés l'un de l'autre par une autoroute. A une heure de pointe. Dire qu'on ne veut qu'un tout petit baiser, et qu'on ne l'obtient même pas. Récemment encore Rainer a découpé des pin-up dans un illustré, mais les seins et le corps ont été éliminés à coups de ciseaux, seul le reste, le visage, a eu droit à la place d'honneur, sur la porte de l'armoire.
Une gigantesque tache lumineuse clapote sur les murs de faïence, un crétin décervelé jouait avec son miroir de poche. Les escaliers étroits, les marches et les galeries vacillent, oscillent sous les pieds mouillés des nageurs. Clarté impitoyable. Anna, assise sur le sol,

couvre de ses deux mains une absence de seins. Elle est sans voix, ce qui lui arrive depuis quelque temps par accès. A quatorze ans, un jour à l'école, elle avait soudain cessé de parler. Comme elle était bonne élève, on lui permit à titre exceptionnel de répondre par écrit aux interrogations orales. Actuellement elle va plutôt mieux, mais aujourd'hui ça la reprend, elle ne peut rien dire, même si elle veut. Du coup Rainer parle pour deux et dit combien il aimerait avoir Sophie un jour, beaucoup plus tard, lorsqu'ils seront l'un et l'autre assez mûrs. C'est trop tôt maintenant, il faut être patient. Mais plus tard. Dès que tu te situes en dehors de la nature humaine et que tu tentes de faire naître de force le bonheur et l'amour dans une union dite libre, tu peux être sûr de l'échec, Sophie. Cette dernière sort de la douche, s'ébrouant comme si elle était née et avait grandi dans l'élément liquide — impression qu'elle produit où qu'elle soit, sur terre ou dans les airs —, elle n'entre pas dans ce problème, donne une petite tape sur l'épaule de Rainer et va se changer. Rainer la suit partout, d'ici à là-bas, de là-bas à ici, ça lui porte sur le système, il ne peut donc pas aller tout seul où il en a envie. Elle le tapote une dernière fois comme un meuble ou un petit chien, ôte-toi de mon chemin, ce chemin est le mien, j'ai un droit de passage, cherche donc ta propre voie !

Rainer dit, le travail (cf. Faust) ne peut te rendre heureuse, il apporte au mieux une satisfaction. Le travail c'est l'instrument dont se servent les amoureux pour détourner et canaliser une partie des tensions accumulées. Je m'explique : je ne crois pas me tromper en disant que tu as aimé, aimes ou que tu es du moins capable de te projeter dans la vie affective d'un amoureux. Alors tu sauras, comprendras, sentiras, éprouveras que le travail peut te délivrer, le temps de la concentration, du poids écrasant qui pèse sur ton jeune cœur. Si tu es près de ton bien-aimé, une sensation de calme absolu s'empare de toi, qui le cède aussitôt à une inquiétude telle que tes mains deviennent blanches et se mettent à trembler. C'est exactement ce qui m'arrive. Rainer se cramponne à la balustrade qui est là pour l'empêcher de tomber dedans, lui, le mauvais nageur. Une fois de plus ses phalanges sont blanches, il ne croyait pas si bien dire. Ainsi vis-tu dans deux états, deux stades qui alternent constamment, et qui tous deux se nomment bonheur. L'eau est à l'état liquide, Rainer à l'état semi-liquide.

De mauvaise humeur, sa sœur accroupie à ses pieds ne dit rien, ne demande rien, mais décide seulement dans le silence de mort qui règne en elle, de ne pas retourner de si tôt à la piscine, son élément décidément n'est pas l'eau, ce sont les ondes sonores dans lesquelles elle peut nager sans avoir à se déshabiller. Elle ouvre la bouche, mais rien ne sort, pas un mot, pas un son. Silence.

L'eau ne l'accueille pas, elle la repousse. Sifflements stridents du maître-nageur, quelqu'un a méchamment plongé en plein milieu d'un groupe, le bousculant, mais le groupe se contente d'en rire. Sous les semelles mouillées des jumeaux une surface glisse et s'enfuit en ligne serpentine. Rien à quoi ces semelles pourraient s'accrocher. Et l'art auquel habituellement ils se raccrochent, quelqu'un doit l'avoir sournoisement éloigné et transporté en un lieu inconnu.

Anna ouvre à nouveau la bouche, mais rien, toujours rien. S'il lui faut à nouveau tout écrire, elle se tue.

Rainer croit que le bonheur et l'amour, qui sont identiques, sont des sentiments ou plutôt un genre de sentiment qu'on ne saurait décrire. Toute description de ce phénomène ne peut être qu'insuffisante et ne remplacera jamais le véritable sentiment, chère Sophie. Anna veut répondre à ce qu'il vient de dire à propos de l'amour, mais ça ne sort pas, pourtant elle a une réponse toute prête.

Elle se traîne avec son frère en direction des vestiaires. Sophie ressort déjà d'une cabine, complètement habillée et coiffée, c'est si mignon ces petites boucles mouillées qui collent sur les tempes que Rainer voudrait les caresser, mais ce simple petit geste suffirait à la maculer. Elle a l'air si gentille, Sophie. Mais déjà elle tourne les talons, salut, à demain, aujourd'hui je suis pressée. Demain il y a des tas de choses dont il faut qu'on discute, j'ai réfléchi à propos des agressions. Ces paroles assombrissent l'impression lumineuse que donnait aujourd'hui la piscine Jörgerbad ; là où régnait une clarté brillante il n'y a plus maintenant que morne obscurité, Sophie est partie, peut-être pour toujours, sans doute seulement jusqu'à demain matin, à l'école.

Les chambres de Rainer et Anna sont séparées par une mince cloison de fortune qui laisse tout passer d'une pièce à l'autre et vice versa, les teenagers n'ont pas de vie privée. Impossible de se développer sans que l'autre s'en aperçoive et se développe de son côté. Aujourd'hui par exemple, Anna développe un grand appétit physique pour Hans, et déjà Rainer colle l'oreille à la cloison, dans l'espoir d'apprendre quelque chose qui pourrait lui servir avec Sophie. Mais personne ne doit s'apercevoir qu'il a quelque chose à apprendre. C'est toujours pareil pendant la puberté : les jeunes gens croient que personne n'a rien à leur apprendre. Bien entendu Sophie est autre chose que sa sœur, Sophie doit devenir la bien-aimée qui à partir d'un certain âge prend le relais de la sœur. Espérons que le relais n'aura pas lieu trop tard et que le jeune homme délaissera la maison familiale avant d'être trop esquinté.
Déshabille-toi, je te veux tout de suite (Anna). Je veux avoir le temps d'écouter le nouveau disque après (Hans). A présent qu'ils se sont entraînés quelques fois, ça marche déjà mieux qu'au début. D'abord on exécute une variante des préliminaires, avant d'entrer dans Anna et d'y farfouiller comme dans un tiroir bourré de vieilles chaussettes, à la recherche de celle qui fait la paire. Ne pas fourgonner comme un idiot, mais limer avec esprit et raffinement. Ce que ma bouche se refuse souvent à dire, parce que la colère me coupe complètement la parole, je le dis avec mon cœur et avec mon corps tout entier (Anna, en pleine

névrose). Lèvres closes, sanglots longs de violons soupirant aime-moi... Et Hans soupire, dis-donc, c'est chouette ce qu'on fait là, 20 sur 20, et ce n'est que le début, quand on pense au temps qu'il a fallu attendre, bientôt tu hurleras de plaisir comme une sirène de bateau.

De son côté Rainer s'examine distraitement dans le miroir mural plein de taches ; comme souvent, il s'exerce aujourd'hui encore à garder un visage impassible, et donc à ne rien montrer. Il s'entraîne à une immobilité faciale absolue, pour éviter qu'on ne perçoive à l'extérieur, sur la façade, quelque mouvement de l'âme et qu'on s'y adapte le cas échéant. Sa tante dit souvent qu'il n'est jamais content de rien, de ses parents non plus qui pourtant se sacrifient, surtout pas de ses parents d'ailleurs, bien que ceux-ci fassent du chiqué avec leurs enfants, y compris devant des étrangers. Il ne prétend écouter que les tout derniers disques de jazz et manque de modestie et de modération. Vous croyez qu'il porterait des chaussures ordinaires ? Non, il les lui faut du dernier cri, des chaussures si pointues qu'elles vous déforment le pied. Et pas question de porter son vieux costume de premier communiant, des jeans uniquement. Comme il faut économiser l'argent de poche (que les parents feraient mieux de garder), on est obligé de quémander de l'argent pour les jeans auprès de grand-maman ou de ladite tante et de faire des — petits — boulots qui vous poussent littéralement dans les bras du vol à main armée, faute de mieux. Maintenant non plus Rainer ne peut pas faire autrement, il ne peut pas s'empêcher d'entendre Anna qui crie de plus en plus, encore, encore, ouiii, c'est bon, et Hans qui gargouille ah, Anna, qu'il est bon ton con, ce qui rime. Hans est d'avis qu'il ne faudrait jamais cesser de faire ça et que c'est dommage que les occasions soient si rares. Pour ce qui est de lui, pas d'inconvénient, mais chez elle, avec ses parents, difficile. Est-ce encore ma sœur que je connais comme ma poche, qui émet de tels bruits ? se demande le frère sans sourciller devant son miroir, miroir, miroir, dis-moi qui est le plus beau d'Hans ou de moi ?

Et de s'asseoir à sa table — c'est plus fort que lui — pour griffonner sur un papier quelque vantardise qu'il colportera demain dans la classe. Comme quoi ses parents rentrent juste des Caraïbes où ils ont bien bronzé et rencontré des voyageurs intéressants. Ils ont passé leur temps à se baigner et à se promener sur des plages de sable blanc sous un ciel d'azur, ils ont même chevauché les vagues. Le voyage aller et retour s'est effectué en avion. Je vous le dis par écrit, parce que c'est le mode d'expression qui m'est propre, j'éprouve le besoin impérieux de vous le communiquer par écrit, même si cela doit rester secret. Rainer n'a hélas pas d'amis, juste des camarades. Mais même des camarades ont bien le droit d'être au courant pour les Caraïbes.

A côté Anna se met à hurler, un son effroyable, certes intellectuellement on ne fait qu'un avec elle, mais physiquement il y a divergence, ses cris de plaisir inarticulés vous collent après comme de la résine, ouiii, vas-y, sans doute est-il juste en train de décharger en elle, cet Apollon de pacotille, ce gros tas de muscles. Et dire qu'elle accepte toute cette saloperie qu'il déverse en elle, et que son organisme recycle ce que d'autres braderaient discrètement et jetteraient, en lavant secrètement à l'eau froide le drap souillé. Jamais on ne peut ramener un camarade de classe chez soi, tout a l'air si sale, et pas seulement l'air. On a honte de son propre foyer. A présent Rainer écrit un autre mensonge sous la forme d'un poème d'amour à Sophie, procédé fort subtil. Le titre en est Amour, et ça continue comme ça, avec la même maladresse, parce qu'on est prisonnier de sa propre personne. Amour donc. Ton visage m'apparaît jour et nuit. Carissima... ainsi commençait la lettre t'avouant mon amour... Le visage enflammé tu écoutas mes protestations d'amour. Baisers... Je baisai tes lèvres rouges, des chandelles brûlaient devant nous, et nous contemplions la lueur des flammes et l'éclat des verres taillés. Mais où trouver ici du verre taillé, à part les verres de lunette on n'a que des bols ébréchés. La mimique est toujours sous contrôle, en ce qui concerne Rainer.

Dans la pièce adjacente, un réduit, sans plus, Hans bredouille, grommelle des inepties, Hans qui est un crétin intégral, sans plus. A la longue sa sœur doit trouver ça idiot, c'est sans doute pourquoi elle ne répond plus. Sa sœur qui lit Bataille dans le texte. Elle semble l'avoir complètement oublié pour l'instant. Le mur du cagibi de Rainer, dit chambre d'enfant, se compose, comme presque tous les murs de cet appartement de gens pauvres, d'un ramassis de vieilleries empilées car on ne jette jamais rien, c'est un véritable fatras qui a peut-être encore de la valeur ou pourrait en avoir un jour, qui sait, dans quelques années. En plein dans son champ visuel, un vieux frigo dont la porte a été démontée voici des années par un être sans cœur. Dedans, des pommes, une tirelire, une vieille montre avec une seule aiguille, plusieurs paires de lunettes (hors d'usage), un pot de fleur, divers produits d'entretien, des couverts dans une housse en plastique, un rasoir pour rasage au savon, quelques articles de toilette dans un sac en plastique coloré, un cendrier, une bourse sans rien dedans, quelques cartes d'état-major, plusieurs livres écornés, une coupe en porcelaine avec un nécessaire à couture. Dans la tête de Rainer murmure la mer, et des pieds bronzés par le soleil ancrés au bout de jambes minces, y pénètrent, les pieds appartiennent à Sophie, et la deuxième paire de pieds tout aussi

bronzés qui entre à présent dans le champ appartient à Rainer et pénètre à son tour dans le flot salé. Devant la mer, tous sont égaux, riches et pauvres. Nager est ici une activité qui va de soi, car l'élément humide vers lequel le portent ses rêveries lui semble supportable et aussi porteur que l'élément sec où il se cantonne d'habitude.
Ooooh, font les duettistes Hans et Anna, ça manque de pertinence, vu la situation, trouve Rainer. Sûr que Hans la regarde en ce moment et qu'il constate que son visage est déjà complètement défait. Dans une vieille valise en carton se trouve une baïonnette de la guerre de 14 tout aussi vieille. Un souvenir cher, et sa lame a 25 centimètres. C'est suffisant, il n'en faut pas plus. Rainer aimerait bien qu'Anna, histoire de rire, le photographie avec cette baïonnette. Il la tiendra comme l'escrimeur son épée, mais ça fera cloche, parce qu'il a toujours l'air un peu ballot quand il ne tient pas de discours philosophiques. A présent la baïonnette repose en paix dans son réceptacle ad hoc, la valise. Reposent avec elle des jouets cassés, un projecteur de diapos à l'intention des diapos de vacances qui n'ont pas vu le jour, faute de vacances, et un tas de dessous-de-verre. Intérieurement Rainer s'est déjà complètement détaché de cette famille, extérieurement il s'en détachera en agressant des personnes innocentes.
Aaah, entend-on, pour changer, de la pièce à côté, variation sur le même thème qui n'apporte cependant rien de neuf. Rainer s'exerce toujours à l'impassibilité : visage immobile malgré sa haine, main ferme malgré son extrême agressivité, aucun rictus malgré son avidité et sa colère.
Iiiiiih, Anna se déchaîne, un orgasme de plus, le énième, étonnant, non ? Aujourd'hui, cette nuit, Rainer se livrera sûrement à une séance d'onanisme afin d'éliminer une certaine tension, mais à contrecœur et

dans l'obscurité absolue, à l'image de son mode de vie habituel.

Rainer, et cela aussi il l'a en commun avec d'innombrables jeunes de sa génération, est un adolescent à demi sorti de l'enfance qui n'obtient jamais ce qu'il veut, et veut toujours plus qu'il ne peut obtenir, peut-être l'obtiendra-t-il lorsqu'il sera non plus à demi mais complètement sorti de cette enfance. Sa situation est désespérée. Il la voit ainsi. Une fois, l'an dernier, il a témoigné de la confiance à son professeur de gymnastique en lui donnant à lire un ou deux de ses poèmes, une timide tentative en direction d'un Tu qui parfois réussit entre deux êtres. Mais le prof de gym riant à gorge déployée régala toute la salle des profs de cette œuvrette à vrai dire encore maladroite, par la suite, en effet, d'autres professeurs taquinèrent le jeune créateur en citant quelques vers isolés, délibérément coupés de leur contexte.

A côté Anna pleurniche comme si elle avait mal quelque part. Mais c'est certainement le plaisir, absolument insupportable, d'où la ressemblance avec la douleur. Pour l'accompagner Hans s'y met aussi. Deux loups qui hurlent. Comme des bêtes, il n'y a rien là qui anoblisse l'homme. Ils ont fini, je crois, Hans est vidé, ils vont s'arrêter et enfin changer de disque.

Impassible Rainer regarde dans le miroir, et tout aussi impassible Rainer regarde du fond du miroir, seule différence, l'image est inversée. Rainer se trouve du bon côté, c'est-à-dire du côté de lui-même. Il ne représente personne, et personne ne veut être représenté par lui, même pas sa classe qui a élu un autre délégué d'élèves, alors que Witkowski s'était sérieusement porté candidat. Pour justifier leur choix, ils disent que c'est un vantard qui veut paraître plus qu'il n'est et qui dit constamment des choses qui ne sont pas vraies. Ce qui est manquer d'esprit de camaraderie, car on doit être sincère, même si ça fait mal

et même si ça risque de vous rapporter des coups. Coups dont on devrait être fier, parce qu'on n'a pas menti pour les éviter.
En ce qui me concerne, je ne jouerais pas avec le feu, j'aurais trop de scrupules, dit Rainer. Bien des choses se déroulent dans l'imaginaire, et sont un enrichissement pour l'homme, mais d'autres doivent effectivement s'inscrire dans la réalité.
Dans l'étui à pistolet paternel, une cassette de 7 à 8 cm de haut, 30 cm de long et 15 de large — une cassette en fer — se trouve le pistolet. En dessous, des nus de la mère de Rainer, avec quelques gros plans des parties génitales. Le père porte toujours la clé sur lui contre son corps. Dans une dissertation portant sur le Soulier de satin de Paul Claudel, Rainer défend le point de vue suivant : le repentir ne met pas à l'abri du châtiment, et seul le châtiment permet d'accéder à la liberté. A l'instant Anna et Hans dans une tenue quelque peu désordonnée sortent de la chambre d'Anna en prétendant que c'était formidable. Ça s'entendait, rétorque Rainer. La sœur se blottit de tout son corps contre le frère, comme si elle voulait commettre un inceste. Ce qui n'est pas le cas, elle vient d'être satisfaite. Hans se met à parler sport. En comparaison ses hurlements précédents étaient presque agréables.
A la cuisine, la vaisselle sale s'amoncelle dans l'évier, le fond est couvert d'une pellicule verdâtre, une sorte de feutre moisi, provenant de ce qui fut autrefois des œufs au jambon. Le jeune en pleine croissance est souvent son propre obstacle et ne peut hélas se contourner lui-même. Sur les meubles, une épaisse couche de poussière que la mère aurait dû enlever. Mais elle est partie. On ne peut vraiment inviter personne ici. L'adolescent est souvent plus gêné par lui-même que par les adultes, et souvent ses conditions de vie le gênent beaucoup. Par exemple ces deux-là

pourraient bien prendre un chiffon à poussière et débarrasser.

Il faudrait qu'on reparle plus en détail de notre histoire d'agression, rappelle Rainer. Dis-donc, pas maintenant, après cette expérience bouleversante, fait Hans respirant légèrement comme un poids lourd, une expression qui en dit long sur le visage. Tu ferais mieux toi aussi de t'envoyer en l'air, ça te ferait passer sur-le-champ ce genre d'envies. Bien que ce soit Anna qui risque d'être enceinte, c'est Rainer qui a la nausée, une bizarrerie biologique de tout premier ordre. Maman et papa ne vont pas tarder à rentrer et à découvrir un ami importun.

La voilà qui apparaît, la maman, le papa clopinant derrière. Tu n'donnes pas un bisou à ton p'tit papa, fait-il à l'intention de son fils préféré. Qui rougit et dit non, tu sais bien pourquoi. Non, pourquoi ? Tatie a dit l'autre jour que seuls les homosexuels s'embrassent entre gens du même sexe. D'où ce gamin tient-il des choses pareilles, à son âge on en ignorait tout ! Eh bien de ta sœur, il vient de le dire.

Et le plafond avec son lustre dont deux soucoupes de verre portant les bougies électriques sont cassées, se renverse sur Rainer et ses désirs. Mais pas de telle manière que ces besoins soient supprimés, non, ils se trouvent simplement enfermés dans une prison sans issue.

La Kochgasse a voici quelques années déjà accueilli le petit Hans en son sein, afin de lui faire oublier les souvenirs d'une enfance à la campagne. Ne subsistent plus que de longues chaînes d'hommes en bleu de travail, pantalons ou blouses délavés, rien sur eux ne rappelle verts pâturages et petit ruisseau. La grande ville n'a aucune miséricorde, on ne parvient qu'à grand-peine à se distinguer, à obtenir des autres considération et reconnaissance, le sport vous y aide, on s'investit dans son équipe et même on peut gagner ! Les chemins boueux avec les traces de pneus, les bêtes et gens de la campagne ont regagné la place qui est la leur. De la Kochgasse se dégage une atmosphère citadine, aujourd'hui encore elle accueille Hans et le refoule dans la bonne entrée, une entrée fonctionnelle, où le travailleur doit se sentir à l'aise, sans y trouver un superflu qui certes réjouit l'œil mais dont il prétendrait jouir ensuite dans sa vie quotidienne.
Ni fioritures, ni frontons, ni encorbellements, ni tourelles, ni stucs, ces choses sont réservées au bourgeois mort et enterré, une espèce qui d'ailleurs n'existe plus : de la sobriété, dictée par la sobre rigueur qui préside à la reconstruction à laquelle l'ouvrier résidant en ces lieux œuvre depuis longtemps. De la poésie ? Napperons, photos de famille, reproductions de cerfs peuvent en créer, ainsi d'ailleurs que ces meubles en formica, qui vous sifflent aux oreilles l'étrange air du temps à condition d'être dans le vent. On les achète à tempérament. Chaque habitant peut ainsi à sa guise

créer sa propre poésie, l'architecte a laissé de la place sur les murs et les plafonds pour d'éventuels tableaux et bibelots, à chacun, selon son degré de maturité, d'organiser sa poésie, en haut, en bas, ou sur les côtés. Hans entre et trouve illico la simplicité à l'état pur. Aucune empreinte, seul le travail maternel y imprime son sceau, des tas d'enveloppes partout, qui salopent l'impression. Hans connaît à présent des intérieurs qui ne sont pas souillés par l'utilisation, de leurs profondeurs émergent des îlots meublés, pareils à des archipels de glaçons, Sophie possède un tel intérieur et souvent déjà il s'y est tenu, toujours retenant une Sophie qui avait justement quelque chose d'essentiel à faire. Mais elle y consent volontiers pour lui faire plaisir, car il y a entre eux quelque chose qui se développe d'heure en heure. Cependant Sophie ne se distingue pas des autres filles de sa connaissance par son seul environnement, elle est *si* particulière, il la reconnaîtrait entre mille, même en bleu de travail ç'aurait été l'amour fou, comme dit la chanson.
Hans veut dire par là, si elle aussi portait un bleu de travail, et pas seulement lui. Dans l'appartement Hans trouve deux camarades de la jeunesse ouvrière, à laquelle Hans appartient lui aussi à son corps défendant, ils trimballent des affiches et de la colle qu'ils remuent. Hans n'en est guère ému. Depuis quelque temps il se change sur son lieu de travail avant de rentrer. Il ne paraît jamais dans la rue qu'en pull et pantalon. Autrefois il pédalait jusque chez lui en bleu de travail, aujourd'hui des vêtements offerts par Sophie revêtent ses muscles. Tout est déjà un peu distendu et godaille à vue d'œil aux endroits critiques ; bien que Hans en prenne grand-soin et somme constamment sa mère de leur donner un coup de fer, ces choses perdent forme d'une fois à l'autre et s'adaptent à Hans. Leur propriétaire initial fait actuellement ses études à Oxford et s'est certainement acheté autre chose. D'où

viennent les muscles et où vont-ils ? Tout est là.
Les muscles de Hans s'en vont dans le courant électrique et s'y dissolvent, transformés en énergie pure. Souvent Hans croque un comprimé de glucose carré blanc comme neige pour reconstituer cette énergie dépensée, ces derniers temps il s'en nourrit quasiment, ils sont aussi purs, aussi lisses que Sophie, et des sportifs font de la publicité pour eux, c'est du Dextro Energen. Skieurs et joueurs de tennis connaissent ses vertus et s'en servent.
Hans entre et hop se catapulte dans son cagibi, pour enlever et ranger soigneusement ses habits du dimanche, puis vêtu de ses habits normaux, bien qu'il y ait de fortes chances qu'il ressorte tout encachemiré d'ici une demi-heure, il entre au salon où ses collègues ne savent pas trop où se mettre. Depuis quelques semaines, grâce à ses nouvelles fréquentations, il a plus d'assurance dans ses rapports avec les gens de races, classes et nationalités différentes qu'autrefois lorsqu'il ne connaissait que ceux de sa race et de sa classe. Les jeunes collègues ici présents signifient un retour en arrière dans sa vie antérieure, parce qu'ils sont issus de la même classe que lui et qu'ils y resteront, ça crève les yeux, incapables qu'ils sont de faire quoi que ce soit de leur vie. La mère leur a fait du café pour qu'ils se réchauffent, partout d'épaisses tartines, son fils aussi y a droit. Les jeunes gens au pot de colle sont très zèle et socialisme, Hans est très ambitieux, une ambition si forte qu'elle lui permet de nager à contre-courant, et même de se battre contre le courant à haute tension, adversaire pourtant invisible. Hans est prêt à affronter quiconque se met en travers de sa route. Hans change de disque, il en a assez de la vieille rengaine du PC, en plus le disque est manifestement rayé, il lui écorche les oreilles, et par-dessus le marché ces deux-là répètent sans arrêt la même chose, ils ont beau être deux personnes

différentes, ils n'ont ni vie propre, ni individualité. Ils ne s'aperçoivent pas que Hans s'est déjà dégagé de la longue chaîne des mains qui se passent le seau d'eau — en avant, direction la maison en flammes (qu'on ne voit pas, mais elle existe, sinon à quoi servirait le seau) — et qu'il s'est simplement absenté, au suivant de prendre un peu plus d'élan pour combler la place vide, voilà tout. Ils expliquent que depuis quelque temps déjà le temps est venu de choisir ses bons alliés.

Hans, lui, a l'intention un jour quand il aura la maturité nécessaire, de contracter une alliance avec Sophie.

Les mains de Hans sont complètement usées par le travail qu'il exerce depuis sa quatorzième année. Sous ses ongles s'incrustent saleté et sueur qui ne forment plus qu'un. Tout comme le corps et l'esprit ne forment qu'un. Hans veut lui aussi connaître cette union à deux, depuis qu'il a fait la connaissance de Sophie. Sur les ongles de Sophie il n'y a même pas de vernis, ils peuvent s'en passer, ils n'ont rien à cacher et le montrent.

La mère connaît les parents de ces deux-là depuis un voyage en autocar et voudrait que Hans fasse leur connaissance, parce qu'ils témoignent d'un bon sens dont son fils est incapable. Il faut former un groupe, seul, un individu n'arrive à rien, seule l'union fait la force. Hans dit qu'il s'est déjà trouvé un groupe, où il est apprécié pour ses qualités particulières que personne ici n'apprécie. Dans ce groupe il n'est pas remplaçable et interchangeable.

Au basket je suis irremplaçable aussi bien pour les passes que pour marquer, en revanche, mon travail n'importe qui peut le faire aussi bien que moi, et il en va ainsi dans la vie, c'est un exemple représentatif de toute l'existence où le travail est un mal dont on veut me convaincre qu'il est nécessaire, mais je vivrais très bien sans travail, mieux même. Je n'ai besoin que de Sophie. Du moment qu'elle m'aime, je peux renoncer au travail.

Après ces paroles, dédaignant la malheureuse tartine et sa triple couche de margarine — encore de la margarine, y a donc pas de saucisson, berk — il balance à la tête de ses deux collègues que c'est l'individualiste qui doit se libérer, et pas le groupe qui est insensible, anonyme, on disparaît là-dedans, on n'émerge jamais, à moins d'en être le chef ou de se dégoter un groupe sur mesure comme le sien, vu qu'il a participé aux finitions.
Pendant tout ce temps la tartine reste en rade. Je te donne quand même assez d'argent, tu pourrais acheter du vrai beurre ou du saucisson. Il est temps de s'individualiser, l'individu, le voilà le nouveau type de l'ouvrier, de l'ouvrier moderne que je ne resterai pas non plus très longtemps. L'ouvrier ancien modèle restera, lui, éternellement ouvrier. L'ouvrier individualisé a besoin de beaucoup de place, de lumière, d'air et de soleil où s'épanouiront fleurs, herbes et arbres que cet ouvrier réapprendra enfin à apprécier. Toutes choses qu'il a négligées dans la lutte politique. Le sport aussi, l'homme moderne l'écrit avec un grand S.

La mère commet à présent l'erreur fatale comme chaque fois qu'elle est en colère et perd tout contrôle face à son fils de parler du camp de concentration, de l'enfant qui, croquant une pomme, fut lancé contre un mur jusqu'à ce que mort s'ensuive, son assassin finissant alors la pomme. D'enfants jetés par sadisme du deuxième étage. De la mère envoyée dans une chambre à gaz avec son nouveau-né de deux jours, parce qu'elle avait supplié le médecin de l'autoriser à accoucher avant. Permission accordée. Beaucoup de nos amis à ton père et à moi, hommes et femmes, ont aussi été décapités dans les locaux du

tribunal. Je pense à eux sans cesse.
Et Hans de bâiller exagérément, il a entendu ça souvent et croit que les temps ont changé et avec eux les gens qui ont aujourd'hui d'autres soucis. Surtout les jeunes, auxquels l'avenir appartient et qui veulent participer en personne à sa réalisation.
Les deux camarades au cerveau encollé touillent, gênés, dans leur seau, la colle doit rester souple, et non durcir. Il lui faut donc une chaleur qu'elle ne trouve pas dehors mais uniquement dans le douillet réchauffoir d'une cuisinière où elle est justement entreposée. Ils ne savent pas par quel bout prendre ce Hans, qui a l'air si sûr de lui, visiblement il a déjà été pris par d'autres qui l'utilisent à leurs propres fins. Dehors un vent glacial fouette une pluie glaciale à travers les rues, les arbres se ploient en boucles humides. Ce sont les forces de la nature. D'innombrables mains invisibles, issues du mouvement ouvrier attrapent les deux jeunes gars au pot de colle et les poussent en avant afin qu'ils présentent des arguments à Hans. Effectivement leur bouche en produit quelques-uns. Mais Hans ne les entend pas, n'ayant d'oreille que pour la voix en lui qui dit qu'il faut aller jusqu'aux racines de l'existence pour se comprendre soi-même, alors seulement on peut comprendre les autres. Si vous croyez pouvoir faire quelque chose pour les autres avant de bien vous connaître, vous êtes de fameux imbéciles. Car c'est la condition cinéquoinonne. Parfois on commet ainsi des actes qui au premier abord peuvent sembler insensés mais qui ne le sont pas, parce qu'ils sont pour vous de la plus haute importance. Mon nouvel ami s'appelle Rainer, il n'est pas sale comme nous. Ce qui est objectivement faux, car dans l'appartement Witkowski on vit dans la saleté, mais ce jeune homme aveuglé ne le voit pas. Qui est ce Rainer, demande la mère, qui a déjà posé la question une fois mais a oublié. Son père est

un ancien SS aujourd'hui à la retraite et portier, répond Hans. Ses enfants vont au lycée avec Sophie, et moi je compte suivre les cours du soir. L'autre jour tu voulais devenir professeur de gymnastique. C'est fini, je vise plus haut.
Les porteurs de colle se taisent, d'ailleurs il faut qu'ils partent. Dehors la pluie diminue mais ébranle toujours les vitres dans leur ancrage. Une pluie similaire bat sans doute contre la fenêtre de Sophie et fait trembler les bouleaux du jardin, qu'elle emporte donc un mot d'amour et le lui transmette. Sûr que Sophie est en train de faire ses devoirs à la lueur d'une lampe ; comme Hans aimerait en faire autant, mais pour lui il n'y a pas d'école ni de vrai devoir.

Alors tu ne viens pas, disent les deux colleurs d'affiche en se levant. Vas-y donc, conseille la mère. Par ce temps de cochon, non merci, mais même s'il faisait beau je n'irais pas, ce serait le moment de jouer au tennis.

Pourtant ton travail t'a toujours plu. Tu lui dois d'être devenu un membre à part entière de la classe ouvrière, comme ceux qui sont devant toi et derrière toi, chaîne humaine ininterrompue œuvrant à un avenir radieux (la mère).
T'es pas malade ? Tu parles d'un plaisir. Le travail manuel, c'est une étape primitive de l'activité salariée qui un jour disparaîtra complètement, comme dit Rainer. Lui, Anna et Sophie disent que la civilisation des hommes ne s'est développée qu'à partir du moment où ceux-ci ont appris à faire une distinction de plus en plus grande entre le travail qu'on fait à la main et la méthode destinée à faciliter ce travail grâce à des outils et autres instruments. Sans le travail de la tête, il n'y aurait pas la civilisation, cette chose essentielle n'aurait pas existé.

La mère dit qu'elle n'y comprend plus rien et les deux colleurs le disent aussi. A

notre avis, il n'y a rien à tirer de lui en ce moment, madame Sepp. Au revoir donc. Nous quittons ce collègue égaré. Peut-être comprendra-t-il un jour, mais nous en doutons. Ce genre de cas est de plus en plus fréquent.
La mère dit, revenez quand vous aurez un peu plus de temps. Vous verrez, nous arriverons à le convaincre. Et maintenant il faut partir.

Sur ces belles paroles, les bourrasques dehors ouvrent les bras et engloutissent colleurs et pots de colle. Pourvu que du même coup elles n'engloutissent pas les affiches, elles sont en papier et donc à la merci de la pluie. Une pellicule de plastique les protège à peine. Mais ça s'arrange déjà, les murs des maisons se détachent, mouillés, une fois de plus l'asphalte brille comme dans le film Asphalte mouillé. D'ailleurs c'est un collègue d'Asphalte qui a joué dans le film.

La mère dit, si ton pauvre père savait, lui qui s'est sacrifié pour notre cause.
Il ne s'est pas sacrifié. On l'a tué. Sinon il serait encore en vie. Et pour ce que ça lui a rapporté. Pas question que moi je me sacrifie. Quand je lis ce que les livres de Rainer disent de la douleur, c'est plus vrai que quand je pense à la douleur de mon père sur la rampe de la mort à Mauthausen.
Tu ressors aujourd'hui, Hans ?
Par ce temps de cochon ? Même sur le dos d'un cheval, bonheur suprême, on n'y verrait pas à cinq mètres, et en rase campagne les brumes du soir empêchent toute visibilité. A cheval, le pays respire la liberté, il apparaît différent de la campagne que je vois lorsque je rends visite à Tante Mali dans sa ferme. J'irai peut-être en boîte plus tard, écouter du jazz.

Quand je te regarde, j'ai l'impression d'avoir vécu en vain, et que ton père est

mort en vain. Mais quand je regarde les deux camarades du parti qui étaient là tout à l'heure, je sais que ma vie a un sens que mon propre fils ne peut pas me donner.
Tout se paie dans la vie, y a que la mort qui est gratuite, et encore, elle vous coûte la vie, ricane Hans. Les étrangers ne l'intéressent en rien, il ne s'intéresse qu'à lui et à Sophie.
Mange-moi donc, qui sait ce que l'avenir nous réserve, l'exhorte la tartine de margarine dédaignée. Mais Hans croit aux lendemains qui chantent et il ne la mange pas.

Il n'y a pas si longtemps que Rainer est sorti de ses gonds et qu'il a perdu son chemin tout tracé d'enfant de Dieu. La foi catholique remplaçait alors pour lui bien des choses qu'il espère à présent récupérer par des actes de violence. Ces derniers temps, sa sœur Anna, prise sous l'éboulis d'ordures, est de plus en plus souvent muette, parfois cependant la parole rompt les digues, emportant tout sur son passage. Aujourd'hui tous deux sont étendus sur le lit d'Anna et se tiennent enlacés. Ils ont dévié le vent de la réalité sur la cuisine-séjour style rustique et laissent souffler ici, à l'intérieur, le vent du passé. Rainer décidera peut-être de rompre ici avec un tabou, le tabou de l'inceste, pour voir s'il y a quelque chose à en tirer. Non, en fin de compte il s'abstiendra, aussi d'autres barrages devront-ils se rompre, l'adolescent s'en chargera en personne, puisque dans ce foyer pourri il n'est pas question de se laisser corrompre par la libéralisation des mœurs. Disent les géniteurs.

Dans son enfance, entre autres méfaits, Rainer a également servi la messe, c'est aujourd'hui pour lui une source constante de dégoût dont sa mémoire ne vient toujours pas à bout. Papa disait, va servir la messe, et il y allait, les coups du père faisant encore plus mal que le carrelage froid sous ses genoux écorchés. Froid glacial de l'hiver à six heures du matin, main levée de M. le curé qui lui au moins ne recourait pas à des instruments genre cintre ou béquille, v'lan, encore une taloche pour avoir dit le texte latin de travers et lancé deux ou trois réponses impertinentes, alors qu'on ne vous demandait pas votre avis, juste d'obéir. Défilé de ces surplis blancs ornés de dentelle avec un col noir pardessus, qui vous donnent l'air d'une fille. Entrecoupé d'images concernant essentiellement Dieu et la Vierge Marie, diversement traitées, en divers matériaux. La forme arrondie prédomine, pour avoir été exécutée à l'époque baroque. S'y ajoutent la clique gloussante des jeunesses catholiques qui se précipitent en bêlant au foyer catholique pour jouer au ping-pong, les chants graves sortant des gorges estudiantines des aînés, et la fierté de l'enfant nouvellement promu jeunesse catholique. On peut même depuis quelque temps regarder la télé au foyer, et on ne s'en prive pas. Pour les dernières nouveautés, l'Église n'est jamais en reste, et elle n'hésite pas non plus à s'en servir contre ses propres membres. Banderoles dorées et fanions à l'effigie de la Sainte Vierge, fillettes en jupes plissées bleu marine, tout se déroule dans l'Église des Piaristes, la mal-aimée. Souvent ils disent en chœur que Dieu appelle la jeunesse – et à peine appelée, elle est là. Car la jeunesse c'est la chrétienté qui témoigne de sa foi, et pour cela, il en faut du courage dans ce monde livré au paganisme et à la déraison. Rainer est lui aussi un élément de cette jeunesse, hélas de la pire espèce, il porte déjà de très nettes traces d'usure. Il se présente devant Dieu, mais à contrecœur, pourtant l'appel qui *lui* est adressé est particulièrement fort. Dieu connaît sa faiblesse et sa répugnance, c'est pour cela qu'il appelle si fort, Rainer ! Rainer ! Dans un instant celui-ci va vomir sur le carrelage. S'il fréquentait le lycée des Piaristes, Dieu le verrait sûrement d'un meilleur œil, mais ses parents n'ont pas assez d'argent. Les enfants de chœur riches, eux, n'ont jamais reçu de gifles, ce qui a immédiatement frappé Rainer, enfant très éveillé, ces choses-là le frappent toujours, alors qu'il ferait mieux de redoubler de prières et d'ignorer son entourage. L'Église prend ce qu'elle peut où elle peut et le garde, elle ne le distribue pas à qui en a besoin. Rainer n'a pas besoin qu'on le malmène mais qu'on l'aime. Il paraît que Dieu l'aime, ce qu'il ne sent pas, il ne sent que les gifles.

Et néanmoins l'unijambiste le réexpédie chaque dimanche à la sacristie d'un coup de son unique pied droit afin qu'il se mette sur son trente et un et, au sein de la chorale jeune, gaie et vive que Dieu aime tout particulièrement pour la fraîcheur de ses accents, se produise devant tata et grand-maman. L'une et l'autre ardentes pratiquantes qui font des heures sup en mai et pendant le carême et se fendent de quelques sous en faveur du petit qui a si pieusement servi l'autel, afin qu'il s'achète ces chaussures pointues à la mode ou un pull-over. Vu que rien d'autre ne compte aux yeux de ce gamin qui ne voit que l'apparence mais trouvera bien un jour le chemin intérieur qui mène à lui. En plus, les pieds piaffent et trépignent dans ces espaces démesurés juste adaptés à la grandeur du Seigneur notre Dieu, certes on ne LE voit pas, mais c'est fou ce qu'il a besoin comme place. A gauche les garçons, les jeunes serviteurs du Seigneur, à droite les filles, les jeunes servantes du Seigneur. En plein milieu passe l'allocution de M. le Doyen, le bon Dieu a une fois encore laissé venir à lui les petits enfants, bien qu'ils aient sans doute mieux à faire. Les enfants de chœur, assis, se reposent pendant le sermon, la plupart pensent à des incongruités, cochoncetés ou autres bêtises d'ordre scolaire, ce qui n'est pas pour gêner Dieu, ne prête-t-il pas aussi l'oreille aux soucis du plus insignifiant d'entre eux ? Seul Rainer pense à LUI, à Dieu en personne, et lui confie ses soucis, il est même quelque temps son unique espoir, car rien ne va plus, alors à Jésus d'arranger les choses, seulement les prières ne suffisent pas, il faudrait aussi faire des sacrifices, investir, et Rainer préfère s'abstenir. C'est trop aléatoire. Qu'a-t-il besoin aussi de trôner là-haut, que n'est-il ici-bas, là où est la queue qu'il ne faut, à en croire Jésus, ni frotter, ni presser, ni caresser, pas plus la sienne que celle d'un autre, évidemment. Entre-temps Rainer a appris que les queues n'existent pas, puisque son père en a une et que ce qui n'existe pas ne saurait déshonorer sa mère à la maison. C'est ainsi qu'un problème plutôt pénible trouva sa solution.

Une seule image relativement harmonieuse est restée présente à la mémoire de Rainer et s'y est fixée depuis longtemps. Une grande des jeunesses catholiques avait aidé sa cadette à trouver un passage dans le missel puis avait caressé la tête de la petite, elle la caressait, la caressait, et Rainer sentait naître en lui un grand apaisement. Des années durant il y a pensé dans sa baignoire (baignoire improvisée à la cuisine), tandis que sa maman le savonnait de haut en bas, alors qu'il était déjà grand garçon, afin qu'il soit propre partout, à l'intérieur enfant de Dieu, et à l'extérieur aussi, ostensiblement, enfant de Dieu. Il n'empêche, bien que les enfants de Dieu soient tout purs, il s'est toujours senti gêné. Mais enfin je suis ta mère, c'est moi qui t'ai mis au monde, et devant Papa tu n'as pas besoin de te cacher, il a la même chose que toi et au même endroit. Ce qui provoque un sourd hurlement au fond de la gorge de Rainer, un hurlement de loup.

Mais même depuis qu'il a le droit de faire sa toilette seul, Rainer a le sentiment d'être irrémédiablement refait.

Par erreur il éprouve une certaine nostalgie de l'harmonie, de l'entente, voire de la beauté dont il parle souvent à ses condisciples au mépris de la vérité. Pour être compris d'eux, il évoque cette harmonie sous forme de voitures coûteuses, de voyages en avion,

de parents amoureux et de cristaux étincelants, toutes choses que l'on peut admirer chez lui. Et cela ne peut s'acheter, vous l'avez en vous ou vous ne l'avez pas. Ses camarades de classe n'en croient pas un mot. Voyons mon petit, il faut que tu sois propre, Anni ne fait pas tant d'histoires : quand c'est ta maman qui le fait, c'est comme si c'était toi. Enfin, si tu as honte, ce n'est pas bien grave, avoir honte n'a jamais fait de mal à personne.
Tu sais bien que nous sommes tous pareils, tous des êtres humains, de chair et de sang. Pas toi maman, toi tu n'as pas de corps, comme le bon Dieu ; seul papa avilit ton corps, voilà pourquoi je dis que ce corps n'existe pas et que sur les photos de pin-up je découpe tout ce que les jolies filles ont en dessous du menton avant de les épingler contre mon armoire. Car la chair pourrit vite quand on la tue et quand on la laisse à l'air libre. Mon Dieu ce gamin ! Allons, sèche-toi vite, ça tu peux le faire tout seul.

L'orgue mugit, et Rainer se sèche, mais interdit d'incliner les yeux vers le bas du corps, il faut regarder droit devant soi, tout ce qu'on fait est fait en l'honneur d'un être supérieur. Quand tu seras grand, beaucoup de choses changeront et d'autres se calmeront pour de bon.

Anna veut presque tout exprimer en musique, aujourd'hui Schumann et Brahms ont eu la touche, demain ce sera peut-être Beethoven ou Chopin. Ce que sa bouche ne peut dire, la musique le dit, encore une chose qui vient du bon Dieu, à en croire ce que nombre de compositeurs (Bruckner) ont prétendu d'eux-mêmes. Rainer lui lit quelques annotations d'un vieux carnet intime où il dit que rien de grand ne peut se réaliser qui n'ait été longuement et minutieusement planifié et préparé. A cette époque la phrase semblait avoir pour lui valeur universelle, à en juger par ses annotations. Ensuite, 1° Quels sont

mes projets ? Quel est mon but essentiel ? et 2° Quels moyens choisir pour atteindre ce but.
A l'époque, Rainer voulait encore faire des études scientifiques dans un IUT (chimie), à présent il veut seulement plonger la main dans des portefeuilles étrangers et se plonger dans la germanistique tout en composant accessoirement des poèmes. Axiome premier, peut-on lire : que jamais les sciences naturelles ne soient une fin en soi et ne deviennent le champ d'application unique de sa pensée et de ses actes, mais qu'elles s'intègrent dans une structure globale plus vaste. Il veut en effet, comme le mentionne son journal, disposer de normes supérieures à la pensée humaine, en tout cas, il lui faut des normes. Que la foi chrétienne soit, ma vie entière, le fondement de mon existence. Ma tâche, selon moi, réside en ceci : en tant que scientifique pénétrer de pensée chrétienne le domaine auquel la chimie me donnera accès, et réaliser (au moins partiellement, ajoute-t-il par souci de sincérité), une synthèse de ces deux domaines, pour la plus grande gloire de Dieu. Écoute-moi ça, Anna ! Incroyable, incroyable ! Ces efforts devraient aboutir à ceci : que la chimie contribue au bien-être de l'homme et lui permette d'accéder à une existence digne de la condition humaine.
J'entrevois là une possibilité de réaliser à travers toute ma vie la charité chrétienne, par l'engagement total de mes talents, de mes forces et de mes capacités.
Kestendisanni ? Postulat suivant : 1° Connaissances optimales en chimie, maths, physique, pensée chrétienne et 2° Connaissances linguistiques optimales en allemand, anglais, russe et français. Puissé-je (hahaha !) parallèlement toujours réaliser dans ma vie humilité et modestie, mais pas dans le sens (nonnon, surtout pas !) où je tenterais d'amadouer certaines personnes dont je sais qu'elles risqueraient un jour de me faire des difficultés ou dont je profiterais, bien que leurs

agissements soient contraires à mes idéaux. Enfin j'ai aussi besoin : 1° d'auto-discipline hahahahihihahahaha ! Et frère et sœur de tomber l'un sur l'autre déchaînés, et de rire à se postillonner en pleine figure. Ce dernier point devrait être un processus qui se nourrit d'une réflexion permanente sur le monde. Tarrivàcroire-quej'aipuécrireça ? Non, dit Anna. Enfin, c'est déjà ça, un mot, quelle performance ! Une minute plus tard elle parle comme un perroquet, mais des traces à l'intérieur d'Anna, nul ne sait rien.
Du haut de ses nombreuses images et fresques au plafond le bon Dieu contemple ses enfants dévoyés, comment a-t-il donc fait pour créer tout ça et réussir en plus à le leur faire croire au catéchisme. La foi crée toujours des problèmes à Rainer, dans ses moments de sincérité, il n'exclut toujours pas que ce Dieu existe, même si lui et Camus l'ont remplacé par le néant. En tout cas il n'a pas encore disparu, et de nombreux curés sont même liés personnellement avec sa famille.

A table, les enfants ! et aussitôt on s'installe pour ce moment privilégié du dîner. Rainer s'adresse comme toujours à sa mère lorsqu'il a quelque chose à dire à son père. Dis-lui que je vais lui arracher ses béquilles et qu'il tombera sur le dallage glacé. Je voudrais faire un poème mais je ne trouve pas ici le terrain qui convient. Mais si, tu as le choix entre un joli carrelage de cuisine rustique et un dallage, fait Anna, ce qui vu ses moyens vaut une longue harangue. Le père hurle aussitôt comme un taureau enragé qu'il lui cassera les reins s'il lui manque encore une fois de respect. Et le fils ne sera plus alors qu'une larve informe vibrionnant au sol, tandis que *lui* au moins pourra encore clopiner et claudiquer. Il dit aussi qu'il peut à tout moment le retirer du lycée, vu que c'est lui qui entretient la famille. La mère passe purée et compote et dit que dans ce cas le papa serait bien obligé d'avouer aux gens qu'il fait faire à son fils un vulgaire apprentissage au lieu de le tenir au lycée, pas vrai, Otti ? Toi, Gretl, tu perds rien pour attendre, à leur âge, au temps de l'interdiction, je faisais déjà mon devoir. Et aujourd'hui encore je fais mon devoir — à une réception, avec quantité de clés de chambres auxquelles j'ai accès à tout instant. Rainer montre les dents comme un chien enragé. Le Sauveur sur sa croix en menuiserie industrielle façon rustique fait une drôle de tête. La couronne d'épines pèse, car le baromètre est à la tempête sans parler du tensiomètre qui monte, qui monte. La violence accompagnera notre crime, Anni, qu'est-ce que t'en dis ? Mais sans excitation, il ne s'agit pas de se défouler, il faut agir de sang-froid, l'état d'excitation est à éviter. Tu as tout à fait raison (Anna), car le crime deviendrait accessoire, alors qu'il est l'essentiel.

Dans le grand coffre rustique où tiendrait tout un cochon dépecé, se trouvent des tas de jouets cassés venant de leur enfance et qui, comme le reste de cette maison, survivent dans le désert de plomb de leur adolescence, ce dont personne ne se réjouit vraiment. Le journal de Rainer dit aussi que la tâche (quelle qu'elle soit) est immense, mais n'est-ce pas précisément ce qui vous pousse à vous attaquer au problème et décuple vos forces ? Cela exige auto-discipline, respect, tolérance, mais aussi renoncement. Aujourd'hui Rainer fait croire à qui veut l'entendre et à tous les autres que de par sa naissance il n'a pas à renoncé à quoi que ce soit, sa famille possédant tout ce qu'on peut avoir. Mais ici il écrit que ce renoncement l'enrichira (incompréhensible !) et qu'il gravira des sommets intellectuels où, c'est écrit en toutes lettres, soufflera un vent rude, frais, purifiant. Pouah ! aujourd'hui la simple vue de la fraîcheur et de la pureté, lui fait l'effet d'un filet d'air glacial dans l'œil. La carte postale avec la-viergede-lourdes se recroqueville aux pieds du Sauveur où elle est mieux à sa place qu'en haut près de la tête, le courant d'air en est la cause. L'eau bénite aussi fait des vagues et clapote dans le cœur en céramique. Le chapelet — de Lourdes également, cadeau d'une voisine — se balance doucement de-ci, de-là, sous le vent frais que souffle la jeunesse. Ce vent frais émane d'une vie où l'on vient de se jeter avec fougue et qui, espérons-le, ne sera pas interrompue avant terme. La mère trouve dans la religion une consolation et un réconfort dans la situation difficile de génitrice et maîtresse de maison qui est la sienne, le papa tolère cela en silence, bien que le Seigneur soit aussi un homme comme son nom l'indique. Qu'il se garde d'être en contact trop étroit avec la mère, le Seigneur. D'ailleurs c'est elle qui lui court toujours après.

Jamais Rainer ne pense aux photos cochonnes qui existeraient, pourtant, à ce qu'il paraît, des hommes inconnus en ont fait de sa mère. Ça a disparu de la conscience de Rainer aussi vite que c'était entré. Il y aurait même des gros plans des parties génitales, ce qu'on ne voit pas n'existe pas.

La compote est presque entièrement engloutie par papa, et dire que ce sont les enfants qui sont en pleine croissance, la croissance pour le papa est terminée, même qu'il est déjà en compote. La mère n'a pas droit à une seule bouchée, et pourtant c'est son œuvre. Dehors quelques imbéciles de nuages se mettent en pelote et s'apprêtent à cracher d'une minute à l'autre. En pleine soirée d'une journée comme les autres.

Étroitement enlacés, les jumeaux quittent la cuisine style rustique et entrent dans le monde de la musique qui sort du tourne-disque, l'artiste est le contraire du paysan qui a chez lui une pièce de ce type. Anna entre dans le silence, Rainer dans une logorrhée au moyen de laquelle il tente de s'approprier le monde. Dans son domaine le poète est roi, c'est à lui qu'appartient le royaume de l'imagination qui dispose d'espaces infinis.

Le café est le type même du café lycéen, d'où le nombre de lycéens qui s'y trouve. Ils discutent religion ou philosophie. Des écolières vont à des messes où l'on joue du jazz, donnent leurs premières surprise-parties et, après un beau concert de musique sacrée, un petit baiser. A une table en marbre un lycéen dit à son pendant féminin qu'il serait temps que leur relation, ce premier contact superficiel, se transforme en quelque chose d'autre — or la lycéenne parle encore de camaraderie, ce qui témoigne aux yeux du lycéen d'une réserve incompréhensible. Pourtant d'une certaine manière il sent bien que c'est précisément cela qui confère une stabilité à leur liaison, et il le manifeste. Il en a pris une nouvelle fois conscience lors de la boom de jeudi dernier, dit l'élève d'une voix douce et basse, aussi se réjouit-il d'autant plus des symboles qui expriment avec une franchise si merveilleuse ce qu'on ne saurait dire avec des mots.
Hans écoute ce dialogue en langue étrangère et promène son regard sur des boules de glace pastel, des sachets de thé pressés et des petits pots de chocolat chaud, mais le remballe aussi sec en s'apercevant que personne n'en veut.
En conclusion le lycéen dit à la lycéenne : qui a embrassé qui ce fameux 27.3, même l'historien le plus futé ne le découvrira jamais.
Hans s'interroge, que veut donc dire fameux, et que veut dire futé, et qu'est-ce que l'historien vient faire là.

La lycéenne dit qu'elle se réjouit à l'idée des vacances et que le grand jour de son premier bal semblait avoir été placé sous une bonne étoile, je garde en effet un très bon souvenir de cette soirée d'un bout à l'autre si excitante. Nous dansâmes, et tout me parut enivrant, si beau. Les deux condisciples parlent au passé simple, et bien qu'ils en usent et abusent, il reste comme neuf dans leur bouche.
Hans entend encore son voisin de table qui n'a sûrement pas la moindre idée de tout ce qu'un homme digne de ce nom peut et doit faire, raconter qu'il a été skier dans les Alpes de la vallée d'Otz. Comme chaque fois en montagne, il a beaucoup pensé à la jeune fille près de lui. De prime abord le lien peut échapper : mais à la vue des sommets majestueux des pensées profondes me viennent, l'amour, l'amitié — et la fidélité — ne relèvent-ils pas des profondeurs humaines ? demande le lycéen, la lycéenne répond qu'elle aussi a fait du ski, mais ailleurs. Une fois de plus il n'y a eu entre eux qu'un échange de lettres. Ainsi qu'un télégramme que tu n'as jamais reçu : Joyeuses Pâques et basia mille. Brigitte.
Hans veut commander une bière, suivie d'une autre, puis d'une autre encore, mais Sophie lui a déjà commandé un café et un cognac. Sophie s'enfonce dans le silence de sa jupe plissée noire et de son pull noir. Hans aussi, mais dans le coûteux équipement du frère. Tout autour de lui parle l'innocence, parlent des filles et des fils comme s'ils étaient payés pour ça, de choses, d'œuvres ou d'actes tout aussi innocents. Hans n'est ni fils, ni fille : il est fils de personne.
Le Prater moucheté de soleil aux premières lueurs de l'aube, l'herbe mouillée, les feuilles mouillées, les délices d'un lever pour une fois très matinal, le cheval dodelinant du chef, la poudreuse qui s'envole, le crissement des carres d'acier sur la neige glacée, les piaillements de joie lorsque quelqu'un tombe, et puis une

une bonne veillée au chalet avec du punch ou du vin chaud, des danses folkloriques sur un air de guitare ou d'accordéon, et pour finir le fameux petit tour compromettant devant la porte du chalet, le regard qui plonge dans le ciel d'hiver étoilé, le premier baiser, et quelqu'un qui vous décroche la lune.

Hans aimerait bien un jour goûter à un gros gâteau comme celui-là avec de la crème au beurre, ce que Sophie lui interdit. Pas plus qu'il n'a le droit de se soûler pour ensuite chanter youkaidiyoukaida ou cracher à la figure de quelqu'un.

Des virées passionnantes en voiture — frères et sœurs plus âgés jouant les chauffeurs — Père m'a offert une petite voiture pour le bac, toi aussi tu y auras droit plus tard. Soirées musicales à la maison dans une pièce lambrissée, le père joue du violoncelle, la mère joue du piano, elle est médecin, les frères et sœurs jouent de la flûte ou du violon, aimés de leurs parents de haut en bas, la saint Sylvestre dans la maison du Semmering, au milieu des rires, des gloussements et des baisers de toute cette jeunesse les provisions nécessaires à la joyeuse compagnie sont hissées jusqu'à la maison, ce qui s'apparente autant à une corvée que laver une voiture s'apparente au travail dans un haut fourneau, comme Hans aimerait, oh comme il aimerait porter des charges plus lourdes encore, si lourdes qu'il forcerait l'admiration de tous. L'excitation à l'idée de partir faire une retraite de Pentecôte dans ce vieux monastère romantique, afin de retrouver le chemin qui mène à soi et que l'on a perdu, à la suite de quoi on dira mais comment décrire l'atmosphère de ces journées de Pentecôte, c'est impossible. Ils disent souvent qu'il est impossible de décrire avec des mots une certaine atmosphère en se servant précisément d'une foule incroyable de mots dont on a peine à croire qu'un seul d'entre eux les connaisse, mais tous les connaissent. La Pentecôte, dit l'élève qui est déjà étudiant, la Pentecôte, ça fait penser à la force, au Saint-Esprit — ou est-ce qu'il y aurait autre chose derrière ?

L'oreille de Hans s'allonge, se dresse, il y a sûrement autre chose derrière.

L'amour pour une jeune fille, peut-être ? Le rayonnement de l'événement exclut sans doute autre chose ! Après le petit déjeuner on discute fidélité et autre sujet du même genre, puis, conjuguant ses forces on improvise un déjeuner, et l'on rediscute du devoir et des inclinations. Certaines messes sont belles, profondes, et néanmoins modestes, ce qui vous émeut jusqu'aux tréfonds.

Pour finir Hans a quand même droit à une glace et tout excité il barbote avec sa cuiller dans la bouillie d'un rose-vert-chocolat inhabituel, le goret. Je suis un vrai cochon, non, demande Hans, sur quoi Sophie sourit. Et maintenant je veux quand même une part de moka. Tu vas être malade (Sophie). Sophie, nul ne l'a jamais vue manger, pourtant elle mange, puisqu'elle se maintient, se promène et brûle des calories.

Des fêtes d'anniversaire où tout le monde aime tout le monde et où les petites disputes approfondissent l'amour au lieu de le ronger comme de l'acide nitrique, la fraîcheur d'une église, des mots libres mais pas trop, des accords de guitare, l'unité d'un groupe soudé, après quoi il nous faudra prendre congé du père Clemens. Hélas. Diaporamas à la fois drôles et intéressantes. Promenades le soir sous un ciel étoilé dans son propre domaine ou aux alentours de son propre domaine. Quelque chose qui signifie un nouveau départ dans la vie, un nouveau bourgeon qui s'épanouira. L'éternité est silencieuse — bruyante la vanité, écrit-on dans le journal en question. Du soleil, des parents unis, du tourisme, on visite des châteaux, les adieux, bonjour tristesse mais on rit d'un œil car les retrouvailles sont tout à fait dans le domaine du possible, des frères et sœurs qui vous distraient de votre chagrin avec des jeux de société amusants, des frères et sœurs qui se chamaillent en riant, le piano, Debussy, des toiles impressionnistes, un lac, des moutons, Waldmüller, des nuages dorés, des excursions sac au dos. De petits rendez-vous avec de grands projets, la chapelle du Hofburg, des clubs de jazz, piscines et limonades, le départ de la Gemeindealpe, hélas trop peu de neige, des accidents de ski sans gravité, des plaisanteries qui vous font oublier votre lit de malade. Des sentiments que l'on ressent, des surprises d'anniversaire, des soirées à écouter Fischer-Dieskau. Le lit qu'il faut garder, la fièvre qui tombe. Visite de galeries de peinture, un assez bien au devoir de latin qu'il faut fêter. Visite chez Mamy. Pluie, ciel sombre, réverbères, siège arrière de la voiture, petit pain au saucisson, visage plissé de rires, photos, foulard de soie, calcul intégral, version de Cicéron, réflexions sur le thème faut-il au nom de la vérité rendre quelqu'un malheureux ou pas ? Qu'est-ce que la vérité, la malhonnêteté, qu'est-ce que l'hypocrisie ? Disques, discussions à la lueur des chandelles. De beaux vêtements, la première robe du soir que l'on passe pour se rendre au Burgtheater on a beaucoup aimé. Don Giovanni à l'Opéra, on a beaucoup aimé. Le garçon que jusqu'alors on ne connaissait que comme matraqueur au tennis vous enlève soudain votre manteau au vestiaire, il semble métamorphosé, et plus tard vous embrasse dans un parc. Franchissant ainsi la frontière qui sépare l'enfant de l'adulte. Événement grave célébré en famille. Puis un point où tout paraît vide, où les visages se révèlent masques creux, où l'on se tient au bord d'un profond abîme, sans plus voir d'issue, etc., et souffre, les expressions ne manquant pas pour décrire cet état avec précision. Et en effet le problème sera amplement discuté dans le petit cercle d'amis où il rencontrera enfin la compréhension générale, ce qui du même coup y mettra automatiquement fin. Amour. Seul l'ignorant devient méchant, le sage comprend, ou quelque autre citation selon laquelle l'homme est finalement le plus proche de l'amour divin. Quelque chose est scellé par un long baiser et finit dans la paix. Cours de conversation française et anglaise.

Hans ronge de ses dents supérieures sa lèvre inférieure, bientôt il y aura un trou, mais ça vaut toujours mieux qu'un abîme de principes devant soi. Pourtant il règne, en principe, une certaine compréhension entre lui et Sophie qui aspire un soda avec une paille. Sa mère a encore eu une crise de nerfs ce matin, avant d'aller à sa banque fabriquer Dieu sait quoi. Hans fait comme toujours jouer ses muscles, mais pas à cache-cache, il se tortille sur sa chaise à croire qu'il a les chocottes, adresse à Sophie des clins d'œil familiers, et décrit pour sa part une gigantesque beuverie au cours de laquelle un ou deux de ses amis sont devenus très agressifs et ont fait du boucan, il y a eu de la casse. Il parle trop fort, chacun l'entend, personne ne le comprend, mais on tolère ce qu'on ne comprend pas et si la tolérance vient à manquer, on la suscite à force de discussions.

Ici, même lorsqu'on doit se séparer, on garde une lueur dans les yeux à cause des retrouvailles qui auront lieu très bientôt, adieu, Chou-Chou, une Coccinelle grise grignote le virage et disparaît, mais tant de choses restent derrière : l'amitié, une certaine qualité humaine. Comme piquée par une tarentule et sous les taquineries de sa famille en train de déjeuner, une jeune fille se lève d'un bond et court accueillir son ami qu'elle attend depuis si longtemps et qui rentre juste d'une virée en montagne. Ensuite toute la famille fera quelque chose ensemble. Ces réunions de famille qui envahissent la pièce comme un épais brouillard rendent Hans fou furieux. Furibond, il s'acharne avec sa cuiller sur les derniers blocs de glace dans la coupe de métal, ainsi passe-t-il sa colère sur d'innocents aliments.

Descriptions de traversées de glaciers. Adieu à la petite famille. La frangine Christine est de mèche. En route pour la poste, une route d'une heure et demie, des heures paisibles au bar Oncle-Sepp. Un jeune descend vers elle d'une montagne qu'il a d'abord escaladée. Une sensation très particulière qui court de moi à toi et de toi à moi. Grand-maman qui acquiesce gentiment. Promenades, bavardages, déjeuners. Balades jusqu'au bois de mélèzes. Quelqu'un qui n'aime rien tant que regarder l'herbe et le ciel.

Hans hume les courants qui tout à l'entour passent ici de l'un à l'autre et vice versa. Mais qu'est-ce qui court donc comme ça ? Les personnes concernées ne sauraient en dire le nom, du moins pas directement, mais indirectement si, c'est ce qui permet de ne pas seulement se regarder l'un l'autre mais de regarder ensemble dans une même direction, le TU ! Départ en direction du Semmering, viaducs, tunnels. Ascension du Jockelhof, préparation des chambres, repas, sieste, la flemme d'écrire pendant les vacances, couche de brouillard et ciel bleu qui rit, ce dont il pourrait même se dispenser. Beaucoup de sujets de discussion. Compréhension mutuelle.

Hans ne peut s'empêcher de tousser et recrache dans la soucoupe la moitié du café que Sophie lui a commandé en plus ; mélangé à la salive il remonte en lui. Dans son cerveau, un grand trou que l'on pourrait aussi plus généralement qualifier de néant. Lorsque des lycéens parlent entre eux, ils sont simplement là l'un pour l'autre, et c'est précisément dans cette simplicité de la forme extérieure que s'exprime la « profondeur insondable du contenu », disent-ils à deux voix. Il est souvent intéressant d'observer autrui, pour

ce faire, asseyons-nous sur un tronc d'arbre. L'objectif, nous l'avons au bout de la langue, il se nomme amour.
L'inépuisable stock dont se nourrissent les jeunes gens autour de Hans fournit à présent un bref échange de regards suivi d'un bref instant-de-recueillement-dans-le-regard-de-l'autre. Lorsqu'on est assis sur un arbre abattu au milieu d'une forêt de conifère à profiter du soleil, on n'a pas d'heure, pourtant la montre (en or) est là pour vous en faire souvenir.
Machinalement Hans a jeté un coup d'œil à son vieux bracelet-montre pour vérifier s'il est toujours là. Oui oui.
Sophie se tait, et tout en elle en fait de même. Ici comme ailleurs elle peut se le permettre. De temps à autre elle salue une connaissance. Chaque fois qu'elle échange quelques mots avec l'un d'eux transparaissent d'étranges affinités. Hans croit qu'entre elle et lui il y a de l'amour. Cet amour le bouleverse, comme il bouleverse toujours l'être amoureux, mais Hans est encore plus bouleversé, parce qu'il ne connaît rien à quoi le comparer. Face à l'amour il est totalement désarmé.
Un autre élève compare à présent deux personnes qui s'entendent aux deux moitiés d'une sphère qui s'emboîtent parfaitement et forment ensemble une sphère. On parle librement et dans une atmosphère de confiance mutuelle de cette forme géométrique et spatiale parfaite.
On prend congé tout en se demandant si l'on n'a pas quelques bonnes raisons de se sentir aussi bien qu'au moment du bonjour, mais plus riche, parce qu'on vous a beaucoup donné.
A Hans personne n'a encore jamais rien donné à part Sophie (le pull et le pantalon), et sa mère qui de temps à autre lui achète des choses pratiques. Sophie demande à Hans ce qu'il pense des crimes. Rainer veut

commettre des crimes, et à présent elle croit elle aussi le vouloir. Ces enfants ici m'ennuient à mourir, pas toi ? Tu dois être habitué à d'autres choses qu'à ces bavardages de potaches.
Hans dont le seul désir serait d'être potache dit qu'il a déjà cassé des distributeurs, mais qu'il veut maintenant mener une vie rangée, afin de conquérir la femme qu'il aime, il ne dit pas qui, non, non, il n'ose pas.
C'est Anna ? demande Sophie. Non, non, dit Hans, ce n'est pas Anna, mais je ne te dirai pas qui c'est, et de regarder Sophie avec des yeux de veau, afin qu'elle devine que c'est d'*elle* qu'il s'agit. Sophie ne sachant que faire d'une expression aussi stupide, lui demande si à son avis une action illégale peut faire sauter les inhibitions. Hans ne connaît pas ce mot. Le mot illégal.
Encore un cognac, et je me mets à yodler et tombe à bras raccourcis sur un ou deux élèves.

Non, sérieusement, ça m'exciterait plutôt d'enfoncer mes doigts dans quelque chose de vivant. Hans n'a jamais enfoncé les doigts que dans du plâtre mouillé ou dans Anna. Hans dit que l'alcool commence à lui donner chaud, pourtant normalement il tient bien le coup, un jour il a descendu trois litres de bière, ouillouillllouille, qu'est-ce que j'étais bourré, à la tienne, Etienne !
Sophie examine Hans comme si elle le voyait pour la première fois, ce qui se produit toujours à un moment donné entre un homme et une femme avant de jouer les prolongations. Son regard embrasse consciemment le visage et le corps, afin d'avoir une vue d'ensemble. La saison des bals est passée et ne repassera pas de sitôt. On a ouvert le bal de l'Opéra avec une petite couronne en strass sur la tête. Stupide, mais la maman a tellement insisté. Maintenant on a tout son temps, le temps d'évaluer le visage de ce Hans. Donc cela aussi c'est un visage humain, l'éventail de la

nature est merveilleux, pense Sophie. Il y a une extrême gauche et une extrême droite qui se rejoignent presque, et il existe même des choses comme ce Hans, ce qui apparemment ne trouble ni ne gêne personne. Dans la nature il y a deux sexes totalement différents, et de multiples formes et races. Sophie est de race noble.

Voici quelques mois, dans les bras de son partenaire de danse, Sophie a tout oublié, surtout son entourage, maintenant par une action foncièrement différente, elle veut une nouvelle fois tout oublier. Dire qu'elle possède ce que les autres veulent et qu'elle ne pense qu'à l'oublier. Tu ne peux tout de même pas faire ça, tu viens d'une famille qui n'est pas habituée à ça, lui dit Hans. L'essentiel est que *moi* je m'y habitue, dit Sophie qui voudrait en renverser des choses, ce que souhaitent aussi Anna et Rainer. Toutefois ils veulent renverser des choses différentes, parce qu'ils possèdent des choses différentes.

Rainer qui n'était nullement invité mais les a découverts grâce à une habile enquête, entre au café, salue décontracté à tous vents sans récolter de réponse, et embraie illico sur les crimes. C'est peut-être contagieux ? Pas question de parler de son amour pour Sophie en présence de ce Hans. L'expérience du crime vous mûrit, explique-t-il. Dans l'Étranger de Camus qu'il est justement en train de lire avec nulle autre que Sophie, le héros est jeté lui aussi en prison. Alors qu'il est condamné à mort, il perçoit au dehors des bruits délicats qui émanent de la nature, et devient sensible aux nuances. C'est important, car la vie quotidienne détruit davantage la sensibilité qu'elle ne la développe. Des activistes viennois détruiront sous peu leur propre corps, on le sent venir, nous nous voulons détruire des corps, les corps d'inconnus, c'est plus satisfaisant. Qui voudrait de plein gré détruire son propre corps, vu qu'on n'en a qu'un ? demande Hans. Un artiste qui peut-être s'auto-mutilera, et c'est bien ainsi. J'ai souvent envie, moi aussi, de me mettre en pièces et de les jeter après.

J'ai envie de me coucher tout entier sur Sophie et d'entrer en elle, pense Hans. Il fera exactement comme avec Anna, mais en mieux, car l'amour sera de la partie.

Sophie regarde attentivement Hans. Rainer veut que Sophie le regarde attentivement lui et non Hans et il renverse une coupe de glace que l'on vient d'apporter. Avant qu'il ait le temps de piétiner les boules colorés sous prétexte qu'elles ne sont pas à son goût et que l'argent ne compte pas quand on sort de ses gonds, Sophie dit : T'es cinglé. Si tu l'exiges, Sophie, je dis à Hans de les ramasser à la petite cuiller. Tu te comportes aujourd'hui une fois de plus comme un enfant (Sophie). Je vais te montrer, moi, qui ramasse quoi à la petite cuiller (Hans).

La serveuse en noir-et-blanc virevolte de table en table, à tu et à toi avec les jeunes de la haute, ce faisant le noir-et-blanc s'estompe au profit du gris, couleur plus nuancée, il faut avoir l'œil pour ces différences. Certains lui parlent d'égal à égal, malgré leur villa de vingt pièces à Hietzing. Ils viennent à elle avec leurs petits problèmes, souvent d'ordre scolaire, qu'elle tente alors de résoudre. Chaque métier comporte des satisfactions quand on l'exerce avec soin, et celui-ci en particulier, à cause des contacts humains. Et la matière humaine qu'on trouve ici est bonne.

Retiens bien ça, toi aussi, Hans, c'est le comment qui compte et non le pourquoi.

Ni le meurtre ni l'agression ne sont des actes insensés, dit Rainer, ils relèvent du raisonnable parce qu'on mène une existence dont la base matérielle n'est pas

assurée.
Hans dit c'est de la folie de blesser exprès autrui.
Sophie répond que si elle a bien compris, seule compte la violence pour la violence.
Ma foi oui, l'argent est secondaire, naturellement. Un meurtre n'est jamais qu'un peu de matière désorganisée (Rainer).
Sophie répond quelque chose et Hans se range de son côté. Il est de son avis. Il dit je suis d'accord avec elle. Rainer lui dit de la fermer vu qu'il ignore tout des antipodes de la pensée, tout de son absolue autonomie, et tout de sa stricte dépendance. Sophie envoie Rainer faire ses devoirs, pour l'énerver, ensuite il n'aura qu'à réfléchir aux jolies choses qu'il pourra se payer avec l'argent du butin.
Rainer gueule qu'il se fout de l'argent, tout comme Sophie se fout de l'argent, il est exactement comme Sophie et ressent les choses comme elle. Sophie poursuit, un vélo peut-être, ou des livres instructifs, une boîte de mécano... et maintenant du balai, aujourd'hui c'est avec Hans qu'elle a rendez-vous et pas avec lui, il n'a pas à l'espionner.
Hans dit qu'il est de l'avis de Sophie.
Rainer ergote encore, quelqu'un qui dirige une opération n'espionne pas, puisqu'il a tous les fils en main. Il a aussi écrit un nouveau poème exprès pour Sophie, où il règle son compte à la pensée chrétienne, une fois pour toutes.
Sophie dit que Rainer écrira encore des poèmes quand il sera un brave fonctionnaire au service de l'État. Hans dit, je pense pareil, Sophie ! Sophie sent nettement que Rainer va exploser, c'est comme lorsqu'on se masturbe, avant un orgasme. Hans dit qu'il est du même avis qu'elle. Il y souscrit entièrement.

Analphabète ! hurle Rainer qui voit rouge. Tout en voyant hélas aussi Hans et Sophie pris dans une espèce de connivence qui toute-

fois se situe à un étage inférieur, et non au sien.
Mais ça ne va pas bien loin ; chez lui et Sophie par contre, quelle profondeur ! Profondeur qui ne descend pas vers le bas, elle va vers l'intérieur. Il dit qu'il ne se soucie ni de Dieu ni de ses parents, il les hait, oui, et Dieu aussi il le hait, c'est pourquoi je suis plus libre que vous deux ! Il a décidé que rien n'avait d'importance. Mais il faut d'abord qu'ils apprennent ce qu'est ce rien qui n'est rien.
Là je ne peux que donner entièrement raison à Sophie, dit Hans, et maintenant je vais te casser la gueule, Rainer. Mais Sophie le retient. Rainer s'aperçoit que Hans est un élément étranger, perturbant, dans la vie de Sophie, à ne pas confondre avec un sujet étranger. Car Hans est en réalité un objet pour Sophie, et rien d'autre.

Et merde, voilà que j'ai oublié mon porte-monnaie, s'aperçoit Sophie. Allez, prête-moi ce qu'il faut jusqu'à demain, j'ai invité Hans. Rainer qui sait qu'il ne doit pas faire preuve de petitesse pour ne pas avoir l'air petit, paie aussitôt, non sans montrer clairement à Hans que c'est lui qui paie.
Sophie regarde par la fenêtre
en direction d'une rue calme, bordée de villas.
Je suis tout à fait de l'avis de Sophie, dit Hans.

La nuit, les aïe maternels arrivent de plus en plus souvent aux oreilles sensibles et super aiguisées du fils adolescent et de la fille adolescente. Ils entendent aussi souvent papa dire qu'il va tirer sur maman, parce qu'elle a commis l'adultère. Mais Rainer voit que seule la vie de sa mère est adultérée, elle n'a jamais commis l'adultère, avec qui d'ailleurs, faite comme elle est maintenant. La vie de la mère est une longue chaîne d'années vides de sens, tout comme les classes inférieures forment des chaînes humaines dont jamais personne ne se détache. Ils s'embourbent dans l'ordinaire et n'atteignent jamais le palier suivant. Rare est celui qui conquiert une place où s'étendre, s'épanouir. Mais dans les caves ces bourgeois de 2ᵉ classe sans ticket pour l'avenir sont toujours les seuls à écouter Rainer lorsqu'il fait un de ses longs exposés, que ce soit sur Dieu ou sur le jazz cool, le jazz moderne et sa structure. Les camarades de classe prennent le large dès qu'ils avisent Rainer, car ils savent : un exposé ennuyeux m'attend et je n'aurai jamais la parole. Ce type est mortellement barbant. Je me tire. On a beau en savoir plus que lui, il ne vous laisse pas en placer une.

Quand la maman lance dans la nuit ses aïe étouffés, le lendemain Rainer regarde son père de telle façon que ce dernier prend les gens à témoin : Voyez-moi ces yeux ! Si c'étaient des pistolets, il tuerait son père ! Au petit déjeuner, Anna reproche à sa mère de lui avoir détruit sa vie à elle, et Rainer prédit à son père que lui, Rainer, se chargera personnellement de détruire sa vie à lui, le père.

Rainer a une nature de chef, chacun le voit, mais nul ne prend la peine de l'examiner de plus près. C'est pourquoi est décidé d'avance qui sera le meneur, en cas d'agression à main armée. Tous le regardent quand il fait des propositions concernant l'exécution, Sophie surtout, et une affection en germe se fait amour. Prochaine étape : on ne doutera plus de l'amour, il est là. Mais la force de Rainer vient aussi de ce qu'il a l'expérience personnelle de l'horreur. L'horreur se manifeste souvent sous la forme d'un rêve où il traverse des rues la nuit, les feuilles tombent des arbres et le recouvrent entièrement. Lorsqu'ensuite il écrit des poèmes, l'inspiration lui vient soit des livres soit des conditions météo.

Aujourd'hui c'est la journée du directeur, c'est-à-dire un jour d'école où exceptionnellement il n'y a pas école. Ce jour de congé inhabituel se décompose en diverses activités frénétiques et divergentes auxquelles se livrent des groupes de gens les plus divers. Rainer quitte tôt la maison pour se rendre chez un serrurier, dans le vague, très vague désir de faire faire un double de la clé du coffret à pistolet paternel à partir d'une empreinte à la cire de la serrure — travail d'amateur. Il ignore encore pourquoi il le fait, sans doute pour cacher le pistolet afin que sa mère ne soit pas tuée par son père, ce dont elle a été menacée bien souvent sans qu'il y ait eu de suites. Mais on ne sait jamais, on ne sait jamais... Une chose est sûre, sans pistolet, pas de coup de pistolet. Par la suite Rainer sera bien obligé de constater que la clé n'entre pas et n'ouvre pas, parce que rien de ce que Rainer entreprend ne fonctionne jamais, sauf s'il s'agit d'une activité cérébrale. Rainer est en effet un homme de tête, le Seigneur un homme de Dieu (Jésus) et Hans un homme d'action qu'il faut toutefois guider.

Il ne se met à penser que quand il est trop tard. Et la plupart du temps fait une bêtise. Mais Rainer ajoute toujours son grain de sel à la soupe ainsi que des ordres contradictoires que personne ne comprend et que chacun exécute donc autrement que prévu.

Anna la semi-muette part jouer de la musique de chambre, faire naître sous ses doigts une cathédrale de lumière et de sons qui sortent rarement de sa bouche avec une telle abondance. Dans sa tête, la noirceur d'actes d'une méchanceté absolue, mais sa langue en ce moment ne suit pas bien les instructions. Anni devient de plus en plus maigre, et les yeux brûlent d'un sombre éclat dans ce petit minois ensorcelé, comme Hans vient de lire dans un roman instructif ; parfois cependant elle vous fait une peur effroyable, ne voit-on pas le désespoir de cette génération dans les yeux d'Anna qui n'ont pas de fond, si bien que l'horreur du monde extérieur pénètre directement jusqu'au cerveau où elle cause des ravages implacables. Anna joue un trio de Haydn avec des musiciens qu'unit un même sentiment et a pris place au piano, la clarté de Haydn, contrairement à l'obscurité d'un Brahms ou d'un Mahler, s'élève jusqu'au plafond, le désarroi d'Anna reste en bas et prend ses quartiers dans la jeune fille. Au désarroi succède par ordre d'entrée en scène le désir de blesser, de tuer, de tout faire disparaître. Et une sensation désagréable, un tiraillement dans son bas-ventre, qui dit Hans et qui signifie Hans. Un Hans de plus en plus souvent absent et qui, espérons-le, n'est pas en compagnie de Sophie, mais peut-être que si. Sophie ne baise pas, et son frère aussi voit dans l'acte sexuel une dégradation de la femme et de l'homme. Mais si contre toute attente Sophie baisait quand même, il n'y verrait plus trace de dégradation, mais au contraire serait au septième ciel. Enfin il a encore des chances de monter en grade et certains projets devant lui qui dans le cas

contraire seraient hélas derrière lui. Les bonnes choses, mieux vaut les avoir devant soi que derrière.
Le mouvement rapide s'égrène en perles de culture japonaises sous les doigts d'Anna. Le violon entonne sa partie comme un cochon, l'oreille musicale d'Anna est mise à rude épreuve et réclame plus d'entraînement de la part du violon. Aujourd'hui on joue pour le plaisir et pas pour le travail. Le cœur maternel Witkowski au loin est tout près d'Anna qui réalise enfin les rêves culturels et artistiques dont elle se berçait, jeune fille, et qu'elle n'a pu atteindre, n'a-t-on pas épousé ce grossier officier dont les mains avaient pour tâche de tuer, et la tête d'y prendre plaisir. On n'a fait que quatre ans de piano, et ce n'est rien pour un instrument si grand qu'il serait le roi des instruments n'était l'orgue, plus grand encore. Quatre ans, ce n'est rien quand il s'agit de choses agréables. Sinon, c'est une éternité.

Rainer ? Chez le serrurier puis chez un ami pour travailler son bac. Anna ? A sa musique de chambre. Rainer n'a que des camarades, pas d'amis. Rainer est chez un camarade.

Les parents s'offrent comme toujours une petite séance de photo éclair, afin de bien profiter de l'absence des enfants, profite de l'instant, qui sait ce que demain te réserve. M.W. : Aujourd'hui tu joues la bonniche dépravée qu'il faut corriger à cause de manquements privés et professionnels. Mme W. : Aïe (c'est reparti pour les bleus). De toute façon c'est ce que je suis à vos yeux, une bonniche et rien d'autre. Je crois que le porte-jarretelle ne va plus, j'ai grossi. Les dernières fois on a joué la gymnaste sous la douche.

M.W. : Ne parle pas de jeu à propos d'une activité sérieuse. Mon rayon d'action est certes limité, pour cause d'unijambisme, mais quand quelqu'un fait bien ce qu'il fait, il convient de

le prendre au sérieux.
Mme W. : Je dois prendre un accessoire, Otti ?
M.W. : Voilà que tu me gâches ma spontanéité de photographe amateur. Et ta façon de te montrer gênée n'est pas la bonne non plus, pourtant tu en connais un rayon. Quant aux accessoires, comment veux-tu que j'en décide aussi vite, un artiste doit attendre l'inspiration. Et elle s'est envolée. Tu viens à l'instant de me blesser gravement dans ma fierté de photographe avec cette histoire de jeu.
Mme W. : Je n'ai pas voulu te blesser dans ta fierté, Otti.
M.W. : Mais tu l'as fait, tiens, attrape un coup de mon cru !
Sitôt dit, sitôt fait, mais le coup ne heurte que le mur où il produit un petit trou supplémentaire, car obéissant à un réflexe pour une fois judicieux, aiguisé par de nombreuses situations analogues, l'épouse a fait à temps un écart. Le trou rejoint la troupe des sympathisants qui tous proviennent d'actions antérieures du même type et défigurent encore un peu plus le mur fissuré.
La journée comporte curieusement une deuxième partie — la première était si bonne — et on l'appelle l'après-midi. Elle démarre après le repas de midi au cours duquel Rainer prédit une fois de plus à son père que lui Rainer finira par détruire la vie de ce dernier.
A présent les parents endimanchés, le père comme toujours sorti d'une boîte — chaque semaine il s'achète une nouvelle cravate, et ses cols de chemises sont des engins meurtriers, tranchants comme des rasoirs sous l'effet du repassage, on est ou on n'est pas un homme à femmes, faut soutenir sa réputation —, la mère comme toujours sortie d'une poubelle, affublée de composantes vestimentaires divergentes qui refusent absolument d'aller ensemble et n'ont jamais été assorties même dans leur jeunesse, les parents donc rendent

visite à une tante lointaine qui a toujours trouvé le regard de Rainer inquiétant, il a quelque chose de perçant mais aussi de sournois, cette tante le croit capable de tout. Ce qui réjouirait Rainer s'il l'entendait.

Les parents sont heureux en dehors de la maison, les enfants le sont dedans, et aujourd'hui pour changer c'est Anna qui prend des photos. La semaine dernière, dans la chambre de Sophie, Rainer a vu une photo du frère d'Oxford en tenue d'escrime avec épée. Aujourd'hui Rainer brandit un couteau de scout — en fait selon sa destination première un poignard des jeunesses hitlériennes à la retraite — et pose d'un air mâle comme sur la photo du frère de Sophie. Ça s'appelle la position de l'attaquant fendu ou un truc comme ça, le poignard dans une main et l'autre légèrement, gracieusement pliée à angle droit en l'air. Résultat : lamentable. Arrête, Anni, j'ai une idée pour améliorer ce résultat lamentable, la baïonnette-souvenir de notre père qu'il tient déjà de son propre père, incroyable que ce monstre ait eu des parents qui l'aient conçu et mis au monde, pourtant c'est vrai, à preuve, cette baïonnette qui remonte à la guerre de 14. Est-ce que tu sais seulement lequel de nos cinq cents cartons à lessive héberge cette fameuse baïonnette, demande Anna, sceptique (aujourd'hui la glotte fonctionne), qui laisse errer son regard et actionne le levier de transport de la pellicule. Je sais, la valise en carton, 3e rangée à partir du haut, 4e objet à partir de la gauche, un de ces jours nous serons engloutis, si ça continue comme ça. Des équipes de sauvetage déterreront nos corps complètement asphyxiés, cinq vies ne viendraient pas à bout de ce fatras.

Sur ce, on ouvre la valise au milieu des rangées de cartons branlants, on extrait la baïonnette de son lit de vieilleries, et hop on recommence tout depuis le début. Avec une arme aussi longue (la lame a 25 cm), ça vous a deux fois plus d'allure, et en effet. Anna a instantanément mis les photos dans sa boîte, l'expression meurtrière de Rainer convient bien, il songeait justement à quelque violence. L'expression du visage ne doit pas être simplement brutale, il faut que le visage reflète l'expression d'un homme qui lit Camus et qui, soumis à la barbarie du monde, est obligé de passer au meurtre. Camus est un nihiliste existentiel, mais il croit en Dieu, erreur que Rainer a également commise, et qui lui pose toujours un problème, mais si un Camus se débat avec le même problème, on est en bonne compagnie. Camus est sur-nihiliste, le néant est le néant, donc dépourvu de sens. L'absurde au sens où Camus l'entend serait selon moi à mettre sur le même plan que le néant. S'accrocher au néant est aussi lâche que s'accrocher à Dieu. Camus fait de la souffrance le principe qui régit le monde, de la souffrance et de l'ennui. On a de l'un et l'autre une connaissance personnelle. Cf. Les Possédés. A lire de préférence avec Sophie. A lire avec la femme aimée qui se distingue des autres femmes en ce qu'elle s'est une fois pour toutes dépouillée de son corps. Anna et maman se voient interdire sous peine de mort de laisser traîner aux yeux du monde entier ouate ou serviettes hygiéniques tachées de sang. De tels indices doivent être détruits ou disparaître sans laisser de traces. Anna le ferait d'elle-même de toute façon, n'efface-t-elle pas illico toutes traces de son corps. Toutefois elle ne se cache pas qu'elle aime avoir Hans en elle à titre privé. Tantôt elle cesse de parler et tantôt de manger, rien ne franchit ses lèvres, même pas de la soupe, et si ça se produit, elle se met les doigts dans la gorge et restitue en un jet puissant cette soupe qui ne lui a pourtant rien fait. Ces misérables restes dans la cuvette sont aussitôt chassés, tout comme la ouate sanguinolente qui témoigne elle aussi d'un processus vital plutôt désagréable. Du balai, ni vu, ni connu.

Rainer fait encore quelques exercices de jambes bizarroïdes dont nul ne saurait dire ce qu'ils représentent et gesticule frénétiquement de la baïonnette. Anna dit, tiens-toi donc tranquille, tout va être flou, il fait tellement sombre ici. L'image qu'offre Rainer est une image lamentable, et celle qui sortira de l'appareil sera plus lamentable encore. L'œil de la camera est impitoyable avec les dilettantes, ce qu'est Rainer.

Dans un moment Rainer et Anna iront chez Sophie, Anna dans l'espoir d'y rencontrer Hans, Rainer dans l'intention d'expliquer à Sophie les raisons pour lesquelles il faut être impitoyable pour soi comme pour les autres. Mais surtout pour les autres.

Un crime aura lieu sous ses ordres selon ses instructions, suivi espérons-le d'un autre, et ce n'est que le début d'une carrière de criminel.

Le coûteux appareil est replacé dans sa petite boîte exactement comme avant, afin que papa ne s'aperçoive pas qu'il a travaillé au noir pendant ses heures creuses. Côte à côte les jumeaux affrontent le grand jour où un érable, au nom de plusieurs de ses congénères, agite méchamment ses feuilles, tandis que d'autres arbres se dressent, prêts à fleurir pour embellir la ville !

Anna refuse tout embellissement de sa personne. Elle file à la rencontre de Hans qui l'attend sûrement déjà, avec lui nul besoin de s'embellir extérieurement car ce qui lui importe c'est ce qui se trouve sous l'enveloppe extérieure. Rainer, dans son pull fraîchement lavé, forme des projets similaires avec Sophie. Sur le mode de la plaisanterie ils discutent culture et le trajet s'en trouve écourté. Ils entrecoupent de quelques plaisanteries d'intello le parcours qui du coup s'en trouve écourté.

Ils n'osent pas entrer dans le bar, parce

qu'ils tomberaient sous le coup de la loi sur la protection des mineurs qui divise l'humanité en deux classes, les uns ont le droit, les autres pas. De quel type de bar il s'agit, les voitures stationnées devant permettent d'en juger. Elles renseignent gratuitement le demandeur sur les finances de leurs propriétaires. La prudence s'impose, quels que soient vos projets, à tout instant une professionnelle risque de vous déloger. Anna entreprend de jouer les éternelles tentatrices, Sophie ayant l'air trop innocente pour le rôle. Ici ce n'est pas le tapin des Lolita, néanmoins on y voit parfois tapiner l'une ou l'autre dès qu'elle a besoin d'argent de poche pour de nouveaux disques. De cette promesse de monts et merveilles déguisée en Anna s'approche un costume de coupe assez médiocre mais très entreprenant pour cette grande ville qui n'est ni très grande ni très ville. Il dégage l'entrée en écartant la tenture de velours pour se rendre à sa chambre d'hôtel classée catégorie moyenne mais qu'il fait passer pour une catégorie luxe déclassée. La coupe du costume révèle l'oncle de province, alors qu'il croit qu'elle révèle toute autre chose : l'homme du monde blasé en matière de luxe.
Ce qu'il n'est pas, puisqu'il se laisse prendre dans les filets d'Anna.
Celle-ci sort en titubant d'un porche, oh mon Dieu, je n'ose pas rentrer à la maison, papa et maman vont sûrement me battre à tour de rôle, parce que j'ai dépassé de beaucoup l'heure à laquelle je devais rentrer. Aidez-moi, s'il vous plaît, je suis si désemparée, j'ai en ce moment des difficultés que je ne peux résoudre seule.
L'oncle zieute, vérifie, soupèse et avec ce sens de la formule originale se dit qu'il en a de la chance de se dénicher une pareille jeunesse qui a encore si peu servi et dont il pourra se vanter par la suite. Aurais-je, dans cette sombre ruelle viennoise, ramassé une fille

encore complètement innocente qui a même des parents, ne connaît rien à rien et à qui je vais, moi, pouvoir tout apprendre, hourra. Belle demoiselle, si seule, on va y remédier. J'ai une jolie chambre d'hôtel très chère qui a même sa salle de bains. Oh, c'est terriblement gentil de votre part, sinon je ne saurais où aller, ni quoi ni qu'est-ce, mais maintenant je vous regarde et je sais. Tu me donneras bien un petit bisou en acompte, hein ma mignonne (ça alors quelle ânerie, ce serait plutôt à lui de payer). Je serai gentil avec toi, je sais m'y prendre, avec moi trésor tu n'as pas affaire à quelque vulgaire baiseur mais à un connaisseur qui sait aussi ad libitum contrer la conception. Vous l'aurez votre bisou, bien qu'on ne fasse pas ces choses-là avec quelqu'un qu'on ne connaît ni d'Ève ni d'Adam.
Ce qui déçoit le provincial et casse son élan, n'y décèle-t-il pas une certaine familiarité avec les choses du commerce charnel que cette petite chose inexpérimentée ne semblait pas avoir au début, pour finir il faudra donc passer à la caisse, ce dont on n'a pas l'habitude avec les femmes, n'est-on pas connu pour approvisionner en toute première qualité et depuis des lustres chefs-lieux et marchés de province ? Enfin, si l'on n'était pas ici mais à Trifouillis-les-oies ou à Pétaouchnok on ne rechercherait pas expressément les distractions d'une métropole. Allez viens, mon lapin, je n'y tiens plus à l'idée du bon temps qu'on va se payer, pourvu que je puisse te faire passer à la barbe du portier, M. Fischer, je n'ai réservé qu'une chambre simple. Sûrement un trou à rats, peste en douce Anna prise de doutes. Si je voulais, je pourrais à tout moment descendre au Bristol, mais je ne veux pas. Je suis dans les machines. Ce qui est faux, il est dans la confection pour dames. En ville on dit qu'on est dans les machines, ça fait moins efféminé, à la campagne on se dit dans la confection, parce que la

personne de sexe féminin en question s'allonge plus facilement sur le matelas si on lui fait miroiter une jolie petite robe de son choix.

Et vous portez sur vous toute la recette, c'est dangereux sur le pavé d'une grande ville où rôdent des criminels. Comme vous êtes courageux.

Par principe je n'ai jamais d'argent sur moi, dit le sous-homme, portant involontairement la main à sa veste, là où se trouve le cœur, puis sur Anna, là ou d'autres femmes ont des seins, Anna pas. Tu seras étonnée de ce que je sais faire, salive l'agent vestimentaire, se penchant vers le popotin d'Anna présent au moins sous forme d'ébauche. La beauté des lignes et contours de la femme m'inspirent toujours la plus grande joie, pétille le voyageur, et d'énumérer d'autres détails, comme s'il voulait fourguer le tout à la maison de confection Peitel & Maissen. Il connaît tout cela par expérience et passe maintenant à la vérification, profitant de ce qu'Anna arrange un lacet, signal convenu d'avance. Et suivi d'effet. Deux ou trois paires de baskets se détachant d'un porche, s'approchent sans bruit du porche suivant, irrégulièrement pavé de pavés entre lesquels poussent des herbes folles, témoins du laisser-aller de cette ville. Un crime s'approche doucement, comme tout crime qui se respecte. Afin de ne pas être démasqué comme tel trop tôt.

Je n'y tiens plus, il faut absolument que j'entre avec toi sous cette porte cochère et que je sente sur les miennes tes lèvres dures comme de l'acier, fait Anna, visqueuse et avide. Qu'à cela ne tienne, ma poupée, couine confusément l'homme du voyage, sa machine à penser embrumée, je ne me ferai sûrement pas tirer l'oreille, mon p'tit cœur, je viens p't-être de Linz, mais j'sais être généreux, le cas échéant. A Linz sur le Danube, ce genre de fillette est encore classé dans la catégorie enfants et la police les protège avec soin, mais ici dans cette ville qui pue la pourriture on peut

s'en servir et les renvoyer après usage.
Voici le porche, en avant et la main sous la jupe, mais voici qu'apparaît également et simultanément le crime personnifié, vol et agression, et tandis que le Linzois farfouille sous les jupes d'Anna, la tête linzoise en prend un coup, un coup rude asséné par un un poing inconnu qui appartient de surcroît à un ouvrier, Hans. Le poing ne l'expédie pas au pays des rêves et de l'imaginaire, mais casse l'harmonie des cœurs et le précipite à terre, où règne la saleté, un malheur vient rarement seul et ceux qui l'accompagnent ne valent généralement pas mieux. Hans bondit aussitôt sur lui et hop, hop piétine diverses parties du corps difficiles à distinguer dans le noir, pourvu qu'il y en ait où ça fasse particulièrement mal. Anna mord, griffe et gifle à la manière des femmes, la pauvre tête du VRP en prend pour son grade, dans de telles situations, les femmes visent toujours la tête, tous les experts vous le confirmeront. Elles manquent d'expérience dans ce genre d'exercice physique, sinon elles sauraient qu'il n'y a pas plus dur, plus résistant qu'un crâne, n'a-t-il pas pour fonction d'envelopper le cerveau humain de sa couche protectrice ? L'homme du voyage gémit haut et fort sa déception de recevoir une tripotée au lieu de se faire tripoter. C'était un traquenard, reconnaît-il, lucide, mais ça ne l'avance pas. Trop tard pour crier, car Sophie, mue par une présence d'esprit et un instinct étonnants, s'est aussitôt jetée sur sa bouche, que ce salaud ne me morde surtout pas, ferme-la, toi, ou tu vas voir un peu, on a prévu le coup, gare au couteau. Qu'on exhibe. L'homme de commerce qui ne connaît que les couteaux de cuisine de sa femme, se tait, oppressé. Où est le portefeuille. Prenez-le, il est dans ma poche intérieure, ma vie m'est plus chère, je la préfère à l'argent. C'est le plus précieux des biens. Quatre contre un, quelle lâcheté (je raconterai ça à mon

épouse et à mon chef, et je dirai même six contre un). Aïe. Le portefeuille bourré se voit exproprié, et le voyageur bien nourri, giflé, piétiné, menacé, insulté, conspué et humilié à tire-larigot, par des filles de surcroît dont il pourrait être le père, vu leur âge, mais ce sont les enfants de gens qui les ont hélas si mal élevés, qu'ils en ont fait des délinquants juvéniles. Pouah, à vomir. A Linz, ça n'existe pas.
Vous voulez que je lui sorte sa queue pour l'arranger un peu, demande Anna, passablement remontée. Laisse tomber, répond son frère, le chef, qui d'autre, élégamment à l'écart et dirigeant avec tact. Tu crois que je suis blindé ? Mais j'ai lu chez Bataille ce qu'on peut faire avec la queue d'un type pareil, insiste la sœur obstinée et qui déjà s'affaire. Juste l'amocher un peu, pour la mettre quelque temps hors combat. Ainsi son épouse trinquera également, grâce à notre entreprise fallacieuse.
On a l'argent, y a plus qu'à filer, ne prenons pas de risques irréfléchis qui pourraient nous mettre en danger.
Mais ce n'est pas l'argent qui devait compter.
L'argent ne compte pas, mais il apaise lorsqu'on en a.
Je ne veux pas m'apaiser, je suis énervée, j'en ai juste pour une minute à la sortir et à cracher dessus. Tenez-le. Sitôt dit, sitôt fait. Même Rainer participe à l'action je le tiens, tu le tiens, afin que Sophie ne croie pas qu'il court seulement après l'argent. Saligaud, tu t'attendais pas à ça, tu t'attendais à quelque chose d'agréable, hein, espèce de porc. On la sort et on crache dessus. Voilà ce qu'il allait m'offrir, c'est une blague ! Me faire ça à moi ! Il n'offrira plus de sitôt son misérable instrument à une femme, l'envie lui en sera passée aujourd'hui. Alors, ça vient !
Hans donne des coups de pied à l'agent de Linz et à son oiseau qui ne pourra plus bouger de six mois au moins, c'est sûr, et qui au début croyait moissonner plus qu'il n'avait semé, Hans donc envoie de tels

coups de pied dans son cou et dans les fragments du caleçon brillant d'une lueur blanche dans l'obscurité, que le Linzois roule sur le coté, déverse un peu de sang de Linz et se tait brutalement, mais sans avoir subi de dommages irréversibles. Toutefois il s'en souviendra.

Retour d'un bond dans l'obscurité, dans la rue qui les a crachés juste avant, même l'obscurité d'une ville nocturne ne supporte pas des adolescents aussi mal élevés. Si on lui pissait dessus, demande Hans, enhardi par le geste d'Anna, non, plus maintenant, on se taille, halète Anna en le tirant par ses vêtements. Soudain elle est pressée.

Sophie porte une robe sombre toute simple et se confond avec le mur de la cour. Des frissons la traversent à plusieurs reprises, ces frissons se mêlent à des tiraillements dans le bas-ventre et s'intensifient. Elle ignore ce qu'elle ressent là, mais ce n'est ni de l'amour filial, ni de la fidélité envers un ami. C'est sûrement quelque chose de plutôt négatif qu'exprime cette sensation-là, il ne faut pas lui obéir, les sentiments et sensations ne sont pas fiables. Viens Sophie, souffle Rainer et il passe son bras autour d'elle. Elle s'en débarrasse et regagne en flèche la rue, aiguillée de fil noir qu'une main vive ramène à soi sur un plateau de table lisse.

Afin d'éclaircir leurs existences nébuleuses, Rainer, Hans et Anna taillent en direction de la maison mère de la clarté : la villa de Sophie à Hietzing. Le jour toujours rayonne là où les jeunes gens rayonnent de jeunesse. Il rayonne de concert, pour ainsi dire. Il fait déjà assez chaud ce printemps, cela présage un été torride qui les éparpillera aux quatre vents, après la réussite au baccalauréat. Les uns espèrent aller dans la même direction que Sophie. Bientôt les pieds nus de Sophie se baladeront sur la Croisette, l'asphalte est bien chaud, voire brûlant, et la raquette de tennis jouit de la vue depuis son sac Vuitton. Hystérique comme toujours et noyée sous des châles et des chiffons de soie pour se protéger du soleil qui ne lui fait que du mal vu sa blondeur et l'extrême blancheur de sa peau, la maman dirigera le tout d'une terrasse de café, courant sans cesse au téléphone en femme d'affaire nerveuse. Elle dira qu'elle a rendez-vous avec Sophie pour le thé. L'obéissance est implantée en Sophie comme un ressort à boudin qui se tend et se détend sans douleur. Une belle bête agile que l'on dirige par des pressions des cuisses, sans lui faire mal, sans l'abîmer. Hans restera à Vienne et pédalera souvent jusqu'à l'île de Gänsehäufel, pour entortiller avec ses plaisanteries scabreuses de petites coiffeuses, mignonnes à croquer, ne sait-on pas depuis peu tout ce qu'on peut faire avec ces marie-couche-toi-là. Il n'est pas encore l'un de ceux qui se languissent et de Sophie et de la Côte d'Azur, car il ignore jusqu'à

l'existence de la Côte d'Azur. Rainer et Anna malheureusement pas. Eux sont menacés par le Waldviertel dont ils ont déjà subi maintes fois les désagréments, plus l'endroit est sombre, inhabité, plus la menace se précise, et c'est justement là que la tante Muschi tient boutique et vante le bon air de la campagne à des gens qui précisément préfèrent être malsains que sains. Alors qu'il en est tant pour qui la santé n'a pas de prix.
Et qui n'y ont pas droit. C'est qu'il s'agit de régénérer le corps avant que les études universitaires ne prennent le relais de cette régénération, et que ne commence à son tour un processus de destruction.
Mais avant il y a le bachot dont on ne parle pas, ce serait une faute de goût.
Et encore auparavant il y a Sophie, quel hasard, à peine s'est-on imaginé Sophie avec une raquette de tennis sous le bras, que hop voilà ladite raquette qui passe avec Sophie. Toutes deux dans une Porsche couleur crème, conduite par un jeune homme issu des cercles aristocratiques, et sur qui aussitôt Rainer peut décharger sa bile qui attendait impatiemment au tourniquet quelqu'un sur qui se déverser. Peu importe la personne assise auprès de Sophie, on la hait, ce qui est injuste, ce jeune homme, abstraction faite de ses origines, pourrait avoir de bonnes intentions. Car chacun est différent du précédent, c'est ce qui fait la variété. En un éclair Sophie s'extrait de la belle voiture, et Sophie est très belle elle aussi, dans sa tenue de tennis depourvue de ces traces de transpiration que la plupart des sports sécrètent comme effet secondaire. Sophie n'offre aucune surface à la transpiration, c'est un ange. Un être incorporel. Rainer ravage sa lèvre inférieure de ses dents supérieures. La silhouette blanche de Sophie se penche vers la vitre de la Porsche, échange avec le conducteur quelques mots graciles qu'on n'entend pas, et Rainer non plus n'entend pas,

bien qu'ici ce soit lui l'expert en matière de langage. Qu'est-ce que tu avais encore à lui dire, demande-t-il aussitôt. Dis-donc, ça ne va pas, tu crois peut-être que j'ai des comptes à te rendre, et puis d'ailleurs... (Sophie). Sur quoi Rainer frappe nerveusement sur ses quadriceps qui n'en deviennent pas plus durs, au contraire il se fait mal. Anna tente sans trop y croire de mettre la main sur les quadriceps de son Hans qui offrent déjà plus de consistance que chez Rainer, mais Hans se soustrait à la main baladeuse et charge ses yeux de faire comprendre aux yeux de Sophie qu'un amour couve sous les cendres. Et ses yeux dévorent aussi le corps de Sophie particulièrement mis en valeur aujourd'hui. Rainer et Hans veulent escalader le sommet où Sophie s'offre en personne, le dos au précipice on se bouscule à qui arrivera le premier en haut. Anna, interdite, agrippe son Hans pour qui elle représente déjà une petite ascension, vu ce qu'il est, pourquoi donc vise-t-il la haute montagne avant de s'être acclimaté ?
Des fleurs à la floraison anormalement précoce brillent dans le jardin, le jardinier taille quelque chose, pour en perfectionner la forme. Les gravillons grincent sous les pneus de la Porsche qui démarre, puis s'envolent bruyamment une fois la machine lancée. Le rival s'éloigne à fond de train comme il se doit. Sophie a transféré son poids sur une seule échasse et se tient mieux ainsi que sur les deux. Dans cette position elle est, pour Hans et Rainer, l'éternelle tentatrice. Rainer préfère Sophie au Waldviertel avec ses sempiternelles forêts chantantes, peut-être l'invitera-t-elle sur la Côte, lorsqu'on est amoureux, on ne saurait se passer une seule minute de l'être aimé, et Sophie ressent cela elle aussi. Hans sort quelque amabilité à propos des jambes de Sophie, faute d'être habilité à parler de son esprit. Le regard de Sophie descend et elle dit ne l'avoir encore jamais remarqué. Mais entrez donc. Voilà le

whisky, servez-vous, je me change en vitesse. Rainer et Hans disent chacun à sa façon, l'un peu loquace, l'autre verbeux, reste donc. Anna se tait, amère, et surveille Hans, son bien propre. Cependant ce bien insensible n'aspire qu'à trouver un nouveau propriétaire qui le soignerait mieux. Hans évalue une lampe de bureau en acier chromé, sans doute parce que le courant c'est sa partie, peut-être pourra-t-il bricoler quelque amélioration électrique et gagner ainsi du terrain. Prudemment il introduit un biceps dans le champ visuel et le tend, afin que Sophie voie et apprécie la force brute qui réside en ce muscle. Hans est tout animal et veut éveiller en Sophie la bête qui doit forcément s'y trouver.

A peine sont-ils entrés dans la pièce, que Rainer fait ronronner son magnétophone intérieur et déballe les sentiments qu'il éprouva hier lors de l'agression, à coup sûr il terminera par ses sentiments pour Sophie, mais dans l'intervalle au moins deux heures d'ennui mortel. Je suis votre chef, et j'espère que l'action d'hier vous a plu, toutefois il reste quelques points à améliorer, ce dont nous allons parler maintenant. Surtout du timing. Je m'expliquerai en détail. Sophie bâille, et Hans dit qu'il est de l'avis de Sophie.

...................(Anna).

Pensez un peu à tout cet argent qu'on a raflé, qu'est-ce qu'on va faire de tout cet argent, pensez à tout ce qu'on peut acheter, posséder avec, chuchote imprudemment Rainer un peu trop vite.

Contre le bla-bla-bla rainérien Sophie recourt à sa tactique brevetée : la fermeture-automatique-des-oreilles, elle voit Hans aujourd'hui avec des yeux dessillés, c'est qu'il a un fameux coup de poing et les yeux de Sophie de chercher la musculature sous la pauvre enveloppe de la méchante chemise-sport à la coupe ostensiblement très sport avec un tas de petites poches, si nombreuses qu'elle crie sa détresse ! vous parlez d'une chemise ! les yeux de Sophie cherchent et trouvent. Ce qui hier s'est tendu en Sophie, se tend également aujourd'hui, mais pas comme un muscle, il s'agit plutôt d'une idée, c'est cérébral. Cette fois l'intellectuel jouait la sentinelle perdue, si l'idée était bien de *lui,* il n'a pas eu le coup de poing. Rainer dit qu'un intellectuel dans un col roulé tout neuf n'a pas besoin de frapper aussi fort, car il a autre chose à offrir, et de meilleure qualité.

Anna ne dit rien et regarde Sophie avec les yeux d'une rivale.

Sur les jambes de Sophie se promènent en une longue procession de minuscules bestioles, elles se faufilent sous la jupe de tennis, où elles entreprennent une sorte de travail de sape. Que les autres s'en aillent, que seul Hans reste, disent les bestioles et dit également Sophie. Elle est maîtresse chez elle et peut décider qui doit partir et qui doit rester. Et elle le dit sans ambages.

Réactions mitigées, plutôt négatives, à part celle de Hans. Anna sent que ça lui fait mal, mais ne peut l'exprimer sur le moment, elle pourrait juste l'écrire, où trouver cette feuille de papier qu'un lycéen a toujours à portée de main ? Anna est dans une phase critique et aurait grand besoin de protection. Le conseil des professeurs a déjà fait une demande de dérogation auprès de M. le Recteur, afin qu'il veuille bien l'autoriser à passer les oraux du bac par écrit, étant donné son intelligence il serait dommage qu'un paragraphe plus figé qu'un glaçon lui barrât une carrière académique. En Anna se noue quelque chose de décisif qui ne s'ouvrira sans doute plus jamais, et pourtant dans l'âge pré-pubertaire et pubertaire on est censé être ouvert et non fermé. Sincérité, eau et savon siéent mieux à la jeunesse que fard et malhonnêteté.

Rainer n'en est que plus brillant et ne peut s'empêcher d'ouvrir sur ses collègues les vannes de sa gueule, ce

qui se déverse dit en substance ceci : Sophie ne peut vraiment aimer que lui, Rainer. Même s'il s'en va, ses pensées ne le quitteront pas, elles l'accompagneront, alors tant qu'à faire pourquoi ne pas rester. Que Hans n'aille pas s'imaginer des choses qui s'avéreraient illusoires.
Oui oui, mais maintenant tire-toi (Sophie). Je suis tout à fait de l'avis de Sophie (Hans).
Au secours ! (Anna). (Mais on entend : euh, euh).
Prenez une tablette de chocolat, module Sophie privilégiant certaines harmoniques. Non, pas de chocolat, c'est du sadisme, Sophie, dit Rainer à nouveau sur le terrain solide de sa spécialité. Le sadisme est passion, sécheresse, acharnement. Sécheresse, parce qu'il apparaît lorsque le désir s'est vidé de son trouble, ce que dit Jean-Paul Sartre.
Hans par contre explique qu'il est en fait un animal, pas un être humain, qui se comporte donc avec une fougue animale, à ce qu'il a lu dans un roman policier. Hans a lu, lui aussi, mais pas ce qu'il faut, il a lu ce qui traîne dans un ménage d'ouvriers qui a profité de la formation culturelle du mouvement ouvrier. Mais il a lu suffisamment pour savoir de quel côté souffle le vent. Le monde des livres était la seule issue, et dans un foyer-du-mouvement-culturel-ouvrier, il y a toujours une bibliothèque modèle. Sauf qu'on n'y parle jamais que d'un seul univers, le leur. Ses parents avaient la conscience ouvrière, ce qui ne leur a rien rapporté, puisque l'un est mort et l'autre ne vaut guère mieux.
Rainer braille qu'il a moins de scrupules que Hans, vu qu'il a plus à perdre que lui (qui ne met pas sa propre existence en jeu), à savoir une future carrière académique et littéraire. Hans a tout à gagner, et de surcroît Sophie lui vient en aide ! Hans n'est que le jouet inconscient des éléments et de Sophie. Rainer n'est pas un jouet, il est maître de ses actes.

Ce qui n'empêche qu'il doit partir en emmenant Anna. Partez tous les deux. Les jumeaux — marinant dans la haine — traînent les pieds jusqu'à la pelouse anglaise et là écrasent exprès fleurs rares, feuilles et herbes de leurs semelles minces comme du papier à cigarettes, car une chaussure pointue dernier cri perd tout son chic au ressemelage. Puis ils cheminent jusqu'à l'arrêt du bus, Rainer soliloquant sur le pourquoi de son départ volontaire et donc sur sa supériorité par rapport à Hans qui lui est resté contre sa volonté. Le ciel en soit loué, sa sœur du moins se garde de remarques et d'objections stupides, Anna se tait, épouvantée d'avoir dû laisser son Hans dans un foyer hostile. L'amour de Rainer et l'amour d'Anna viennent d'être aujourd'hui salement rejetés, en chacun d'eux s'est faite une déchirure difficile à colmater ou recoller.
La carrière professionnelle de la douleur prend véritablement son essor au moment où le tram empuanti par les exhalaisons d'êtres ordinaires et haïs les accueille une fois de plus dans son ventre, giron maternel que tout nourrisson souhaite quitter au plus vite. Il faudrait avoir une Porsche, mais on n'en a pas, même si l'on raconte à l'école qu'un lointain parent qui n'existe pas davantage possède une voiture de luxe de ce genre.
Dans la chambre de Sophie un disque joue, et Sophie exige que Hans s'installe là-bas dans le fauteuil et se déshabille, oui entièrement, et qu'il se masturbe devant elle, tandis qu'elle le regardera, il n'a qu'à faire comme chez lui sur son canapé-lit fixe. Hans dit qu'il ne peut pas faire ça devant elle. Sophie dit qu'elle veut qu'il le fasse devant elle. Hans devient rouge comme une écrevisse, s'énerve et énumère les raisons pour lesquelles il ne peut pas. Obligé, dit Sophie, sinon qu'il parte et ne revienne plus jamais.
Hans se déshabille maladroitement, plus maladroite-

ment encore qu'au WAT pour jouer au basket, mais finalement il arrive à déboutonner sa chemise. Il proteste que ça ne marchera pas parce qu'il a vraiment trop honte, il ne peut pas, alors là vraiment pas. Y a intérêt à ce que tu aies honte, dit Sophie. C'est bien ce que je veux.
Hans dit qu'il fera tout ce qu'elle veut, elle le sait, mais qu'elle n'en abuse pas, ce ne serait pas chic.
Pourtant j'en abuse avec joie. Mais enlève donc tes chaussettes, à quoi ça ressemble, tu es nu mais en chaussettes, ça perturbe l'impression générale. Hans retire ses chaussettes et dénude des pieds sales.
Recroquevillée dans un angle Sophie examine les auréoles de crasse entre les doigts de pied et dit qu'elle veut que la liberté de Hans se soumette librement. Elle sait qu'elle le fait souffrir, mais en le mettant pour ainsi dire à la torture, elle contraint cette liberté à s'identifier librement avec sa chair souffrante, la liberté c'est ça, tu comprends ? Sophie se transforme en une espèce de boule et se ronge les ongles l'un après l'autre.
Hans dit qu'il ne comprend pas.
Sophie dit qu'il a le droit de la supplier de l'épargner. Même quand j'exerce une pression sur toi, ta peur, tes supplications restent libres de s'exprimer. Tu décides seul, vu ?

Hans dit qu'il le fera, parce qu'il l'aime en secret, ce qui devient du coup un secret de polichinelle. Et de regarder sa trique avec moins de bienveillance, il ne bandera pas, c'est couru. Et maintenant tu te caresses, allez, vas-y, dit Sophie, qui pour la première fois n'est ni blême ni bronzée, mais arbore des taches rouges sur les pommettes et semble presque vivante. Elle dit qu'elle veut voir le moindre détail, qu'il s'asseye de façon qu'elle voie tout, et allume au besoin l'électricité, c'est de son ressort.

Je le fais uniquement par amour, dit Hans qui se met avec maladresse à tirailler, frotter, presser son zizi que la peur a ratatiné comme une baudruche dégonflée.

Affrontement de diverses puissances qui se disputent un Hans qui pour l'instant semble plutôt impuissant.

C'est tout, demande Sophie ? Non ce n'est pas tout, j'ai beaucoup mieux à offrir, crache Hans dont la colère commence à monter. Il regarde Sophie et soudain c'est le triomphe de la fraîcheur juvénile et de sa robuste constitution : sa queue se dresse comme il se doit. Jeunesse et santé ont triomphé de l'âge et de la maladie.

Sophie se mord une phalange jusqu'à l'os.

Alors que Hans répète pour la cinquième fois qu'il le fait par amour, Sophie dit qu'elle se fiche de ses raisons du moment qu'il le fait, et elle presse la paume de ses mains contre son cou pour le rafraîchir.

Hans se travaille au corps comme s'il se préparait au branle-bas de combat, mais il ne fait que se branler.

Sophie voudrait qu'il éjacule et le dit.

Hans n'a pas envie d'abîmer le brocart du fauteuil avec son sperme. Sophie lui dit que ce n'est pas un problème, c'est *son* fauteuil. Bon, d'accord, dans ce cas je vais le salir, halète Hans avec regret, et il le salit. Bientôt toute la pièce puera le poisson, pense Sophie, et de congédier Hans rapidement.

Aujourd'hui, une fois n'est pas coutume, Hans touche, en bleu de travail, son salaire gagné de haute lutte. Coincé sous son bras, un livre qui ne se serait jamais coincé là autrefois. Ostensiblement. Il n'est pas à sa place sous un bras ouvrier, mais cet ouvrier-là n'en est déjà plus un. Sans pour autant en être à vouloir produire lui-même de la culture comme ce Rainer. Il se tournera vers l'expansion économique plutôt que culturelle, il est davantage branché sur l'économie, où il se meut déjà comme un petit rouage. A travers le livre qu'Anna lui a prêté, Trotzky lui parle et lui confie que dans une société débarrassée du souci harassant du pain quotidien, où tous les enfants également bien nourris assimileront gaiement et le Savoir et l'Art, et où même la puissance monstrueuse de l'égoïsme cherchera à améliorer le monde, le pouvoir de la culture opérera d'une tout autre manière qu'auparavant. Cela n'a rien de renversant pour Hans, ce qui le renverse de sa chaise, ce serait plutôt le fauteuil en cuir de Sophie, il veut s'acheter le même.

Aujourd'hui comme toujours, à peine a-t-il aperçu la Kochgasse que celle-ci lui rabat son bel optimisme des deux tiers. Dans un instant l'enthousiasme pour le sport relaiera cet optimisme déplacé, et poussera Hans à marquer des paniers. Récemment Sophie y a assisté, pas un mot plus haut que l'autre, un ton exquis a régné. Sophie lui apparaît comme un feu follet, tantôt ici et l'instant d'après ailleurs, à encourager — allez ! allez ! — l'équipe qui a ses faveurs. Doit-il lui apporter des fleurs, ou plutôt un parfum coûteux, ou encore une bonbonnière super grande ? Mieux vaut demander à une femme qui connaît mieux le cœur des autres femmes, donc à Anna. Sans compter qu'il va falloir se mettre aux études si on veut épouser Sophie et acheter le fauteuil. Sophie est très compliquée, la cause en est : son naturel tout à fait particulier. Être naturel, c'est tout un art, l'art de connaître les mille et une manière de l'être.

Bouillonnant, écumant comme un coca, ce vantard, cette chiffe molle de Rainer est obligé de partir quand Sophie dit, reste, Hans ! Chaque fois que le chef élu de son propre chef doit battre en retraite devant lui, Hans se réjouit de plus belle. Rainer a dit qu'il s'en allait toujours exprès (quel menteur, quelle grande gueule), parce qu'il voulait — le balourd — essayer l'outil de son imagination sur Sophie et sur lui, tranquillement, patiemment, comme le serrurier une clé. Rainer a dit qu'il voulait faire un outil de sa chair et de la chair de Sophie.

Hans promène ses muscles à travers le Schönbornpark derrière le musée ethnographique et telle l'exubérance en personne, balance sa serviette contenant thermos et tartine. Aucune pression ne pèse sur lui pour le moment, car Sophie ne s'aventure jamais par ici. Ce serait chouette si cette fille pouvait le toucher ou encore le caresser intimement, ne serait-ce qu'une fois. Mais elle s'en garde, sa fierté est très développée, et quant à embrasser une femme moins fière, il n'en est plus question. Son intérêt pour Anna décroît d'une manière inversement proportionnelle à son amour pour Sophie. Il a déjà presque disparu. Il ne l'embrasse plus que rapidement, histoire de la remercier de son commerce, dans la mesure où Sophie ne s'y livre pas encore. Les pensées de Hans sont floues, aussi floues que les conceptions existentielles et les jugements de valeurs de ses collègues qui marchent devant, derrière et à côté de lui, en direction de leurs foyers. Trois platanes se courbent en cadence sous le vent tout en grinçant, ils sont vieux et placés sous la protection de la nature. Hans veut protéger Sophie pour le restant de leur vie et passer le plus clair de son temps au grand air. Bientôt le glacier ouvrira ses portes et drainera la jeunesse des environs. Hans se réjouit à l'idée de lécher un cornet de glace à la framboise et d'en payer un à Sophie. Bientôt l'été sera là, et on pourra peut-être – non, sûrement – observer Sophie dans un petit maillot deux pièces, devant, la brume de l'eau, derrière, la brume de la forêt sous la rosée, entre les deux, la brume de corps enlacés. Hans chemine quelque temps à l'aventure, parce qu'il a en lui une perspective d'avenir : faire fonctionner éventuellement Sophie à plein régime la prochaine fois. Chaque fois qu'il s'imagine Sophie entre ses cuisses, il a une érection, ce qui est plutôt gênant pour sauter et courir. Le corps de Sophie est certainement plus doux et plus blanc que celui d'Anna, plus dur, plus mat. Mais à l'avenir jamais il ne méprisera Anna, il sera compréhensif. Quand il fera des études, il se penchera sérieusement sur ses problèmes et pourra l'aider, la conseiller. De temps à autre Sophie et lui passeront prendre Anna en voiture et l'emmèneront faire une excursion au cours de laquelle on lui apprendra non sans peine un sport quelconque afin qu'elle prenne davantage de plaisir à l'existence et acquière une attitude plus positive. Bientôt les marronniers seront en fleur, le vieillard s'en réjouit plus que le jeune homme, car celui-ci verra bien d'autres floraisons, alors que le vieillard n'en verra bientôt plus. Le jeune homme se réjouira plus que la jeune fille, parce que, sous le marronnier, il embrassera la bouche d'une jeune fille, et que la jeune fille devra se défendre.

La ville sent la ville, c'est mieux que la

rase campagne qu'on a fuie. La ville sent l'aventure, le jazz, les cafés et les gaz d'échappement. Hans fait valser sa serviette en l'air et le soir venu, Sophie valsera avec lui. La thermos risque de se casser, la vie est belle, dans un instant, une fois de plus, sa mère la lui gâchera en parlant politique et en passant son amertume sur les tas d'enveloppes crissantes. Le mois prochain elle aura peut-être un travail mieux rémunéré dans un bureau qui lui offrira une place fixe comme aide-comptable.

La voilà déjà, la mère, à marteler sa machine et à maudire les petits bourgeois qui ont le plus acclamé Hitler et dont elle interdit la fréquentation à son fils. Ces gens sans conscience politique ont réalisé des profits mesquinement égoïstes sur le dos des minorités.

Hans jette tout pêle-mêle sur le banc de la cuisine et envoie balader ses chaussures. La photo de son père défunt, depuis le cadre où il est relégué pour les années à venir (du moins tant que quelqu'un pensera encore à lui), exclu de la lutte finale, surveille la scène, plein d'un optimisme déplacé et d'une confiance tout aussi déplacée en la force des travailleurs qui font l'histoire. Il ne l'a pas volé, cet altruiste maladif, qui est tombé en poussière, aidé par le feu, même sa tombe est inconnue, et à en croire ce qu'on dit, des millions d'autres sont tombés avec lui et ont disparu du monde sans laisser de trace, et d'autres viendront à leur tour qui à leur tour disparaîtront, parce que leurs existences n'ont aucune importance. Nul ne les enregistre, nul ne les compte. Hans lui ne disparaîtra pas, il se déploiera de toute sa taille dans un cours du soir. Se jettera souvent sur une raquette de tennis pendant ses loisirs. Quand on fait du sport on sent plus que jamais à quel point on est vivant, ce que le papa inconnu ne sent plus, parce qu'il ne l'est plus. Peut-être que son papa l'aurait envoyé au lycée sans le faire passer par les cours du soir, s'il avait pu. Plus tard Hans deviendra un manager dans l'empire du père de Sophie, parce qu'il épousera la fille. Ses lauriers à crédit, il les remboursera pleinement, afin que le père ne regrette pas de l'avoir pris pour gendre. Il lui faudra travailler dur, mais sera finalement accepté. Et les préventions se seront dissipées au plus tard après la naissance du premier enfant.

Pas question de se geler sous terre avec les millions d'exterminés, plutôt se réchauffer au feu de l'enthousiasme pour le sport et le be-bop.

Hans envoie promener ses vêtements dans le désordre et dit à sa mère qui parle de la guerre et du financement de la SS par une société américaine de Wall Street, que c'est des États-Unis que proviennent les blue-jeans ainsi que toute la musique valable, et qu'il fera carrière selon le modèle du boss américain. Toutefois il ne reniera pas les sentiments et ne deviendra pas un carriériste calculateur.

Sur le feu quelque chose de malodorant et de pas cher déborde bruyamment. La machine à écrire s'interrompt d'effroi et s'arrête pour de bon.

Hans dit à sa mère que l'homme doit se libérer, il se révolte, et alors commence une vie sans contraintes, comme dit toujours Rainer. Quand il a raison, il a raison. Plus tard, quand on vieillit, commencent les contraintes de la vie professionnelle où l'on dirige discrètement les masses. Les hommes ne sont pas égaux, ils sont de couleur, de forme, de taille différentes.

La mère dit que cette conception de la liberté est bien floue, nous ne sommes pas suspendus dans le vide, mais socialement conditionnés. Elle verse dans une assiette une louche d'une gadoue indéfinissable qui a une triste allure de semoule, et accuse de trahison divers membres du SPÖ. Elle accuse surtout la figure controversée du ministre socialiste de l'Intérieur, Helmer, qui en 1950 fit arrêter des délégués d'entreprise et qui par ailleurs n'est pas très net non plus. Un voile épais s'étend sur le passé de ces créatures louches, que même la Stapo n'a pu percer. Puis sans considération de personne, de rang, ou de situation, la mère se met alors à insulter copieusement les permanents socialistes Waldbrunner (ministre de l'Énergie et dénonciateur), Tschadek (ministre de la Justice et accusateur des ouvriers), ainsi que bon nombre de syndicalistes importants qui traînaient dans la boue le parti et ses traditions. Sans parler d'Olah, l'agent secret.

Hans dit qu'il se tient au-dessus du vide où étouffe le bourgeois ordinaire.

La mère débite des tranches de pain — évidemment ni fines ni délicates, mais épaisses comme des briques — et fait comprendre à ce fils quelque peu malvenu que c'est précisément en cela qu'il est bourgeois. En prétendant te placer au-dessus d'un système de valeurs, tu le reconnais. Il te rend aveugle à la misère. Parler de « l'homme » comme tu le fais est déjà un crime, car cet homme universel n'existe pas, n'a jamais existé et n'existera jamais, il y a le travailleur, et il y a l'exploiteur du travailleur et ses acolytes.

Hans dit que Rainer dit que l'idée d'être une partie d'un tout ne peut que faire horreur. Car au fond on est toujours unique, complètement seul, mais sans être interchangeable, et ça, ça donne de la force.

La maman hurle à la mort, non parce qu'elle s'est coupée, mais parce que son fils est sur la mauvaise pente. Reviens ! Tu ruines ce dont ta classe a besoin, Hans. L'universel n'existe pas. Au lieu de vouloir son union et donc sa force, tu veux la diviser en molécules isolées, chacune séparée de l'autre. La mère a pris des allures de frelon, dans un instant elle enverra balader la semoule et pour la cent-millième fois le renverra au papa abattu qui s'était lui, mieux comporté. On voit ce que ça lui rapporte aujourd'hui. Auparavant il lui avait encore fallu souffrir indiciblement, ce qui n'est pas pour Hans, ne veut-il pas être indiciblement heureux avec Sophie.

La mère dit que ce n'est pas elle qui a enseigné à son fils pareil égoïsme. Et son père ne l'aurait pas fait non plus. Déjà le doigt maternel, selon son habitude, désigne les traits de ce visage aimé déjà presque oublié. Hans dit (et ça m'est égal que papa m'entende), que grâce à l'amour, l'amour pour Sophie, il abattra plus facilement les barrières, quelles qu'elles soient, que par la lutte, contre qui que ce soit, car son amour ne connaît pas de barrières.

La mère dit qu'elle voudrait savoir pourquoi l'amour ne franchit jamais ces fameuses barrières qu'en montant et non en descendant. S'il veut un yaourt en dessert, il en reste un qui se tient tout seul sur le rebord de la fenêtre, pour garder la tête froide. Non, Hans ne veut pas de ces petits pots de yaourt aux fruits de son enfance, il veut faire tourner dans sa main un verre de whisky ou de cognac. Il entend déjà littéralement craquer les glaçons et voit déjà littéralement une blanche main féminine qui n'appartient pas à un fantôme mais très concrètement à sa Sophie. Vision concrète, mais aussi irréelle que le concept de classe ouvrière. Irréelle comme l'exploitation, puisqu'on peut à tout instant s'en libérer, il suffit de vouloir. C'est uniquement une question de personne.

La mère garde la nostalgie des paroles, des faits et gestes du mari décédé que parfois elle aimerait encore avoir près d'elle au lit, mais que toujours elle aimerait avoir auprès d'elle afin d'être épaulée dans l'éducation du fils unique. C'est dur de nos jours, Hansi (c'était son nom). Tes pauvres os éprouvés ignorent tout des peines autres que celles du corps. Cela a dû te faire mal de mourir. Mon pauvre. Je pense si souvent à

nos virées à vélo, nous avons vécu là tant de choses ensemble. Ce fut ton dernier rire. Je pense à nos nuits dans les meules de foin, par un froid de canard, mais serrés l'un contre l'autre. Au lait, au beurre fermier chez les paysans, à la toilette dans l'auge de la fontaine. A nos discussions dans les arrière-salles enfumées des auberges. Et à tous ceux qui devaient continuer notre action, mais notre fils ne continue rien, et où sont passés les autres ? Ils ne sont plus dans notre bon vieux parti. Et ce choc qui a dû être horrible. Lorsque la vie fut exprimée d'un corps qui n'y était pas prêt. Peut-être que si après tout, vu les douleurs atroces qui avaient précédé et que l'on supporte mieux mort que vivant.
Dors bien, Hansi.
Et l'autre Hansi — ce Hans qui bien qu'assez vieux déjà ne sait rien, n'ayant rien appris dans sa jeunesse, extrait pour la deuxième fois de leur tas une pile d'enveloppes déjà rédigées et derrière le dos de sa mère en bourre le petit fourneau de la cuisine où elles s'enflamment aussitôt.
Plus tard la mère cherchera longtemps les enveloppes disparues, incapable une fois de plus de s'imaginer où elles ont bien pu passer.

La Höhenstrasse s'élève en lacets à travers les collines feuillues en direction du Danube, mais elle s'arrête juste avant, se rétrécit avant d'avoir atteint l'abbaye de Klosterneuburg et la vieille berline des Witkowski suit ses lacets, épousant la route, et Rainer dedans tend ses lacets et parle de tensions artistiques intérieures, citations de Camus à l'appui. Rainer roule sans permis mais avec la permission du père invalide aujourd'hui resté chez lui et qui pour tout déplacement devra exclusivement compter sur sa jambe unique. Sophie est assise devant près de Rainer, pour cette excursion au grand air dont par ailleurs elle jouit à longueur d'année, et Anna occupe le siège arrière d'où sans la moindre gêne elle répand une rude odeur de sueur qui rappelle celle d'un animal apeuré. Mais cela n'enlève rien à son niveau culturel élevé grâce au piano. Ce qui ne peut sortir par sa bouche, semble sortir par tous ses pores. Ses espoirs : l'Amérique, le pays des espaces infinis, des chances illimitées, pour lequel elle a demandé une bourse. Pour l'année prochaine. Elle a de très bonnes notes en anglais, quoique taciturne, une élève modèle, une élève qui en veut. Bien qu'à la maison elle ne prenne jamais un livre de classe en main. Soudain apparaît comme sur commande un autre animal apeuré qui de son côté ressemble à Anna. Il se trouve sur une voiture à cheval qui véhicule manifestement des vignerons, et c'est un chien. Le chien est attaché par le cou tout en haut sur des instruments viticoles et il s'accroche désespérément avec ses pattes branlantes, comme s'il était un chat et non un chien qui ne sait ni sortir ni rentrer ses griffes. Le chien pressent qu'il va s'étrangler si perdant l'équilibre il tombe du chariot, dans ses yeux l'horreur est à son comble à cause de la cruauté de ses propriétaires et de ce monde en général, qui par ailleurs peut être si distrayant, comme lorsqu'on file sur ses pattes à ressort à la poursuite d'un petit animal, instant où la joie de vivre est à son maximum. Le printemps persiste, et la vie renaissante en tous lieux l'annonce, il y a certainement des œufs partout, et bientôt les chevrettes mettront bas. Mais on ne les voit pas, ce qui va naître se cache pour échapper à une extermination prématurée. Mais déjà le chien est passé, ainsi que ces brutes d'ouvriers agricoles qui n'aiment pas les animaux, et la voiture avec nos trois amis. C'est un matin à sécher l'école, tandis que Hans est occupé à quelques travaux, traduisez par là que sans le moindre intérêt il se fraie son chemin à travers le jour et attend le soir. Les élèves, eux, se fraient leur chemin en s'intéressant à tout, ne leur inocule-t-on pas au lycée la curiosité scientifique.

Le Schottenhof est déjà derrière eux, la route se déroule en un ruban gris-argent, comme on le lit souvent, des bifurcations mènent aux vignobles de Salmannsdorf et Neustift am Walde, mais on ne les prend pas, le but, ce sont les vignobles de Grinzing. Le ruban routier monte en colimaçon jusqu'au sommet pour vous offrir une jolie vue, et même une vue fort réputée, et celle que l'on a à partir du Cobenzl, du Häuserl am Roan ou du Kahlenberg a même une certaine renommée. On parque alors la berline et passe à la promenade. A gauche les vignobles s'élancent vers les hauteurs, à droite ils s'inclinent vers le Danube, autre ruban argenté, mais plus lointain. Il y a de la clarté dans l'air, et aussi une telle fraîcheur qu'ils sont obligés de s'en-

velopper dans leurs écharpes ultra-longues, à la mode du jour. En haut, des nuages aux contours tracés au compas. Un vent qui soulève de la poussière. Les vignes ne sont pas encore en fleur, ça ne viendra que plus tard et ailleurs, directement le long du Danube, quand le vin fleurira, pour reprendre la chanson viennoise. Mille violons résonneront, ajoute la chanson, qui se tait aussitôt, confondue par sa propre bêtise. Tous trois grimpent enfin à travers les vignobles, sous eux le fameux lœss, si propice aux ceps de vigne. Dans les villages des vignerons les flèches des clochers sont en arrêt de travail, car on n'est que vendredi. Des chiens aboient, des poules caquettent, et leurs coqs crient. Bruits lointains, car les proches alentours sont relativement déserts, après tout, dans les promenades, on recherche la solitude, et si elle ne vient pas à vous, c'est à vous d'aller à elle. Les jeunes gens d'aujourd'hui portent souvent la solitude à l'intérieur d'eux-mêmes et ne cessent de la chercher aussi à l'extérieur. Le sentier de randonnée passe par le haut Reisenbergweg qui, au mépris de la mort, plonge à la rencontre des guinguettes de Grinzing. En avant, pedibus cum jambis, et on prendra le café en bas. Dans les vallées, de vieilles villas se cachent derrière les arbres, bien qu'elles soient parfaitement présentables. Avec leurs vérandas vitrées recouvertes de folle vigne-vierge dont la sage sœur domestique, à distance respectable, travaille à remplir les caisses du propriétaire desdites villas. La beauté incroyable et totalement délirante de cette ville s'impose ici avec une telle brutalité que même Rainer tente de fermer sa gueule, mais c'est trop lui demander, aussi fait-il l'éloge verbal des environs. L'air est complètement transparent. Transparent comme de la gelée sur un canapé de chez Gerstner, et la gelée affirmerait pour sa part qu'elle est claire comme l'air au-dessus des vignobles.
Quittant un sentier ordonné et fidèles à leur nature,

ils crapaütent dans le désordre à travers champs. Anna clopine derrière le couple boiteux, qui aux yeux de son frère est un couple harmonieux, mais il est seul à le croire, et soutient difficilement l'allure de Sophie. C'est encore plus dur pour Anna qui n'a aucun entraînement. Et avec ça on fait beaucoup de sport aux États-Unis, il reste peu de temps d'ici là. Sophie est simplement Sophie. Anna avance une puis deux mains hésitantes à la recherche d'un appui, elle n'en trouve pas et manque de tomber dans le vide, faute d'avoir vu le gouffre d'une carrière. Tout en haut tournoient trois buses, ou des vautours peut-être. Ils poussent des cris stridents. Rainer éprouve quelque chose face à ce paysage naturel où l'homme est déjà intervenu artificiellement, et il le dit en détail. Anna, enrouée, demande en croassant s'ils ne veulent pas s'asseoir. T'as vraiment pas la forme, dit Sophie qui s'assied quand même. Anna voudrait disparaître en Amérique, connaître une autre vie que celle qu'elle connaît déjà, et en commencer une nouvelle. L'Atlantique entre elle et ses parents. Et en plus beaucoup de terre. Elle sait que c'est son unique chance. C'est pour cela qu'elle voulait de bonnes notes. Puisqu'on est si bien là tous ensemble, elle tente de décrire en détail ses projets américains, et ses projets de séjour dans diverses grandes villes qu'elle compte financer elle-même par de petits boulots. Son itinéraire est déjà tout établi, elle n'attend plus que le feu vert. Rainer éprouve aujourd'hui comme une affection fraternelle à voir sa sœur déployer, tel un animal fier de sa proie, une rare ardeur devant la lumineuse Sophie. Un bref instant il a l'impression de former avec Anna un mur impénétrable pour Sophie. Mais déjà c'est passé. Sophie martèle le coteau chargé de vignes de la pointe d'une chaussure, l'état de ses chaussures étant le cadet de ses soucis, et déclare brusquement que le professeur principal a récemment appelé sa mère pour savoir si elle, Sophie, ne voudrait pas passer un an aux États-Unis, une bourse étant disponible. Elle ne veut pas et trouve cela injuste d'une certaine façon, puisque Anna a de meilleures notes. Mais à ce qu'il paraît il faut avoir à l'étranger des manières particulièrement irréprochables, parce que là-bas on ne vous connaît pas et donc on ne sait pas d'où vous sortez. C'est pourquoi le recrutement se fait aussi en fonction des origines sociales etc., chose tout simplement absurde dans un pays comme l'Amérique avec ses classes sociales nivelées et l'esprit libéral et permissif de sa population. Mais c'est la seule explication que voit Sophie.

Anna garde un silence effaré, une vieille habitude de toute façon, et même Rainer passant la marche arrière demande si Anna ne peut pas avoir la bourse puisque Sophie y renonce. Sophie dit non, elle a posé la même question, mais personne n'en étant digne, ils laissent tomber pour cette année. Rainer dit, c'est dommage pour cette belle bourse. Mais voici ce qu'il pense en réalité : Dieu soit loué, Sophie ne part pas, nous resterons un couple et pourrons commencer nos études ensemble.

Dans les yeux blancs d'Anna se tapit la mort, ils deviennent totalement translucides, leurs cavités dégagent un froid glacial comme de l'azote liquide. Anna s'affaisse, aucune beauté de la nature n'atteint plus ses pupilles. L'information l'a assommée, anéantie, l'échappatoire séduisante – l'étranger – se dérobe définitivement. Anna se frappe le front de son poing, mais rien n'en sort, et rien n'y rentre.

Les amoureux de Vienne sur les rives du Danube, bercés par les accents de mille violons célestes, ne s'aperçoivent de rien, ils ne s'aperçoivent même pas que cet amour va seulement de Rainer à Sophie et qu'il ne prend pas le chemin du retour. Alors que Rainer s'apprête une fois de plus à faire un bref exposé sur cet amour ou à risquer un bras autour de Sophie à côté de laquelle il se tient à l'aplomb du gouffre couvert de ceps de vigne plantés avec la plus extrême régularité, une synthèse d'art et de nature, la nature c'est le pied de vigne, l'art la façon de le planter, Sophie dit il faut pouvoir sortir de sa peau car dans sa peau, on y est en permanence. Et de déployer deux manches de pull-over en pure laine vierge.

Et tu es aussi dans mon cœur, susurre Rainer.

Anna guigne un scarabée affairé et l'écrase.

Ne tue pas des bêtes, écoute-moi plutôt, l'exhorte Sophie, je voudrais tenter un record, atteindre au plus vite les limites qui me sont fixées en fabriquant par exemple une bombe artisanale. J'en connais déjà la recette, je l'ai eue en cuisinant ma chimiste de mère.

Anna est très loin, Rainer plus proche de l'être aimé, d'effroi il en fait presque dans sa culotte. Il dit, Sophie, le bac est tout proche, on devrait plutôt le faire *après*, pour ne pas être renvoyés de l'école si ça se sait, ou même ne pas le faire du tout.

Sophie demande s'il a la trouille.

Rainer dit, non, moi aussi je veux connaître mes limites, mais elles se situent tout à fait ailleurs, en direction de l'art.

Anna ne dit rien. Écrase trois fourmis supplémentaires (l'une d'elle, une ouvrière, charriait quelque chose, un morceau de ver de terre peut-être que sa semelle réduit du même coup en purée) en même temps que son propre cœur saignant, bien qu'il appartienne à Hans. Ces derniers temps n'ont-ils pas suffisamment endommagé les biens d'autrui, sans parler des personnes ?

Rainer dit, écoute, franchement j'ai pas la trouille, mais je ne trouve pas bien de faire ce genre de trucs juste avant la fin de notre carrière de lycéens, avant le bac qui nous permet d'accéder à toutes les études

possibles.
Sophie dit ça suffit, écoutez-moi. D'abord il est évident qu'il faut fabriquer la bombe en plein air, ce n'est pas nous qu'elle doit faire sauter mais les autres. Compris, vous suivez jusqu'ici ? Ensuite il faut prendre premièrement une fiole d'Erlenmeyer, le grand format, avec une capacité d'environ 500 millilitres. Deuxièmement : 2 tubes à essai, l'un rempli d'acide nitrique, l'autre d'un mélange 1 :1 de chlorate de potassium et de sucre. Compris ?
Rainer dit, compris, ça oui, mais de là à ce qu'il le fasse... c'est la plus belle période de la vie qui s'ouvre maintenant, les années d'études que je n'ai pas envie de foutre en l'air en lançant des bombes, je ne suis pas cinglé et d'ailleurs toi aussi tu plaisantes. Ce n'est pas dans ta nature. Ce serait plutôt dans la mienne, mais j'y renonce par prudence et à l'avenir je serai prudent pour nous deux. D'ailleurs l'amour produit dans un corps une explosion bien plus forte qu'une bombe, c'est un éclair violent qui vient droit de la nature. Ce que tu sais certainement, puisque tu m'aimes depuis longtemps, même si tu ne te l'avoues pas.
Anna endommage un objet, un cep de vigne précisément, en écorçant sa tige.
Ensuite, après avoir rempli d'éther la fiole d'Erlenmeyr, on enfonce les deux tubes dedans, de façon à ce qu'ils touchent le fond, poursuit Sophie d'une voix traînante. Puis on ferme à la cire les éprouvettes bouchées et la fiole.
Les charmants environs de Vienne se vrillent en Anna comme une perceuse chauffée à blanc et ne trouvant pas de paroi susceptible d'offrir une résistance, transpercent carrément le mur du fond. Anna ne trouve plus rien à tuer, et commence donc à dépérir, processus souvent lent et pénible. Elle préférerait tuer d'autres êtres vivants, mais ce n'est pas encore la saison.

Rainer dit une nouvelle fois non, il ne le fera pas, après tout et Sophie semble l'oublier, le chef c'est lui. Il le fera peut-être plus tard, ce n'est pas exclu, quand son existence sera assurée, qu'il gagnera bien sa vie, et qu'il pourra se moquer de tout, mais pas avant. Plus tard, il faudra même davantage de courage parce qu'on aura davantage à perdre. Mais pas question qu'il le fasse maintenant, et Sophie non plus. D'ailleurs Sophie ne pourrait pas aimer un homme qui ferait des choses semblables, au risque de blesser des innocents.

Sophie dit, c'est justement l'aspect positif de la chose, car de nos jours personne n'est innocent. Bien sûr, il faut lancer cette bombe de façon à ce qu'elle tombe sur le détonateur, autrement il ne se passe rien ; si on la lance correctement, elle explose au moindre choc.

Rainer pleurniche comme un nourrisson et explique avec prolixité pourquoi premièrement, deuxièmement, troisièmement, quatrièmement, cinquièmement et de toute façon il ne peut pas le faire. Les raisons de Rainer n'intéressent pas Sophie, mais elles sont typiques. Dire qu'on s'est appuyé tout ce trajet avec ce raseur dans une seule intention (à sa demande !) et qu'il n'accouche que d'une diarrhée verbale. Je mettrai Hans au pied du mur, il marchera sûrement. Rainer détaille à Sophie jusqu'à la cinquième décimale pourquoi Hans n'a rien à perdre, mais lui beaucoup, rien de moins que son avenir, tracé d'avance, clair et brillant, jalonné d'un doctorat et de plusieurs prix littéraires.

Anna s'étrangle bruyamment, vilainement. Tu ne vas pas me refaire le coup, déjà tout à l'heure dans la voiture je n'ai eu que le temps de t'expédier dehors pour que tu dégueules une première fois, grommelle entre ses dents son frère qui se passerait de cette prestation vraiment peu ragoûtante au moment où

Sophie le traite de lâche, alors qu'il n'est que particulièrement prudent. Après tout, qui a conçu et mis au point les agressions, Sophie ou lui ? Lui naturellement.
Hélas Anna vomit quand même et Sophie, détournant les yeux, lui passe un mouchoir en papier. Puis on déménage loin du vomi. Sophie se tait à présent, et Rainer peut enfin s'expliquer en paix. Il retourne l'affaire dans tous les sens, comme un bousier sa boule de crotte. Sophie ne comprendra ses raisons et ne l'approuvera que lorsqu'il sera devenu quelqu'un en toute liberté. Ensuite on vieillira ensemble et plus tard encore on rira souvent de ce projet stupide. Plus tard, avec les petits enfants.
Sophie dit qu'elle veut enfin atteindre à l'extase. La plupart des gens sont malheureusement incapables de sortir d'eux-mêmes.
Rainer dit, d'eux mêmes ils ne le peuvent pas, il faut un partenaire, un Tu. Le partenaire, c'est lui, le Tu, c'est Sophie. Il dit, non, et sans ce partenaire on est seul.
Un chat tigré grimpe en tapinois la colline, à la recherche d'un trou de souris. Anna envisage brièvement sa mise à mort mais y renonce, vomir l'a affaiblie. Elle se mord une phalange jusqu'au sang.
Rainer hurle à la figure de Sophie, ce que celle-ci trouve de fort mauvais goût. Rainer dit que si Hans accepte, grand bien lui fasse, mais qu'elle n'aille pas s'imaginer qu'il a plus de courage que lui, car souvent bêtise et courage ne font qu'un, et c'est surtout vrai dans le cas de Hans. J'ai choisi de si belles études, attends de voir, Sophie, ça te plaira aussi.

Sophie se cantonne dans un silence méprisant et envoie du pied des petits cailloux dans un trou. Puis elle dit, bon, allons-nous en, j'ai encore des choses à faire aujourd'hui.
Te voilà enfin raisonnable, tu as compris mes raisons,

Sophie, fait Rainer tout miel, il a toujours su qu'elle céderait, car il brise tous les cœurs, à lui nulle ne résiste. Tu es merveilleuse, merveilleuse pour telle et telle raison, mais aussi parce tu te montres d'abord récalcitrante, et qu'ensuite ta résistance fond tout doucement entre mes mains. Comme un petit animal que l'on réussit à calmer et qui renonce à la lutte sans espoir contre soi et les autres et se tient tranquille.

Sophie regarde le ciel, Anna fait de même.

Le paysage n'en finit pas de s'éloigner d'Anna, personne ne supporte longtemps sa compagnie. A la clarté de l'air s'oppose le manque de clarté dans l'esprit de ces jeunes gens, l'un et l'autre se contrariant. Rainer tire nerveusement sur une cigarette. Qui trouble un instant l'air mentionné ci-dessus.

Dans les vestiaires de la salle de gym explose une bombe avec détonateur. De nombreux rêves néo-modernes de la génération d'après-guerre se trouvent anéantis. Entre autres : jupes style Conny, pantalons de flanelle grise, blue-jeans, chaussettes, mi-bas, blouses sans oublier l'inévitable jupe écossaise. Dans le timing était prévu d'éviter tout dommage corporel, car la personne endommagée aurait fatalement vu le lanceur de la bombe. Et il n'y a personne pour endosser la responsabilité de cette blague de potache, qui n'est déjà plus une blague mais un délit criminel. L'acte était irresponsable, ainsi que l'écrit un journal. Rien d'étonnant à ce qu'on ne trouve pas de responsable.
Sophie a transporté la bombe dans son sac de tennis. Le directeur l'a même vue et saluée, mais qui retiendrait une Sophie von Pachhofen, et qui la tiendrait pour capable d'une chose pareille.

Les jeunes nigauds qui n'ont rien d'autre dans la tête, pleurent la ruine de leurs vêtements, car il en faudra du temps avant qu'ils ne convainquent leurs parents de leur acheter de nouveaux pantalons et de nouvelles jupes à la mode. Et c'est pour un personnel d'aussi bas étage que Sophie s'est tant démenée ! En réalité, elle l'a fait pour elle-même. Il faudra complètement retaper les vestiaires du gymnase qui puent la cire et la sueur. Mais les futurs bacheliers n'en tireront même pas profit, car les travaux auront lieu pendant les vacances.

M. Witkowski veut retirer ses enfants de l'école à cause des événements, ils supplient et implorent à deux voix d'avoir le droit de rester, et ils l'obtiennent, car l'école est bientôt finie, mais après on changera de ton, et Witkowski père de décrire le ton en question.
Le courant passant à ce qu'on sait entre Sophie et Hans, ce dernier a acheté fièrement et sans faire de difficultés les composantes de la bombe dans un magasin où s'approvisionnent d'ordinaire les étudiants de l'IUT. Il a tellement tourné et viré dans le magasin qu'il a failli se faire remarquer. Qu'il était fier. L'accord des âmes entre lui et Sophie est donc réalisé, celui des corps ne saurait tarder. En ce moment il est en train de convaincre Sophie qu'un être sans amour n'est qu'un grain de poussière insensible.
En Rainer quelque chose se brise, parce qu'une partie de l'être se brise toujours (le cœur généralement) lorsque l'être aimé devient infidèle. La peur d'être réellement soupçonné, à tort, — c'est un risque — paralyse bien des décisions concernant Sophie. Anna ne ressent absolument rien après le choc, seul Hans, par son amour, peut rompre cette rigidité, mais pour l'instant hélas tout ce qu'il rompt, ce sont ses serments de fidélité.
Les vignobles du 19e arrondissement de la ville de Vienne se sont retirés au loin, des montagnes d'angoisse s'amoncellent.
Les parents deviennent fous, avec tout ce qu'il faut racheter.

Certains se montrent mauvais camarades, parce qu'ils soupçonnent des camarades. Dénonciations et interrogatoires se succèdent. Partout des élèves en pleurs. Dans les couloirs, les cabinets, les salles de sciences naturelles, des filles pleurnichent, des garçons gloussent.
Sans résultats.

Gifles.
Sophie descend l'escalier et monte dehors dans un taxi, comme si elle faisait ça toute la journée.
Anna Witkowski pousse soudain un cri inarticulé et a la permission de rentrer. Avant la fin des cours.
Des professeurs parlent comme s'ils comprenaient : que la personne en question se présente, il ne lui arrivera rien, nous voulons juste savoir qui c'est. Lorsqu'ils s'aperçoivent que ça ne rend pas, ils gueulent comme des putois.

Rainer Witkowski écrit une dissertation étonnamment sage sur l'Étranger de Camus ; mais ses pensées ne sont pas assagies, elles sont libres, comme toujours les pensées.
Des parents talochent leurs fillettes car celles-ci préfèrent les talons aiguilles aux chaussures de marche Wienerwald détruites par l'explosion.

Sophie porte une robe d'après-midi de chez Adlmüller, et un soleil brillant se pose sur ses cheveux. Mais question couleur, le soleil n'est rien comparé à la robe.

Anna Witkowski perd la raison. Mais personne ne s'en aperçoit, car cet acte terrible et absurde fut également perpétré sans raison. Et démentes furent aussi les réactions.

Qui paie la voiture a bien aussi le droit de décider seul de la conduite. M. Witkowski paie, et Rainer le conduit. Rainer a rarement le droit de rouler seul. Où qu'il aille, l'invalide a loué le siège du passager et donne ordres et directives.

Même en vacances, le fidèle véhicule prendra la direction du Waldviertel, sinon un invalide n'irait jamais nulle part et n'a-t-il pas besoin d'autant d'oxygène que les autres.

Aujourd'hui M. et Mme Witkowski disent qu'ils veulent aller en ville regarder les vitrines, ces portes sur le monde. Les portes sur le monde s'ouvrent car on est arrivé à la Kärntnerstrasse, rue du commerce chic où l'on se rend au mieux une ou deux fois l'an depuis sa banlieue. Et s'aplatit contre les murs pour ne pas se faire écraser par la foule qui se rue chez les fameux pâtissiers. S'ils se rendent en ville aujourd'hui c'est que le mieux est juste assez bon pour M. Witkowski, pour lui rien n'est trop cher, dit-il à sa femme, la qualité se paie, et si on refuse d'y mettre le prix, on en est finalement de sa poche. Regarde ce frigo ici, cette machine à laver là-bas, on pourrait en laver et en réfrigérer des choses avec ça. Toutefois la plupart des magasins sont des boutiques de mode. À cette ville débarrassée depuis peu de ses occupants et qui s'appartient de nouveau à elle-même et à ses habitants, l'ère nouvelle offre le superflu que même le travailleur peut s'offrir. Et quand il ne peut pas s'en offrir assez, il fait un putsch. Menace qui pesa pour la dernière fois en 1950. Des communistes ayant profité de goulets d'étranglement dans l'approvisionnement pour monter des gens crédules contre leur propre pays.

Rainer trotte derrière ses parents et signifie à qui le regarde que ces vieux schnocks n'ont rien à voir avec lui. Tout récemment Sophie s'est encore moquée de lui, prétendant qu'il n'avait qu'une envie, s'acheter de belles choses avec l'argent volé, qu'autrement il n'aurait pas volé. Tant de luxe et de beauté s'étalent ici, mais il n'en veut pas, et il fera savoir à Sophie qu'il n'en veut pas.

Bouche bée le petit groupe de péquenauds marche sur le palais au coin de la Annagasse, où Adlmüller, le tsar de la mode, a son atelier et sa boutique. Tiens, quel hasard, à travers les portes en cristal qui vous permettent de hasarder un coup d'œil à l'intérieur voici qu'on aperçoit par hasard cette même Sophie à laquelle on pensait, et qui, en compagnie de sa mère, virevolte devant la glace. C'est sa première robe haute couture, et ce sera son cadeau pour le bac. Maman, papa, regardez, là, dans le magasin il y a une de mes camarades de classe, elle est riche, laisse échapper Rainer qui voudrait bien ravaler ces paroles. Sitôt échappées, sitôt regrettées. En effet les parents s'apprêtent déjà à défoncer la barrière en verre entre eux et Sophie. Ils veulent prendre la porte d'assaut.

Le monde extérieur menace d'envahir sauvagement la scène cristalline du monde intérieur. L'invalide fonce entre ses béquilles (tel le lévrier sur un lièvre), la mère tête baissée à sa suite. Ils tiennent à saluer la camarade de classe et sa mère, et à dire leur joie de voir que leurs enfants respectifs sont amis, s'entraident en bons camarades, et gardent le contact même pendant leurs loisirs. Rainer se cramponne aux hanches tangantes de son père estropié, qu'il ne se catapulte pas inconsidérément dans la porte, et fait un croche-

pied à sa mère, qu'elle reste dehors, à sa place.
Dans une absence totale de bruit les Pachhofen glissent de-ci de-là devant la glace, absence de bruit afin qu'aucun bruit de la rue ne trouble leur choix. Elles se garnissent d'artifices qu'on ne peut reconnaître en détail de l'extérieur.

T'as honte de tes parents, chenapan, misérable, geint le père qui veut repousser son fils pour faire un galant baise-main à Mme von Pachhofen, après tout, on est un collègue-parent. Peut-être aura-t-on aussi quelque succès en tant qu'homme.

Intimidée la mère dit, allons-nous en d'ici, les gens commencent à s'attrouper à cause de nous. Le père siffle, espèce de morveux, minable, dire qu'on te nourrit et te blanchit à un âge où tu devrais travailler depuis longtemps et suffire à tes besoins, et que tu as honte de ta famille. J'ai tout de même traversé toute une guerre à un poste de commandement. Maintenant ça suffit. Vous nous mangez tous les deux la soupe sur la tête, ça suffit, espèces de crapules.

Rainer blanc comme un linge se replie sur lui-même devant les badauds. La maman de Sophie ou Sophie en personne risquent à tout instant de regarder dehors, heureusement l'épaisseur de la vitre empêche les personnes non autorisées de jeter dans le salon des regards indiscrets accompagnés de bruits indiscrets.

La première tout de noir vêtue se déhanche, le tsar de la mode en personne arbitre. Cette robe, dit-il, a tel et tel avantage, celle-là tel et tel autre, quant à celle-ci elle pourrait présenter pour vous tel inconvénient, et celle-là tel autre.
Le père dehors dit à son fils de faire attention à son nez qui va pisser du sang comme chaque fois qu'il lui balance son poing sur la gueule.
Je t'en prie, prie Rainer, nonobstant les douleurs

futures, n'entrez pas, n'entrez pas.
N'y allons pas, Otti, je voudrais encore regarder le linge là-bas, et puis nous regagnerons notre gentil chez nous. Sinon ces dames nous retiendront inutilement avec leur bavardage. Tu sais bien ce qu'on fera après, propose la mère, entraînant le père grâce à cette promesse implicite. Écumant de rage, celui-ci s'écarte bon train. Non, on ne se laissera pas retarder par ces deux dames de la haute accoutrées comme elles sont, on a d'autres projets pour aujourd'hui. Un grand oiseau qui se balance de branche en branche.

Et d'aller regarder d'autres vitrines qui s'estompent aux yeux de Rainer embués de gratitude. Le magasin de sport expose un vélo dernier modèle avec beaucoup de vitesses. Mais ce genre de choses appartient à un autre monde, il scintille joliment, mais pas pour Rainer. Le calice de tout à l'heure est passé loin de lui, tout comme Rainer passe loin du Seigneur.
Que jamais tu n'ailles te coucher sans un baiser ni sans un « bonne nuit », question de politesse, marmonne le père entre ses incisives. Et on se console avec un café à la crème fouettée pris au Café-Museum tout proche, petit pain et bon pourboire — on ne rechigne sur rien. Rainer se vide complètement et s'affaisse jusqu'à ne plus être qu'un paquet humain inanimé. Comme ils en riront un jour, plus tard, lui et Sophie ! Mais pas maintenant. Plus tard.
Intérieurement Rainer s'est déjà complètement détaché de sa famille, extérieurement ça ne se voit pas encore.

Bien que les élèves ne l'aient à vrai dire pas mérité, le lycée organise un dernier five o'clock avant les vacances et avant le bac qui les dispersera aux quatre coins du monde, thé préparé par les filles. Les garçons en assurent l'organisation. Des piles de boissons gazouilleuses s'exhibent dans des couleurs particulièrement hideuses. Les garçons gambillent avec leurs camarades et sur les conseils d'un professeur digne de confiance on n'hésite pas à faire tournoyer quelque maman ou grand-maman. Les performances de leur progéniture font l'objet de discussions, la plupart du temps on la trouve douée mais paresseuse. Certains n'en réalisent aucune. Les élèves forment une formation que l'on pourrait également appeler communauté scolaire.

Anna et Rainer sont inexprimablement consternés de se voir rangés dans une communauté scolaire et non dans le monde des adultes.

Sophie introduit en fraude un Hans qui se distingue aussitôt comme corps étranger, parce qu'après une ou deux bières il se met à beugler et trouve ça drôle. Sophie est perchée sur de très hauts talons, hors d'atteinte dans sa blondeur naturelle. Rainer, avec sa lourdeur naturelle, veut tout de même essayer, mais sans succès.

On vend pour quelques sous dans des gobelets en carton de l'eau de vaisselle baptisée thé, l'argent financera le voyage de la classe de bac. Pour les petits, les frères et sœurs, il y a un guignol où les fanatiques

de théâtre, habitués du poulailler du Burgtheater, se préparent à leur future carrière d'acteur. La jeunesse est jeune et en profite sans vergogne.
Des groupes d'experts discutent opéra, des noms tombent — Bippo di Stefano, Ettore Bastianini — que Rainer ne connaît pas. Mais Anna connaît Friedrich Gulda et ses collègues.
Le père-invalide de Rainer vient d'arriver avec la mère-béquille. Une camarade de classe de Rainer lui offre une tasse de thé, avec mille précautions (pour ne pas risquer d'abîmer davantage l'éclopé). Le père dit qu'il ne mange pas de ce pain-là. Il en a bien assez chez lui. Quel tordu, dit l'élève à son amie. Il a un grain, tu ne crois pas ? Puis la jeune fille demande s'il veut qu'elle lui avance un fauteuil près de la piste de danse, afin qu'il suive mieux les gauches évolutions des élèves. Il dit qu'il tiendra le coup debout. A Dieu et Witkowski rien d'impossible, selon sa maxime préférée n° 2. Cet homme est complètement à côté de la plaque, il est fêlé, dit l'élève de tout à l'heure. Rainer qui a raconté à tout le monde que son père et son cousin conduisaient tour à tour une Porsche se tord dans son coin comme une chenille. Pourquoi ne peut-on pas s'éteindre jusqu'à ce n'être plus qu'un peu d'air chaud ? Il faudrait se suicider.

Mais Sophie est là, et Rainer vu les circonstances lui explique d'une manière circonstanciée, que l'amour n'est pas Éros. Le véritable bonheur vient du sentiment d'avoir voulu ce qu'il y a de mieux dans la vie, même si cela est mal interprété. Sophie, imperturbable, sert des canapés au fromage. C'est amusant de faire le service quand on n'y est pas obligé. Anna se ferait couper une main plutôt que de passer des canapés au fromage.
Gerhard veut faire tourbillonner Anna, son idole, et être gai, mais Anna l'écarte parce qu'elle veut espionner Hans coincé entre deux grand-mamans. Hans

de son côté joue résolument des poings pour se frayer un passage à travers la foule et arracher Sophie aux pattes d'un camarade avec lequel elle tournoie au gré d'une vieille valse qui n'en est pas moins bonne pour autant. C'est avec cette bouche inutile qui n'a encore jamais gagné un schilling de sa vie que Sophie a ouvert le bal du Philharmonique cet hiver. Il ne deviendra cependant pas philharmoniste, mais entrera dans la magistrature. D'une main il tient Sophie du bout des doigts, sobre, distant — condition sine qua non pour son futur métier —, de l'autre resserre sa prise dans le dos, mais ni trop ni trop peu.
Ce n'est pas ainsi qu'on empoigne une fille, il faut y aller carrément, moi j'sais y faire, j'ai de la poigne. Amène-toi, fillette, t'es légère comme une plume, Hans veut la faire valser un bon coup en l'air en poussant une tyrolienne, il est tellement heureux aujourd'hui, il s'intègre tellement bien parmi ses futurs collègues déjà dotés d'une pré-formation universitaire. Lui est un homme d'action. Va-t'en, dit Sophie.
C'est le bide. Hans fait semblant d'avoir à boutonner sa braguette.

Quelques élèves se congratulent, cette boom aujourd'hui est une vraie réussite. On échange des numéros de téléphone. Des Tu timides entrent en scène et donnent la réplique, et ce sont vraiment les premiers Tu timides. On projette une excursion ainsi qu'une visite cet été en villégiature. On tartine des sandwiches.
Distribue des parts de tarte, format géant, sur des assiettes en carton.
Rainer fonce sur Sophie depuis la cache où il s'embusquait, il est grand-temps, dit-il, que commence dans leur amitié une phase nouvelle qui, serait-il tenté de dire, se différenciera radicalement de ce qui précédait. Tous deux doivent en effet trouver enfin accès direct l'un à l'autre. Par exemple au cours d'une promenade

commune, le soir. Avec chaque conversation approfondie, nous découvrirons une parcelle de terre vierge, lui promet-il. Ils intégreront à leur relation une nouvelle forme de naturel, assure-t-il. Ce qu'il y a de merveilleux avec la nature, c'est qu'elle est dépourvue de contradictions.
Sophie le contredit et ajoute, laisse-moi donc, tu chiffonnes ma robe, c'est du crêpe de Chine. Tu baisses, Rainer, lentement mais sûrement, je t'assure.
Pour les adultes il y a même du punch à boire, afin de satisfaire à l'heure avancée. Le punch n'est pas fort. Des enfants gloussent car ils ont droit, exceptionnellement, à une petite gorgée. Hans fait aussitôt la queue pour l'alcool, mais on le renvoie parce qu'il n'est pas encore adulte comme on le lui assure contre toute vraisemblance. Hans brame qu'il y a longtemps qu'il gagne sa vie. Un visage bouché appartenant à la fille d'un médecin lui répond.

On ne peut même pas fumer une petite cigarette ici.
L'inévitable Mme Witkowski se cache dans la foule, elle et son sang de professeur (n'a-t-elle pas été prof elle aussi !)
Ce qu'elle cache en outre c'est sa vilaine robe d'avant-guerre qu'elle a ornée d'un nœud en velours et d'une rose en soie de couleur assortie, l'un plus déplacé que l'autre. Le papa s'avance, élégant, sa cravate crie haut et fort, me voici, impossible de ne pas la voir. Un éclopé, à la rigueur, on peut s'arranger pour ne pas le voir, mais cette cravate, non.
Anna gratte faiblement contre la face postérieure du pull-over de Hans, afin que ce dernier lui accorde et lui témoigne si possible quelque attention. Hans lui donne de petites tapes comme à un cheval et lui demande si ça la démange encore. Si oui, qu'elle se gratte, hahaha ! Puis il hennit, se jette sur Sophie, la soulève et la fait tournoyer plusieurs fois. La lance

en l'air comme une balle. La rattrape, lui dit chérie, poupée, Sophiechérie. Il a en lui beaucoup de force qu'il libère maintenant, pour qui toute cette force si ce n'est pour Sophie.

Sophie, avec un petit rire, dit, pose-moi, Hans. Avant même qu'il ait pu exécuter l'ordre, Rainer arrive par derrière, lui arrache Sophie des bras et dit gare à tes couilles, à quoi Hans répond qu'il aimerait bien voir ça. Et maintenant tire-toi, qu'on soit un peu seuls.

Le directeur proclame que le baccalauréat, avec lequel s'achève une période de la vie, les dispersera aux quatre vents. Qu'ils gardent en leur cœur le souvenir de l'école. L'école est finie mais la vie ne fait que commencer. Elle est très différente, mais l'école y prépare.

Rainer et Anna frissonnent de peur, ce qu'ils redoutent le plus, c'est le changement. Plus tard il ne sera pas aussi facile d'être un chef, car plus tard ce ne sera pas comme ici où tout le monde vous connaît, est au courant de vos performances. Il faudra de nouveau faire ses preuves. Rainer et Anna ont peur de l'inconnu.

Anna lève le doigt, elle voudrait ajouter quelque chose.

Les deux jeunes gens qui ont en eux trop de sève et trop de force sont sur le point de se battre. Un professeur pondéré s'interpose et se réfère à la discipline et à la religion. C'est en effet le professeur de religion.

Anna sautille même d'excitation à l'idée de pouvoir ajouter quelque chose. Elle veut dire que Hans lui appartient, à elle et à nulle autre. En dépit des apparences. Rainer dit à Sophie de bouche à oreille ce qu'il ressent et a toujours ressenti pour elle. Jusqu'alors il s'est tu par fierté. Mais c'est plus fort que jamais. Et impossible à retenir. Il trouve qu'elle a le droit de savoir. La prochaine étape serait des taches de soleil sur le sol d'une forêt, la pluie qui lentement, sans qu'on l'entende, se met à tomber, une odeur de résine, Sophie dans un vieil imperméable, essoufflée, caressant tendrement ses cheveux. Arrive un moment où le corps de l'intellectuel a aussi besoin de soins. Un repas campagnard sur une nappe à carreaux et puis de longues conversations sérieuses, où la présence abstraite de Dieu se fera sentir. C'est le rêve de tout lycéen, et le sien également. Après le repas on s'allonge sur un lit et continue la lecture de Camus commencée depuis des semaines. Le passage où s'ouvre au condamné à mort un monde auquel il est pour toujours indifférent. Et il pense à sa mère. Lui Rainer pensera par voie d'élection à Sophie. Plus tard ils s'enfonceront dans la forêt, se soustrayant ainsi à l'œil de la caméra.

Sophie dit qu'après les vacances sa mère l'enverra à Lausanne, afin qu'elle change de milieu. C'est déjà sûr, bêle Rainer. Oui tout à fait. Dans un internat. Elle se réjouit déjà à l'idée de cette langue et de ce milieu complètement inconnus.

Rainer demande pourquoi aller chercher en des rives lointaines ce qu'on trouve assez tôt sans quitter la maison, c'est-à-dire ici. Qu'as-tu besoin d'un milieu étranger ? Tu ferais mieux de dompter l'animal étranger et inconnu qui est en moi. Actuellement j'aimerais encore accomplir un acte sexuel, or cela dégrade une femme. J'ai donc besoin d'être ainsi dompté.

Ce que j'ai fait au gymnase (Sophie), est plus enrichissant sur le plan du vécu que d'être courtisée. C'est un événement détonant, électrisant. Rainer dit qu'elle n'a sûrement pas l'intention de le quitter, qu'elle parle pour le seul plaisir de parler. Et pour lui prouver son entière confiance, il va lui confier à elle seule quelques idées concernant l'interprétation de la Peste de Camus, vu que c'est le prochain livre qu'ils attaqueront ensemble. Mais qu'elle n'aille pas le répéter.

Sophie l'écarte fraîchement du bout des doigts et salue les parents de son partenaire de danse qui la connaissent et l'interrogent eux aussi sur son avenir, sur quoi elle leur ressort l'histoire de Lausanne. Ils trouvent ça très bien et très bien pour le sport.

Anna souffle de l'air dans la nuque de Sophie, où poussent des cheveux blonds. Elle aimerait pour une fois s'étendre un peu sur son caractère à elle. Voilà longtemps qu'elle n'a pas parlé autant. Anna dit que son caractère n'est que haine aveugle contre le monde entier. Que Hans la soulève elle aussi comme Sophie tout à l'heure. Hans dit qu'Anni devrait bien lui apporter un sandwich au saucisson. La fusée part aussitôt.

Pendant ce temps Rainer et Hans accrochés chacun à une épaule de Sophie, exposent les raisons qu'ils auraient de quitter cette fête insipide et d'aller discuter. Rainer case de justesse quelques explications sur la musique moderne qui sort du magnétophone. Sophie ne doit pas selon lui, aller en Suisse romande. Hans ne pige qu'il s'agit de la Suisse que lorsqu'on lui dit où se trouve Lausanne. Sophie les plante là tous deux avec leurs bras bien intentionnés mais maladroits, et se déploie telle une méchante plante carnivore qui tue des insectes avec sa colle, interdisant qu'on la dérange d'aucune manière. Elle partira, rien que pour ne plus vous voir tous les deux !

......

Ce sont là vos petits admirateurs, Sophie, sourit la mère du partenaire de danse, dans ce cas, je vous souhaite bien du plaisir, ma chère.

Anna rentre au bercail avec son sandwich au saucisson, Hans, survolté, broute le salami, décapite le petit cornichon puis autorise Anna à faire un sort aux

derniers rogatons. Il le lui paie. Anna mange et marche droit sur les toilettes pour y vomir, pourvu que ça ne soit pas « occupé ».
Rainer dit qu'il va peut-être se tuer. Ça forcera sûrement l'attention de Sophie. Sinon il tombera à travers les mailles du filet et disparaîtra. Le monde est d'une tendre indifférence, dit Camus. Il faut laisser derrière soi l'hostilité du monde, dit Camus. Quand on vous a ôté l'espoir, on a le présent bien en main, on est soi-même la réalité, et tous les autres sont des figurants. Ce qu'ils sont de toute façon.
Tu ne dis jamais une seule phrase qui n'ait été dite par un autre avant toi (Sophie, calme).
Précisément parce que je les connais toutes. Où la vie est éteinte, le soir s'installe tel un armistice mélancolique, nous fait croire Camus. De toutes ses forces Hans se donne un coup de poing sur le crâne qui sonne creux sous le choc. Mais il n'en sort rien de super, juste de l'ordinaire : ce que le contremaître a dit, qu'il avait mal fait un branchement électrique et qu'il pouvait s'attendre à un coup de pied au cul.
Le pater invalide s'approche crapaütant sur ses béquilles et dit à Sophie qu'elle est manifestement la petite amie de son fils, parfait, parfait, c'est une jolie p'tite môme comme on en a eu à la pelle autrefois, un peu moins maintenant, où prendre le temps, n'est-ce pas, avec le travail. Mais il n'empêche que dans ce domaine il pourrait encore en remontrer à son fils.
La mère d'Anna et de Rainer dévore des yeux la coupe de la robe d'après-midi de Sophie. Sa machine à coudre saurait-elle assembler une telle merveille, du crêpe de Chine, c'est sûr, à moins que ce ne soit de l'organdi ? En aucun cas du synthétique.
Anna prend le bras de sa mère en tenaille. Voici des mois qu'elle n'a pas saisi ce bras. Un instant les deux femmes apparaissent telles sainte Marthe et sainte Marie, comparaison un peu forcée vu que Marie pour sa

part n'a jamais eu qu'un fils, pas de fille.
Hans déglutit à grand coups de pomme adamique. Tant de salive, sans avoir avalé la moindre bière.
Sophie s'ébroue et s'en va irrévocablement.
Sophie laisse deux vides derrière elle, l'un en Hans, l'autre en Rainer, mais elle ne s'aperçoit de rien.
Une fille dit souvent en vacances à son ami qui doit rentrer en ville, tu pars, mais tant de choses restent. Des choses qu'il laisse là. Ici, il ne reste pas grand-chose dont on puisse profiter, il ne reste rien.

MadameWitkowski couvre des deux mains, elle n'en a pas davantage, sa honte en forme de nœud en velours et de fleur artificielle, mais l'un comme l'autre pointent, indiscrets, entre ses doigts et font très mauvaise impression. M. Witkowski fait la même.
Anna aussi s'en va, dans l'indifférence générale, vraiment générale. Ne laissant même pas derrière elle sur le parquet la minuscule entaille d'un talon aiguille métallique. Non, rien de rien.

Hans franchit le portail de l'usine et Anna qui est dehors vient à sa rencontre. Elle veut se montrer raisonnable, qu'il voie qu'elle peut aussi être différente. Elle veut dire, c'est bien que je ne puisse pas aller en Amérique, ainsi cet été nous pourrons travailler pour tes cours du soir. Mais comme souvent, elle ne dit rien, et pleure bêtement. Anna brame devant tous ces inconnus qui ayant travaillé tout le jour auraient bien droit au repos, et met dans ces pleurnicheries toute son âme rongée, ce qui dénote finalement un bon fond. Seul pleure l'être qui n'est pas encore totalement endurci. Bouche et visage grimacent vilainement. Une femme ne gagne jamais à ce genre d'expression, elle y perd. Cependant Hans est saisi par une variante de la pitié en constatant un tel phénomène chez la souveraine Anna. Peut-être n'est-ce pas de la pitié mais plutôt le réflexe masculin de protéger le faible. Réflexe qui se déclenche lorsqu'un homme voit pleurer une femme. Hans passe alors le bras autour de cette femme spécifique qui pleure, et l'entraîne rapidement pour éviter d'être vu en pleine action par des collègues. Il dit, qu'est-ce que t'as, Anni ? Pourquoi tu pleures ? Allons ! Anna clame son désespoir et laisse éclater pêle-mêle beaucoup de choses, essentiellement de la peur, de la haine, et comme piment un zeste d'envie envers Sophie. Hans dit, ce n'est pas bien d'envier quelqu'un qui n'est pas responsable de sa situation familiale. T'es jalouse pour ça ? Anna pleurniche un octave plus haut. Viens, je te raccompagne, on est pratiquement voisin. Qu'elle se calme — et lentement elle se calme. Soudain elle voit Hans avec des yeux tout neufs, les yeux de l'amour qui s'aperçoit de sa sincérité. Hans voit Anna avec des yeux complètement neufs, les yeux du protecteur, de l'homme, qui est plus fort. Peut-être est-ce également le sentiment de l'amitié qui s'aperçoit qu'elle aussi est sincère. Et qu'en substance on peut tout traverser avec un ami, même les temps les plus durs. Traversant toute la ville Hans raccompagne Anna. Qu'est-ce qu'elle a ma petite Anna, répète-t-il inlassablement, faute de savoir quoi dire. Rien, ça va, répond celle-ci. Tu viens dîner ?

Non, fait Hans aussitôt, parce qu'il ne peut pas souffrir les parents d'Anna. Mais il dit, dimanche n'est pas loin, ils pourraient peut-être faire quelque chose ensemble.

Divers soucis tombent d'Anna et une gaieté inhabituelle se répand en elle, qui s'étend jusqu'au dîner sûrement répugnant. Très bientôt, un dimanche, elle fera une ballade à vélo avec Hans. La ballade signifiera peut-être un nouveau départ sur de nouvelles bases. Bases qui n'ont pas toujours besoin d'être matérielles, l'argent ça se perd, le sentiment en est indépendant.

Dans l'appartement Witkowski on sert le dîner. Le père grogne sans reprendre son souffle entre deux tirades, on ne l'entend même plus, on y est habitué. Il menace la mère de tourments divers qu'il se fait fort de lui faire subir. La mère feuillette le catalogue d'une maison de vente par correspondance où elle déniche une robe qui pique son intérêt. Elle est piquée au vif. Piquée au vif surtout parce qu'habillée comme un as de pique, elle s'est tellement ridiculisée la veille, à l'école, qu'elle en garde encore aujourd'hui les stigmates dans son âme.

Le père demande à Rainer s'il veut jouer aux échecs avec lui tout à l'heure. Rainer dit oui et jouera. Au

dîner, du pain, du cervelas et de la saucisse. Plus des pommes de terre dans une sauce épouvantable. Puis la partie commence, l'invalide prodiguant de perfides recommandations qui soit s'adressent à l'état mental de Rainer, soit traitent directement de son état mental. Rainer perd parce qu'il est quelque peu déconcentré. Le père est fou de joie, il gagne si rarement ces derniers temps contre M. le Lycéen, ce prétentieux qui se prend pas pour de la crotte. Néanmoins il dit à Rainer que s'il ne s'applique pas plus lorsqu'il joue aux échecs avec son père il se prendra une sacrée baffe. Rainer dit gagner n'a pas de sens, et il se prend la baffe en question.
Anna a sur le visage une douceur qui n'y était pas encore ce matin. D'où vient-elle ? Voilà qu'elle va jusqu'à essuyer la vaisselle.
Ayant échoué dans son rôle de mère, la mère se réfugie dans le rôle de martyr et supplie le père de ne pas utiliser cette nuit d'accessoires qui font mal. Celui-ci dit en maugréant qu'il y réfléchira, mais ces derniers temps il frappe plutôt plus que moins. Puis on va au lit.
Avant de se coucher, Anna croque une dernière pomme. Avant de se coucher Rainer croque également une pomme dans son lit en lisant *L'Envers et l'Endroit* de Camus.
On éteint la lumière, dormons.
A six heures et demie du matin, Rainer se réveille brusquement, et contrairement à son habitude ses mains sont baignées de sueur. Il ne cherche pas à comprendre. Il entend sa mère dans la salle de bains. Il se lève, va dans l'entrée, et prend dans le trousseau de clé de son père accroché à la porte la clé du coffret contenant le pistolet. Le coffret a 8 cm de haut, 30 de long et 15 de large, il est en fer. Le portefeuille est posé dessus, il faut d'abord l'enlever. L'appartement est calme, mis à part les bruits désagréables

produits dans la salle de bains par la mère qui se lève toujours la première. Rainer ouvre le coffret et en sort le pistolet Steyr, calibre 6,35. Sous le pistolet, des photographies où l'on peut voir les parties génitales de la mère, ces parties génitales ne produisent sur lui aucun effet perceptible, bien que ce soit par là qu'il est venu au monde. Armé du pistolet Rainer va chez sa sœur qui a dormi la nuit entière à côté de lui et continue à dormir en toute confiance derrière la mince cloison installée arbitrairement. Il tire à bout portant une balle dans la tête d'Anna, fracassant l'os coronal mais la plongeant seulement dans un coma qui survient aussitôt. Quelques bribes sonores de l'opus 33a de Schönberg ainsi que la sonate de Berg à peine mémorisée sursautent et s'entrechoquent dans le cerveau d'Anna puis disparaissent, hésitantes, récalcitrantes mais à jamais. Plus jamais de musique en tête. Après avoir tiré, Rainer passe dans l'entrée où sa mère, sans un mot ni autre manifestation, s'avance vers lui. Il sait qu'il doit maintenant tuer toute la famille, pour éliminer les témoins qui le dénonceraient à la police. Rainer tire également une balle dans la tête de sa mère qui s'écroule aussitôt sans un son. La mâchoire supérieure est fracassée, mais la mort se fait attendre. La mère gît, tas de chair, râlant, sur le lino de l'entrée, on ne sait pas si le cerveau fonctionne encore, sans doute pas. Rainer repose le pistolet qui n'a plus de balle et va chercher aux toilettes la hache au tranchant affûté qui pèse 1,95 kg. La lame a 11,2 cm de long. Chose étrange, tout le temps du meurtre, le père est resté tranquillement assis au salon, en pyjama, un tricot passé par-dessus. Rainer s'avance avec la hache vers son père muet d'étonnement et frappe. Il frappe simplement, sans penser à rien. Vise la tête. Sous ces coups de hache effroyables, le géniteur de Rainer s'écroule promptement dans un flot de sang. Des os se brisent, des articulations éclatent, des tendons se déchirent, des artères, sectionnées, ne pourront plus être recousues. Rainer vise presque exclusivement la tête et le cou, ce qui est suffisant. Il frappe jusqu'à ce que le père soit en morceaux. Puis avec la hache retourne vers sa mère qui gît dans l'entrée, tas de chair humaine écumant et râlant, et sur elle également abat sa hache. Il ne cherche toujours pas à comprendre. Il veut donner la mort, et donne la mort. En tirant la dernière balle, il savait déjà qu'il achèverait son œuvre à la hache. Personne ne parle, personne ne crie. La mère est couchée sur le ventre, elle sera achevée dans cette position. Elle meurt. Ni avant ni après Rainer ne bouge d'un millimètre. Comme tu tomberas, tu mourras. Une fois qu'elle est morte, Rainer passe chez sa sœur à qui il vient de tirer dans le crâne, parce que c'était la seule partie du corps dépassant de la couverture, et abat sa hache sur la tête, s'acharnant sur elle exactement comme sur celles de son père et de sa mère. La tête d'Anna n'est plus qu'une bouillie d'os, de sang, de tendons et de matière cérébrale, au milieu brillent quelques dents éparses ainsi qu'un œil à demi sectionné. A un moment quelconque, bientôt, Anna mourra aussi, ainsi tous trois seront-ils morts.

Tous ont été essentiellement frappés à la tête et au cou. Maintenant Rainer se dirige vers la valise en carton, sort la baïonnette d'un véritable fatras — jouets, projecteur, dessous-de-verres — et enfonce cette baïonnette tout à fait superflue dans les trois cadavres, il procède avec méthode, passant d'un cadavre à l'autre. Commence par planter la baïonnette dans le cou, la poitrine, le nombril du père, puis la plante violemment et surtout dans le bas-ventre du cadavre maternel, pour enfin transpercer de toutes ses forces le cadavre de sa sœur. Cette fois il a fini ; les tas de chairs ensanglantées n'émettent plus le moindre bruit, et on ne peut plus les distinguer les uns des autres, comme chacun sait, la mort abolit les différences. On reconnaît tout juste les sexes respectifs, rien d'autre. Il faudra s'en tenir à ces indices pour rendre à chacun son cadavre.

En commettant cet acte absurde par excellence, Rainer veut sauver sa position narcissique : il a réalisé quelque chose d'extraordinaire.

A présent il cherche à cacher le cadavre de son père, afin qu'on ne le voie pas dès qu'on ouvre la porte. Haletant, il traîne le paquet de chair sanguinolente jusqu'au grand coffre rustique qu'il doit d'abord vider d'une foule de bricoles inutiles, pour que le cadavre y tienne. Il y a tant de sang partout qu'il renonce à cacher en plus les autres cadavres. Ses nerfs le lâchent. Et devant cette tâche, Rainer se montre lâche.

Il enlève son pyjama imbibé de sang et se met sous la douche. Puis il met les armes dans un porte-documents et quitte la maison de bonne heure pour se procurer un alibi. Il emporte également le pyjama. Il se rend en voiture chez un camarade de classe afin de réviser le bac avec lui et de lui emprunter de l'argent pour l'essence. Les armes du crime, il compte les jeter d'un pont dans le Danube, mais finalement n'ose pas, trop de passants s'arrêtant sans raison au bord du fleuve malgré l'heure matinale. Ainsi l'arsenal se trouve-t-il, ainsi que le pyjama, relégué dans le coffre de la voiture, sous le pneu de secours.

Après avoir travaillé pour le bac et lui avoir emprunté 500 schillings sortis d'une boîte à cigares, lui et son collègue partent pour Ketlassbrunn en Basse Autriche, rendre visite à un curé, l'ancien aumônier de l'école. Les voici à Ketlassbrunn, où le curé s'étonne et se réjouit. Il invite MM. les futurs étudiants à déjeuner à l'auberge où ils mangent du rôti de porc avec des Knödel. Ensuite les attend au foyer de la paroisse une conférence par un professeur de Vienne sur les sujets « L'homme comme cosmos » puis « Crime et châtiment ». Rainer tente comme toujours de se mettre en avant en posant des questions sur lesdits sujets. Au moment du départ le curé leur tend la main, avec quelques biscuits en prime. On ramène le camarade chez lui, quelle journée mouvementée, fait ce dernier en réintégrant son foyer qui embaume la crème à la vanille.

Rainer reprend la direction de l'imposant Danube, lieu emblématique. Entre-temps il est 7 heures du soir, et il jette les armes du crime au fond de l'eau, près du restaurant de poisson Berger. Il laisse le pyjama ensanglanté dans la voiture.

Puis d'une cabine il téléphone à une fille qu'il n'a pas vue depuis des mois. Elle est bonne d'enfants chez un couple de médecins du centre ville, les parents se connaissent de leur village natal du Waldviertel. Renate, la jeune fille, est invitée à venir danser au Picasso-Bar, et dansera effectivement avec Rainer au Picasso-Bar. Rainer boit 2 Campari-soda, Renate boit un Martini et un Fanta. Rainer explique, prolixe, la structure de la musique moderne qui sort des hauts parleurs. Puis il cesse toute explication et raccompagne Renate.

Rainer regagne ensuite le domicile familial où pendant tout ce temps sa mère gît avec ses 40 blessures graves et ses innombrables blessures de gravité moyenne, où sa sœur est allongée avec ses 26 estocades sans compter les petites, et où le père totalement en bouillie pourrit dans son coffre rustique sculpté. En tout ces trois personnes présentent 80 blessures portées par une arme tranchante, abstraction faite des coups de baïonnette, les têtes surtout ont été fracassées. Il a frappé des deux mains, pour augmenter la puissance des coups. Rainer est incapable de passer la nuit auprès de charognes pareillement abîmées, il en frémit d'horreur.

Il entre chez lui, mais ce n'est déjà plus son chez lui, allume brièvement dans l'entrée afin que les gens le croient surpris par cette vision d'horreur, éteint aussitôt, court au poste de police et déclare, ma mère gît abattue dans l'entrée, venez m'aider à découvrir le coupable. Un policier l'accompagne en courant, et qui dira sa stupeur à la découverte de deux cadavres que l'on confond d'abord, car avec ces mutilations nul ne sait plus qui est la mère, qui est la fille.
Les policiers sont sidérés. Rainer, décomposé, à demi inconscient, est allongé sur une civière, et un médecin lui administre des calmants, mais son pouls est étonnamment régulier pour un tel choc, trouve le médecin. Où est votre pyjama, et où est votre père ? demande l'inspecteur. Mon pyjama doit être là, je l'ai enlevé ce matin et suis parti tôt. Quant à mon père, j'ignore où il est.

La sauvagerie de l'acte est telle que ces cadavres sont totalement méconnaissables, dit le policier qui a la nausée et il en a vu d'autres au cours de sa carrière. On n'a pas touché aux corps de la mère et de la sœur et le spectacle qu'ils présentent touche les âmes au plus profond.
Mais bientôt la question s'impose : où est le pyjama de Rainer et où est M. Witkowski. Ces deux corps-ci sont de sexe féminin.

Est-ce le père qui aurait fait cela ? Mais on finit par retrouver dans le coffre ses restes ensanglantés. Les restes du cerveau traînent à côté, ils n'ont pas été placés dans le coffre.

Subsiste une dernière question : le pyjama ; un soupçon gagnant les esprits, on la repose.

Lorsque l'inspecteur demande pour la centième fois, où est votre pyjama, il est forcément là, M. Witkowski, Rainer finit par répondre : il est taché de sang et se trouve dans le

coffre de la voiture sous le pneu de secours.
Maintenant vous savez tout et pouvez donc disposer de moi.

ENTRETIEN AVEC ELFRIEDE JELINEK :

Ce texte — paru pour la première fois en 1980 — s'inspire d'un fait divers qui en 1965 défraya les chroniques autrichiennes. Mais l'action du roman se situe, elle, à la fin des années cinquante.

Je me suis toujours intéressée aux faits divers, aux histoires policières, et en fait tous mes textes sont des histoires policières, ce sont en quelque sorte des soupapes par lesquelles s'échappe la vapeur brûlante de la brutalité, de la cruauté sociale. A l'époque, donc en 1965, j'étais encore étudiante et je suivais comme tout le monde le cas à travers la presse. Mais je savais déjà qu'un jour j'en ferais quelque chose. D'ailleurs ce même fait divers a également inspiré un autre écrivain, Rainer Schindel, qui en a fait un texte très différent, nous étions tous alors fascinés par cette histoire, par ce gamin de dix-sept ans devenu fou. Par la figure démoniaque du père, les photos porno qu'il avait faites de la mère, par le frère incapable de parler (dont j'ai fait une sœur puisque j'ai voulu m'inscrire dans le texte), par l'immense travail physique que pouvait représenter ces coups de hache et de baïonnette pour un adolescent plutôt gringalet et qui n'hésite pas une fois le travail accompli à aller danser, se promener, etc. Au moment de la rédaction du livre je me suis entièrement fiée à ma mémoire.

Je n'ai demandé à avoir accès au dossier que vers la fin de la rédaction, ne voulant pas me laisser influencer par la réalité. Et en compulsant les actes j'ai fait une découverte invraisemblable. Alors que j'avais inventé toute l'histoire de la bande, donc également le personnage de Sophie, convaincue qu'un tel personnage *devait* figurer dans la vie de Rainer, je me suis aperçue que le véritable Rainer s'était lui aussi inventé une « Sophie » ! Une Sophie qu'il avait décrite amplement aux policiers et au juge, presque dans les mêmes termes que moi ! Mais dont personne au cours de l'instruction et du procès n'a jamais pu trouver la moindre trace. Il a *dû* l'inventer, parce qu'elle *devait* exister dans sa vie. C'est la chose la plus incroyable qui puisse arriver dans la vie d'un écrivain : inventer un personnage autour d'une personne réellement existante et que cette personne invente sous les mêmes traits. J'en ignorais tout, jamais les journaux n'ont fait état d'une Sophie pas plus que d'un Hans, d'ailleurs le Rainer sur le banc des accusés n'aurait jamais fréquenté un ouvrier. Ce Rainer m'a beaucoup fait penser à ma propre structure familiale démoniaque, à l'atmosphère sombre qui régnait dans notre appartement et je me suis beaucoup identifiée à lui, sauf que moi j'ai été sauvée par l'écriture. Mais en fin de compte il a réussi à s'en sortir, après avoir purgé sa peine en prison où il a pu faire des études, il est parti en Amérique du Sud comme coopérant et il paraît qu'aujourd'hui il vit à nouveau ici.

Lorsque la littérature s'empare du fait divers il en résulte souvent des romans dits psychologiques, réalistes ou sociologiques, dans le but de déceler les causes, les motivations profondes qui pourraient expliquer l'acte criminel. Devant de tels cas on veut toujours « comprendre ».

Je n'ai pas voulu écrire la genèse d'un acte criminel, mais j'ai voulu mettre en évidence des structures pour en faire un cas exemplaire. A partir des expériences de l'anarchie politique (« le terrorisme ») pendant les années soixante-dix, un mouvement essentiellement porté par les enfants politisés des classes moyennes, j'ai tenté une étude économique et sociologique : qui peut se permettre de renoncer à l'acte criminel et qui ne le peut pas. Si j'ai situé l'action à la fin des années cinquante (1959) c'est que jusqu'à cette date il n'existait pas de culture vraiment adaptée aux jeunes. Rien ne s'adressait spécifiquement à eux ; dans le monde politique, les partis établis œuvraient tous à la reconstitution du pays, et dans le monde du spectacle, on s'intéresse tout autant à la patrie, cf. les innombrables Heimatfilme de cette époque. (Le premier concert public des Beatles a lieu en 1960). C'est donc un tournant, le début d'une ère nouvelle, et en fin de compte il s'avère que le petit bourgeois périra par le crime, parce que de par sa situation sociale, il n'aspire toujours qu'à monter dans l'échelle sociale. Seule Sophie, la bourgeoise, commet l'acte criminel pur, elle a tout à perdre, tout à risquer et elle le fait. C'est elle qui de tous a le moins de scrupules, puisque la bourgeoisie peut se permettre à peu près n'importe quoi. Elle seule est « libre » et libre d'agir, tandis que les autres n'aspirent qu'à une ascension sociale — qui passe entre autre par Sophie et son appropriation.

Il est tout à fait frappant de voir comment à l'intérieur des phrases domine la structure causale (la série des « parce que, car, c'est pourquoi » est infinie, comme si toute chose pouvait s'expliquer) et comment la structure narrative travaille pour ainsi dire contre cette causalité. Ainsi lit-on la première scène comme une introduction au récit, sans qu'il soit possible de l'intégrer chronologiquement dans le reste de l'action. De même on ne saurait affirmer que l'extermination de la famille Witkowski soit l'aboutissement des crimes précédents.

Cette apparente possibilité d'explication, qui ne se fonde pas sur la logique classique, est un procédé auquel je recours volontiers en utilisant par exemple le langage des enfants. C'est-à-dire l'élément de l'étrangeté (à l'instar des martiens, les enfants sont des étrangers, capables de jeter un regard particulièrement perspicace sur des situations qui leur sont étrangères, parce qu'ils sont en dehors), par endroit le langage est en apparence aussi naïf que dans un livre pour enfants. Tout n'est qu'apparence y compris la méticulosité avec laquelle est rendue l'étrangeté de ces adolescents dans un monde adulte occupé à reconstruire le pays. Cette génération ne peut adhérer aux valeurs anciennes, et n'a pas encore de valeurs de remplacement.

La dernière phrase « Maintenant vous savez tout et pouvez donc disposer de moi » est un véritable pied de nez à la causalité et peut se lire à plusieurs niveaux. D'une part elle invite le lecteur à reconstituer lui-même les morceaux du puzzle, comme s'il avait maintenant tous les éléments en main, d'autre part le narrateur y dévoile des intentions didactiques, mais contrairement à la tradition aucune morale ne suit, seuls les fils au bout desquels s'agitent les marionnettes ont été mis à nu.

En effet, il n'y a pas de morale. D'ailleurs la phrase « vous pouvez disposer de moi » est tout à fait authentique, elle a été prononcée par Rainer au moment de son arrestation (il n'a été pris que parce qu'il avait oublié (?) d'arrêter le robinet de la baignoire, où gisait sa mère, et que l'eau gouttait chez les voisins d'en dessous). Par ironie j'ai ajouté « maintenant vous savez tout », comme si on pouvait jamais tout savoir. Le cas est exemplaire parce que les choses *ne pouvaient que* se dérouler ainsi.

Dès la première page l'accent est mis sur l'Autriche de l'après-guerre et l'on pourrait dire que l'histoire se situe à l'intersection d'une pathologie individuelle et d'une psychohistoire, si de tels termes ne postulaient pas une délimitation établie entre l'individuel, le social et l'historique. La victime de l'agression est à la fois victime et criminelle, victime coupable et criminel innocenté — d'une autre époque. Nous sommes bien en Autriche, la grande « victime du nazisme ».

Le débat politique en R.F.A. autour du nazisme s'est situé tout entier sous la devise « plus jamais ça ». La dénazification a eu lieu sauf dans le domaine de la médecine et de la justice. Au cinéma, à la radio, à la télévision, dans la presse, partout les débats s'organisaient. Mais en Autriche nous avons réussi depuis la Conférence des ministres des Affaires étrangères à Moscou en 1943 à nous profiler aux yeux du monde entier comme pauvres victimes. Car cette conférence, censée renforcer la résistance contre Hitler dans le pays (résistance en grande partie ou presque exclusivement constituée par les communistes), officialisa en fait la légende de l'Autriche : « première victime de l'agression nazie », ce sont les mots mêmes de la déclaration. En vérité l'Autriche comptait proportionnellement plus de nazis que l'Allemagne. Sur le plan politique, Hitler était un homme parfaitement formé (pour ce qui est de l'antisémitisme) lorsqu'il est passé en Allemagne. Quant à la brutalité et la férocité de certains individus, membres du parti nazi autrichien, elle est très bien connue entre-temps. L'application des lois raciales à Vienne est à elle seule tout un chapitre – indescriptible – sur l'avidité, la soif de s'enrichir... De sa faute, de sa culpabilité, l'Autriche, pays catholique, fut absoute très rapidement, pays catholique il lui suffisait d'aller à confesse, et l'affaire était réglée, pardonnée, oubliée.

Les Exclus, *en allemand* Die Ausgesperrten, *fait référence à la traduction allemande des* Séquestrés d'Altona (Die Eingesperrten) *tout au long du roman Rainer se fait l'écho des caves de Saint-Germain, mais c'est un écho déformé.*

Le titre allemand a été conçu par rapport à Sartre, qui par ailleurs joue un grand rôle dans le livre. On sait que la pensée de Sartre a été systématiquement falsifiée dans les premières traductions de ses œuvres, le concept de « classes dirigeantes » a par exemple été remplacé par l'expression « couches sociales dominantes », ce qui d'emblée a permis de falsifier, édulcorer et désamorcer la charge politique de l'existentialisme en faveur d'une restauration de la République fédérale et du capital allemand. Rainer aussi cite Sartre de travers ou plutôt l'interprète mal.

Rainer commence par tuer celle qui lui est le plus proche, sa sœur jumelle, presque son écho, et on peut se demander si ce geste n'est pas plus proche du suicide que du meurtre. Je me suis également demandée si ce texte ne s'inscrivait pas dans la continuation de ce que disait Ingeborg Bachmann au sujet de son cycle Todesarten *: « Ce livre veut parler de crimes commis aujourd'hui, du virus crime, qui vingt ans après n'est pas moins efficace qu'à l'époque où le meurtre était à l'ordre du jour, ordonné, permis. » Par là il ne s'agit évidemment pas d'établir un parallèle entre Rainer et une justice immanente, son comportement à l'intérieur de la bande a suffisamment montré à quel point il* *veut consolider une position personnelle et non faire sauter les barrières de classes, mais il me semble que ce livre, comme les livres de Bachmann, s'attache à dépister le prolongement du fascisme par d'autres moyens.*

Pour Bachmann — qui a vécu le fascisme — l'entrée des troupes allemandes en Carinthie a été la plus grande catastrophe de son enfance et de sa vie tout entière. Nous les enfants de l'après-guerre, nous sommes obligés de reconstituer le fait que les crimes des nazis, comme le dit Bachmann, n'ont pas surgi du néant et ne se sont pas perdus dans le néant, ces crimes n'ont pas pu simplement disparaître après 45. Et Bachmann donne une réponse : La famille, où les femmes et les enfants sont des parias, des nègres. Et l'homme (le père), le criminel.

Sophie dit à un moment donné de Rainer qu'il ne peut ouvrir la bouche sans qu'il en sorte quelque chose qui ait été dit par quelqu'un d'autre : en quoi elle touche à un problème qui n'est pas étranger à la littérature moderne. Aucun des personnages n'a vraiment une voix qui lui soit propre. La mère de Hans passe son temps à citer et réciter des leçons d'histoire dans le but d'empêcher que le passé ne sombre dans l'oubli et provoque ainsi le même refus, le même refoulement que ceux qui prônent l'oubli ouvertement. Anna n'a par moment plus de voix du tout, même plus comme écho de voix étrangères. Dans un essai intitulé Endlose Unschuldigkeit *(Innocence infinie) vous dites que vous parlez « des choses qui se nichent dans les concepts », et il me semble que l'ensemble de votre travail d'écrivain pourrait se résumer par ces mots. Jamais on ne sait vraiment « qui » parle, où se niche le narrateur, à la limite, ainsi que l'a déjà dit Eva Meyers, vos personnages sont tout entiers devenus dis-*

cours et réclament une retranscription dans la vie. Mais ils ne représentent pas que le langage de leur classe, ce serait trop simple, c'est plutôt la dynamique de la langue dans toute sa complexité, un mélange de modèles collectifs, de pulsions et de désirs...

Oui, l'originalité en littérature n'existe pas et ne peut pas exister. Tout a déjà été dit tant et tant de fois et avec les mêmes mots. Tous les personnages du roman parlent en quelque sorte un langage « d'occasion » ou d'emprunt qui a déjà servi à autre chose, ils parlent l'idéologie, l'engagement pour la classe ouvrière par exemple, cf. la mère de Hans, illustration vivante d'un vocabulaire qui à l'ère du « partenariat social » autrichien non seulement *sonne* creux, mais a été vidé de sa substance. Ce ne sont pas des mots ce sont des cadavres. Elle ne peut que lui jeter à la figure ces dépouilles qui pourtant représentent tout ce à quoi elle a toujours cru, tout ce pourquoi elle a vécu.

Yasmin HOFFMANN, Vienne, février 1989

Achevé d'imprimer le 24 mars 1989
sur les presses de l'Imprimerie A. Robert
116, bd de la Pomme - 13011 Marseille

Dépôt légal : Avril 1989